講談社文庫

7人の名探偵

綾辻行人　歌野晶午　法月綸太郎
有栖川有栖　我孫子武丸　山口雅也　麻耶雄嵩

講談社

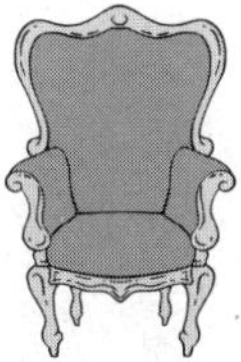

7人の名探偵

新本格30周年記念
アンソロジー

contents

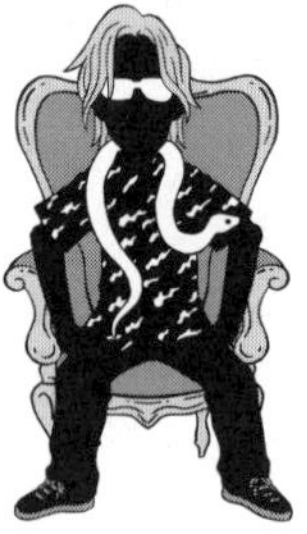
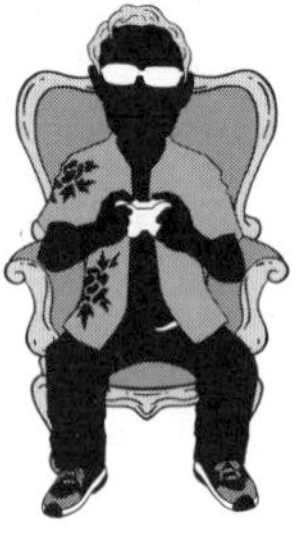

水曜日と金曜日が嫌い

——大鏡家殺人事件——

麻耶雄嵩

麻耶雄嵩

Maya Yutaka

1969年三重県生まれ。京都大学工学部卒業。大学では推理小説研究会に所属。'91年『翼ある闇　メルカトル鮎最後の事件』でデビュー。2011年『隻眼の少女』で第64回日本推理作家協会賞、第11回本格ミステリ大賞をダブル受賞、'15年『さよなら神様』で第15回本格ミステリ大賞をふたたび受賞。

火の精、サラマンダーは燃えよ。

水の精、ウンディーネはうねれ。

風の精、シルフは消え去れ。

土の精、コボルトはいそしめ。

1

荒々しい波の音が聞こえてくる。足許《あしもと》から這《は》い上がり、まるで私を海へ引き込まんとするかのように。

海からの木枯《こがら》しが樹々をざわめかせる。耳に指を掛けそのまま頭上につり上げんとするかのように。

やがて私は、この悪意ある海のざわめきによって、上下に引き裂かれてしまうだろう。

それも良いかもしれない……ごつごつした小径《こみち》を棒になった足でのろのろと下りな

がら、私は溜息《ためいき》を吐《つ》いた。この疲労と悪寒《おかん》と孤独から即座に解放されるのなら。

日が沈むまでには余裕があるが、分厚い雲と左右に密に立ち並ぶ樹木のせいで、一本道の暗渠《あんきよ》をひたすら歩いているかのように錯覚する。

もし左手から絶え間ない波の音が聞こえてこなかったなら、ここは海辺ではなく青《あお》木《き》ヶ原《はら》の樹海《じゆかい》の中かと疑っていただろう。いや、この荒れ気味な波の音すら、よからぬ精霊か、あるいは私の願望がもたらした幻聴の可能性すらある。いきなり視界が開けて喜んだのも束《つか》の間《ま》、三六〇度全てが深い山々に囲まれており、今まで聞こえていたはずの波の音がぴたりと止《や》む。……悪夢だ。

唯一の救いは、なだらかな下りになっていることだろう。山道なので多少のアップダウンはあるが、基本的に下っている。歩き始めた場所から考えて、登らないかぎり深山に分け入って鹿《しか》の声を聞くことにはならない筈《はず》だ。

しかし……と、私はジャケットの襟元を固く締め、寒さで朦朧《もうろう》とする頭で思い出す。登山ではたしか、迷ったときに沢を下らずに尾根を目指して登らないと遭難すると聞いたことがある。沢沿いにはたいてい滝があり、それ以上進めなくなるからだそうだ。もしこの波の音と思っていたものが実は石走る滝《いわばしり》が落ちる音で、この未舗装ながら確固としていたはずの小径が突然シダや灌木《かんぼく》に覆《おお》われたとしたら。

恐怖しかないが、小一時間歩いた以上、今さら後戻りもできず、とにかく先へと進み続けなければならない。

あの時、スマホを水没させてさえいなければ……後悔ばかり押し寄せる。

頼まれ仕事で海に突き出た山の中腹にある、とある修験道の古寺に着いたのが今から二時間前。百二十年に一度の開帳ということで、はるか石見《いわみ》まで特急やバスをいくつも乗り継いでやってきたのだ。

三メートルはあるメフィストフェレスのような邪悪でバタ臭い権現《ごんげん》像を目にしたときは、コレを従えれば自分もファウストになれると有頂天になっていたが、思えばそれが傲慢《ごうまん》だったのかもしれない。ギリシャ神話に出てくる王や英雄たちも、自分が神に勝ると驕《おご》り高ぶったときに神罰が下されるのだから。

帰り際、手水舎《ちょうずや》の水が鋳物《いもの》の手長足長の口から出ていることに気づいたときだった。妖怪《ようかい》とも神仙ともいわれる手長足長と修験道は縁があったのかと驚きながら、厳粛さと滑稽《こっけい》さが合わさったその意匠にスマホのカメラを向けて撮ろうとしたとき、突然シューベルトの〝魔王〟のメロディが鳴り響いたのだ。メルカトルからの電話だった。慌《あわ》てた私は手を滑《すべ》らせ、スマホはそのまま水盤にぽちゃん。慌てて掬《すく》い上げたものの、既に集積回路と耐久ガラスでできた物云《い》わぬ塊《かたまり》となり果て、後の祭りだった。

悪いことは重なるもので、肩を落としながらバス停に向かったところ、ちょうど最終便が砂塵《さじん》を巻き上げ走り去って行くところだった。十分だけ発車時間を勘違いしていた上、スマホが壊れたために時刻表を再確認できなかったのだ。だが、それはスマホの水没に比べれば大したことではなかった。まだ日は高く、五キロほど下った街道筋に出れば、別の路線バスが走っているはずだったからだ。そこから駅まで行けば、電車に揺られて海辺の宿に辿《たど》り着《つ》ける。宿まで行けば温泉とタイやヒラメの舞い踊りが楽しめるはず。

それなのに、私は依然として木枯しが吹きすさぶ山林の真《ま》っ只中《ただなか》にいる。唇《くちびる》を蒼《あお》くさせて。爪先もかなり冷えてきた。まだ十一月の末だというのに。山陰《さんいん》というところは日が傾き始めると、かくも寒さが厳しくなるのか。身をもって知ったわけだが、この教訓を活《い》かすには、無事に明日を迎えなければならない。

最大最後の誤りは、九十九《つづら》折《お》りの舗装道に飽きて、ショートカットできるのではと、甘い考えで脇《わき》の小径を選択してしまったことだろう。目の前を横切った黒ウサギが小径に隠れたので、気づいてしまったのだ。ああ……。

最初は道路よりも勾配《こうばい》が急で目論見《もくろみ》が成功したと北叟笑《ほくそえ》んでいたのだが、やがて小径は平坦《へいたん》になり、あまつさえ道路とは反対側に緩《ゆる》やかなカーブを描き始めた。爾来《じらい》、この一時間、一度も舗装道と出くわしていない。

当初は心強かった波の音も、そればかり聞かされていると、音による拷問のようになってきた。なので時折り海鳥の悲鳴のような啼《な》き声が聞こえてくると、意味もなく安心したりもした。

元来た道を引き返すとなると、九十九折りの道路まで一時間、そこから街道筋までまた一時間弱。さすがにまだバスの便が残っているか不安な時間だ。確認しようにも肝心のスマホが化石になっている。そればかりでなく、GPSも使えないので、自分がどのあたりにいるのかすら解らない。

スマホ、スマホ、スマホ、スマホ！

万事スマホに頼り切った結果がこれだ！

なにが文明の利器だ。科学の進歩だ。水に濡《ぬ》れただけでお釈迦《しやか》になる科学って何だ！

無事帰れたら、これからは原稿用紙に万年筆で原稿を書くことにしよう。

固く決心したとき、ひときわ強い海風に乗って、再び海鳥の声が聞こえてきた。肩を窄《すぼ》め奥歯を震わせながら、安堵《あんど》の息を洩らす。

すぐにそれは偽の安堵ではなくなった。なぜなら海鳥の声のする方に立派な洋館が聳《そび》えていたからだ。

分厚い黒雲を背景にシルエットを浮かび上がらせたその館は、三階建てで、中央から望楼がにょきっと突き出ていた。高さは二〇メートルくらいだろうか。

壁は白い大理石が並べられているにもかかわらず、屋根には本瓦《ほんがわら》が葺《ふ》かれており、先端の鬼瓦の位置には鴟尾《しび》が何尾も尾を天に反らせている。普通の洋館以上に和洋が折衷《せっちゅう》されておりなんとも奇妙なスタイルだが、それはシルエットからも見て取れる。

よくある洋館のように正面がカステラ状に左右に長く構えているのではなく、この館は中央に屹立《きつりつ》する望楼を護るように、四方を大小屋根付きの部屋がブロック状にとり囲む構成になっていた。そのせいでかなり巨大な建物にも拘《かか》わらず、堅牢《けんろう》さとともに窮屈さがある。洋館というより、西洋と日本の城を混ぜ合わせたような感じだ。

終始つきまとっていた樹木が館の周囲だけ綺麗《きれい》に切り払われているせいもあり、重苦しい雲を背景に〝聳え立つ〟といった形容と見事に合致していた。

こちらを向く窓にはみな白いカーテンが引かれている。どの部屋も照明は消えているようだが、望楼だけは明かりが点《つ》いていた。

人がいる……。

思わず駆け寄った目の前には、天を突き刺さんばかりの槍《やり》を並べた、鉄製の門扉《もんぴ》が無情にも閉じられていた。

声を上げて無礼を承知で中に呼びかけるべきか。それとも……。

門扉の前の道は幾分古びてはいたものの、きちんと舗装されていた。そのまま来た道とは反対側に続いている。つまりこの道を下っていけば人里に辿り着ける可能性が高い。とはいえ、どれほどの時間を要するか解らない上に、下手をすればぐるりと回って目的の街道とは正反対の方角に出てしまうかもしれない。路線バスが通らない道に。途中で行き倒れてしまおうものなら、山陰の夜のことだ、確実に死をもたらすだろう。

たとえ不作法でも、ここで助けを求めない選択肢はなかった。しかし見るからに広い敷地。この疲弊した声で館の住人の耳まで届くだろうか。荒々しい波の音、木枯しの音色、そして先ほどは救いの福音《ふくいん》となった海鳥の声に、こんどは掻《か》き消されてしまわないだろうか。不安ながらも精一杯の力で呼びかけようとしたとき、端の門柱にインターフォンが取りつけられていることに気がついた。視野が狭くなりすぎてこんなことすら気がつかなかったのだ。

気をとり直しインターフォンを押すと、スピーカーから軽くノイズが混じった女性の声が返ってきた。ボタンの上にカメラレンズがついているので、向こうからは自分が見えているのだろう。私は顔を引き攣《つ》らせながらレンズに向かって精一杯の笑顔を浮かべると、窮状を訴えた。

「……お待ち下さい」

果たして聞き入れられただろうか。事務的で冷淡な返答に不安を覚えながら門柱にしがみついていると、やがて玄関の奥に照明が点き、ドアが開く小さな音が風に乗って聞こえてきた。希望の音。まるでミノタウロスの迷宮に伸びたか細いアリアドネの糸のよう。

助かった……。

気が緩んだせいか膝《ひざ》が崩壊し、そのままずるずると崩れ落ちていく。

そして気がつくと私は露天風呂に浸《つ》かっていた。

＊

桃源郷というのはまさにこのことだろう。

湯煙に頬《ほお》を潤《うるお》わせ、白濁した温泉で身体の芯《しん》まで温まりながら、タオルを頭に載せた私はぼおっと空を見上げていた。

湯気の隙間《すきま》から見える雲はまだ白みが強く、夕闇《ゆうやみ》には時間があることが察せられた。おそらく四時あたりか。海風のせいで、露天から湧《わ》き上がった湯煙が静かに山手の方へと流れていく。

ここがもし混浴ならば、この分厚い曇天《どんてん》の隙間から一条の光が差し込み、無縫の天衣を纏《まと》った天女が舞い降りてくる可能性もある。

残念ながら混浴ではないし、さすがにそれは高望みのしすぎというものだ。いやはや、我ながら浮かれすぎ。それくらい私は今の僥倖《ぎょうこう》を満喫していた。ほんの十数分ほど前は、誰か粗忽者《そこつもの》が終末のラッパを吹いたのかと絶望しかけていたのだ。ところが最後の最後に千年王国の扉は開かれた。

館から現れた救世主は、黒白のエプロンドレスを纏ったメイドだった。

年は三十手前くらいだろうか。小柄で丸顔だが、子供っぽさはなく、落ち着いた雰囲気を漂《ただよ》わせている。美人ではあるがメイド姿があまり似合ってないなと感じたのは、顔が和風だったせいかもしれない。黒髪を束《たば》ねたシニヨンには白いキャップが被《かぶ》せられていた。

「どうかされましたか?」

凛と美しいが硬質な声音だった。

駆け寄ったメイドに対して、私は経緯を訥々《とつとつ》と述べた。実際は私の言葉よりも、ボロ雑巾《ぞうきん》のごとき見てくれの方が説得力を持っていたかもしれない。

メイドは従軍看護婦のように優しい笑みを浮かべると、もう大丈夫とばかりに肩を貸して私を立ち上がらせた。そのまま屋敷の中まで連れて行く。

謝辞を述べ、同時に身体の冷えを訴えると、そのまま渡り廊下で繋《つな》がったこの浴場まで案内してくれたのだ。

その間、わずか十分足らずのことだが、走馬燈《そうまとう》のごとく断片的に覚えているだけだ。夜道をぼんやりと運転していたら、いつの間にか家まで着いていた、でも意外と安全運転していたような。そんな曖昧《あいまい》な記憶しかない。お前は宇宙人にアブダクションされていたのだと断言されても、強く否定は出来ない感じの。

正直、温泉の誘惑が強すぎて、ちゃんとメイドが立ち去ってから脱衣したのか、自信がないくらい。

とにかく温泉により身体が温まり疲労が癒《い》やされてくると、今度はこの僥倖が出来すぎに感じられてきた。

もしかしてキツネに化かされているのでは？　不安になり始める。翌朝目が覚めれば、素《す》っ裸《ぱだか》で木の葉に埋もれて横たわっているかも。もちろんあたりは茫洋《ぼうよう》としていて館など影も形もない。タヌキに化かされない自信はあるが、キツネ相手だとさすがに自信はない。

思わず周囲にきょろきょろと、視線を漂わせる。

街中の銭湯ほどの大きさの露天風呂は、三方を竹垣に囲まれている。残る一方、ドアの向こうの脱衣場の建物からは大きな庇《ひさし》が延びて、洗い場や湯船の三分の一を覆っている。雨でも入浴できるようにだろう。

石を組み合わせた湯船には至る所に湯ノ花がこびりついていた。手を伸ばし、湯ノ花を摘《つ》まみ上げる。ぬるっとした感触と硫黄《いおう》臭さに、これは夢ではなく実在するものだと安堵した。

三方の竹垣のうち、両側は二メートルの高さがあったが、真ん中だけは一メートルほどだった。真ん中の竹垣の向こうには曇り空しか見えない。波の音が間近に迫ってきているので、海に面しているのだろう。

逆に左側の垣の奥は女風呂になっているようだ。ちょうど誰か入ってきたのか、かけ湯の音がする。ついでぽちゃっと湯に浸かる艶《つや》っぽい音がした。

目当ての温泉宿には行けなかったが、こちらの方がはるかに得した気分だ。宿はたしか露天風呂でなかったし、今のように独占も出来なかっただろう。

やがてドアのモザイクガラスに人影が映り、メイドの声がガラス越しに聞こえてきた。

「お客様、お着替えをお持ちしました。籠《かご》に入れておきます」

「あ、ありがとうございます」

礼を述べて、私は再び肩まで身を沈める。

とんだ僥倖だ……。

もう何度、呟《つぶや》き、実感し、感謝したことだろう。あまりに感謝しすぎたせいで、少々のぼせてしまったくらい。

準備されていた真っ黒なナイトガウンに着替え、手すりにつかまりながら渡り廊下を伝って館へと戻る。奥の厨房《ちゅうぼう》で、先ほどのメイドが調理をしているのが見えたので、私は再び礼を述べた。

「ありがとうございます。いいお湯でした。本当に助かりました」

「元気になられて、よかったです。お召し物は洗濯していますので、乾きましたらお返しします」

声も表情もクールで、決して愛想《あいそ》がいいというわけでもないのだが、安心できるような包容力が感じられた。

「洗濯まで！　何から何まで申し訳ありません」

「気にしないで下さい。明日には何組かお客様が訪れる予定になっておりまして、大した手間でもありませんから」

「……もしかして、ここはホテルかなにかですか？」

リゾート地の高級ホテルである可能性に思い至り、焦る。まさか宿泊客としてチェックインしたことになっていたなら……。相場は一日いくらくらいなのだろう、思わず財布の中を確認したくなった。

するとメイドは即座に、「違いますので、ご安心下さい」と見透かすように微笑《ほほえ》んだ。「ここはホテルではなく、大鏡《おおかがみ》博士の邸宅です」

＊

テラスで椅子《いす》に腰かけたまま、私は手すりに身を預けていた。少し前を考えると、何とも優雅なロケーションで湯冷ましをしているものだ。あれほど身体の芯を凍えさせた海風が今は心地いい。我ながら苦笑せざるを得ない。まあ、一夕の儚《はかな》い夢だとしても、今は楽しむに限る。

日没には少し早いが、曇天のため飴《あめ》が溶けたような茶色い陽光も朧《おぼろ》にしか届いてこない。

大鏡邸は切り立った崖《がけ》の上に建てられているようだ。露天風呂でもそうだったが、波の音や海鳥の声が、目の前に広がる芝生の庭よりもはるかに下から聞こえてくる。庭の縁には白い柵《さく》が設けられているが、恐らくその先は東尋坊《とうじんぼう》のような絶壁が待ち構えているのだろう。竹垣で仕切られた露天風呂と違い、テラスからは水平線を眺《なが》めることが出来た。波は荒れ、いかにも冬の日本海といった、厳しさばかり感じさせる風情ではあったが。

この館の主は高名な脳外科医で、かつては大鏡会大鏡病院の院長であり会長でもあったらしい。大鏡会は中国地方に二十以上の病院を持つ歴史ある大きなグループで、戦前から政財界とも深い繋がりを持っていたようだ。ところが大鏡博士は三十五年前に親族に経営権を譲渡して、この大鏡屋敷に移り住んだ。四人の孤児とともに。

大鏡博士に妻子はおらず、両親は既に死亡して兄弟もまたいなかったため、この屋敷には、大鏡博士の他には四人の孤児と五人の使用人が同居していたという。併せて十人だが、それでも館のサイズと比べると少ない。

なぜ大鏡博士が隠遁するかのように孤児たちとここに移り住んだのかは、当の孤児たちも含め誰も知らないらしい。養子となった孤児たちは全くバラバラの施設から引き取られてきたようだ。

やがて博士は専門家を雇い子供たちに楽器を教えるようになった。それぞれヴァイオリンを二人に、ヴィオラを一人に、チェロを一人に。最初から決めていたのだろう。大鏡博士はテラスで彼らの演奏を聴き喜び、また偶《たま》の来客に対して披露していたが、決して屋敷の外では演奏させなかった。そのためいつしか彼らは〝門外不出の四重奏団〟と呼ばれるようになったらしい。

そんな四重奏団だが今から十年前、突然彼らはこの屋敷から立ち去ることになる。充分な支度金を与えられ独立を云い渡されたのだ。事前に専門家による職業教育を受けていたこともあり、彼らは独立後も不自由のない生活を送ることが出来た。むしろ巣立ちまでセッティングしてもらい感謝しているらしい。それゆえ独立後も、季節の変わり目に四重奏団はここに集って、門外不出の演奏を続けていた。

大鏡博士は従来の使用人も解雇し、新しく招いたメイド（私を助けてくれたメイドだ）と二人でこの屋敷に住むことになった。

そして今から二年前、大鏡博士は心臓発作で死去した。四重奏団は葬儀の時に続き、毎年博士の命日になると、弔問客《ちょうもん》の前で門外不出の演奏を執《と》り行うようになった。生前の博士が望んでいたことらしい。

奇《く》しくも博士の命日が明後日で、四重奏団の子息たちも昨日からこの屋敷に逗留しているとのこと。

大鏡博士の遺言で、この館とそれを維持する資金を除き、莫大《ばくだい》な資産は五年を待って四人に分割されることになった。屋敷の維持は、今まで通りメイドに任せるらしい。

ぼんやりと海原を眺めていると、頭上からはヴァイオリンの音色が聞こえてくる。聞き覚えがある有名な曲だが、曲名までは思い出せない。一通り進んだところで一旦《いったん》止まり、再び始まるので、ＣＤではなく誰かが練習しているようだ。演奏自体は美しいのにどこか不安定に感じるのは、アゴーギクの激しさに加えて、おそらく伴奏のピアノがない故《ゆえ》だろう。門外不出の四重奏団のメンバーが弾《ひ》いているのだろうか。

ヴァイオリンのポルタメントを効かせた音色は子守歌のように甘く、そのまま居眠りしてしまいそうだ。いつしか荒波の音が、欠けた伴奏のパートを補うかのように聞こえ、全く別の二重奏に発展していく。

温泉の時とはまた違った快楽。ここに辿り着くまでの苦労が、まるで幻のように感じる。手すりにいっそう身を預け、瞼《まぶた》が重くなりかけたとき、隣でガサと物音がした。

見ると長身の人物が屋敷の裏手から現れた。黒いローブに、黒いマント、そして頭からすっぽり被った頭巾《ずきん》も黒と、黒ずくめの時代がかった格好で、まるで中世の錬金術師だった。

先述したように庭の向こうは切り立った崖なのだが、一箇所だけぬっと突き出た岬があり、その先端に灰色一色の小さな木造の小屋が建っていた。片流れの板葺き屋根で、手前の妻側に粗末な扉がついているだけ。トイレや物置にしては奇妙なロケーションではある。屋敷から五〇メートルくらいだろうか。その人物は小屋へとゆっくりとした足取りで向かっていた。

小屋の前までくると、同じくゆっくりとした所作で小屋の扉を静かに開け、中へと入っていく。

いつもなら不審を察して注意を喚起するところだが、一風変わったこの館や、アナクロなメイド、〝門外不出の四重奏団〟という大仰なネーミングから、どこか感覚が麻痺《まひ》していたのかもしれない。むしろ錬金術師なんてこの古めかしい館にはお似合いだなと微笑ましく感じただけで、視線を再び海原へと戻してしまった。ヴァイオリンの音色は既に止んでいる。

ただ、さすがに意識下で不自然さを感じていたようで、ぼんやり海を眺めながらも小屋をなんとなく視野の片隅《かたすみ》に捉《とら》えていた。

五分ほど経《た》った頃だろうか。黒ずくめの怪人物はドアを引き小屋の外へ現れると、屋敷のほうへと戻ってきた。往路と違い少し前屈《まえかが》みで、足取りも小走りに近かった。屋敷の陰《かげ》に怪人物が消えていき、荒々しい波の音が先ほどまでと同じように耳を冒し始めた頃、私は再び違和感を覚えたのだ。それも全く別の違和感を。

違和感の正体は何だろう？

頭を捻《ひね》っていたとき、「お寒くないですか」と、ティーポットを手にしたメイドが声を掛けてきた。

「湯上がりの身体にはちょうどいい風ですよ」

実を云えば少し冷えてきて戻る頃合いかなと思っていたのだが、ここは見栄《みえ》を張る。

「ほら、湯上がりに水を浴びた方が身体を鍛《きた》えられるでしょう、あれと同じです。ところであの小屋は何に使われているのですか？」

さりげなく尋《たず》ねると、

「あれは風の小部屋《ヒュッテ》といって」メイドは答える。「海鳥を眺める場所です。亡くなった大鏡博士がよく使われていました。日本海では珍しいヒメクロウミツバメも見ることが出来るんですよ」

ヒメクロウミツバメといわれても、鳥博士ではないのでぴんとこない。とはいえ口ぶりからは、貴重さは充分に伝わってくる。

「四重奏団の方々もですか？」

「おそらく」とメイドは頷《うなず》いた。「あの方たちがいらした頃からありましたし、ここに来られると覗《のぞ》いていかれますから」

となると、四重奏団の誰かなのだろうか。錬金術師風の格好は、例えばステージ衣装だとか。

「もしかして、門外不出の四重奏団が演奏されるときは一風変わった服装を身に纏ったりするのですか」

「いえ、スーツやドレスといった普通のコンサート衣装ですが。それがなにか」

ごく当たり前の返答と共に、怪訝《けげん》そうに私を見返す。

「……不躾《ぶしつけ》かも知れませんが、この家には黒いローブに黒いマントに黒い頭巾のまるで中世の錬金術師のような人がいたりしますか」

「それは」と、とっさにメイドの顔色が変わる。不味《まず》いことを訊《き》いたかもしれない。

「いえ、深い意味はないんです。さっきそのヒュッテに出入りするところを見たものですから。門外不出の四重奏団の方の趣味なのかなと思っただけで」

だがメイドの顔は余計に青ざめる。せっかくの美人が台無しになるくらい、細い眉《まゆ》を上げ顔を強《こわ》ばらせると、

「本当にご覧になったのですか。おっしゃる格好は、大鏡博士が好んでよくされていました。四重奏団の方々はそんな格好は……」

「ちなみに、大鏡博士は長身でしたか」

まさか幽霊ではないだろうが、念のため尋ねてみる。

「いえ、背丈《せたけ》はあなたと同じで中背でした。でもどうしてそんな格好の人が……」

ティーポットの口から紅茶がつーと零れ落ちる。ずっと冷静だったメイドを、これだけ狼狽《うろた》えさせるとは。

「メイドさん」私はすっくと立ち上がった。そして彼女の白く細い手を握ると、「風の小部屋《ヒュッテ》へ行ってみましょう。何かが起こっていると思われます」

彼女の言葉が契機となって、私は先ほどの違和感の正体に気づいた。黒頭巾の主は往路と復路で背の高さが明らかに変わっていた！

行きは長身だったが、帰りはやや縮んで中背だった。比較対象がない庭が背景だったので気づくのが遅れたのだ。

「そんな、大鏡博士が……」

亡霊を見るかのように私を見る。しかし私は大鏡博士ではない。自分と顔が似ているかどうかも知らない。亡霊扱いなんてもっての他。

館の裏口から抜け、黒ずくめの怪人物と同じルートで風の小部屋《ヒュッテ》へと向かう。足跡を期待してみたが、生育よく整った芝の上には何も残されていなかった。

メイドは無言ではあるが、従順にあとをついてくる。彼女にとっても、黒ずくめの格好は不祥の象徴なのだろう。

テラスで見た時と違い、ヒュッテの扉は意外と高く、二メートルほどあった。となると、あの怪人物の（行きの）身長は一九〇センチくらいになる。

私はメイドをその場に残し慎重に扉を押し開けた。大きく息を吸い、中へ入る。明かりが灯《とも》っていないので薄暗い。正面に小窓が一つだけあり、そこからうっすらと夕闇が漏れ入っていた。

外観からの予想通り、小屋の広さは四畳半ほど。壁と天井は灰色の板張りで、下はコンクリートの土間になっている。

室内はがらんどうで、木製の丸椅子の他には、左手の壁に二段の棚板が据え付けられているだけ。一段目には畳んだビニールシートが数枚置かれている。天井には直管型の蛍光灯が二本、裸のまま設置されているが、今は消灯している。

実際のサイズ以上に窮屈に感じるのは天井が低いせいだろう。手を上に伸ばすと掌《てのひら》までぴったりつく程度の高さしかない。

とりあえず照明器具があることが解ったので戸口付近を見渡しスイッチを探す。つまみを上下してオン・オフを切り替える昔ながらのスイッチが見つかったのでオンにする。

黄昏《たそがれ》に覆われていた世界が、一瞬で鮮明に立ち現れた。

「うわっ」

表に待たせているメイドの手前、何とか冷静さを保《たも》とうとしていたのだが、思わず声を上げてしまった。

案の定、「どうされました」とメイドが扉を開けて覗き込んでくる。しかし次の瞬間、メイドも私以上の声を上げることになった。

なぜなら、灰色の壁板には鮮血が激しく飛び散っていたからだ。天井まで届く勢いで、しかも入口付近と、奥の小窓の脇の二箇所に。真下の土間には小さな血溜《ちだ》まりが出来ている。

「コレは以前から？」

「……今朝はありませんでした」

恐怖のあまり私の腕にすがりつきながら、彼女は何度も首を横に振る。元から色白だったが、いまは宝飾店のショーウィンドウに飾られているマネキンのように真っ白になっている。

血溜まりからはぷんと生臭さと鉄分の匂《にお》いがした。

「いったいなにが……」

そう口にするメイドの震えが、二の腕から伝わってくる。

「風の小部屋《ヒュッテ》はこの部屋だけですか」

「はい」

「物置とかも」

「ございません」

念のため確認する。というのも小屋の中には、血痕《けっこん》の主となるべき存在が見あたらなかったからだ。

代わりに壁の下段の棚の下に光るものが眼《め》に入る。摘まみ上げると、刃渡り三〇センチ足らずの湾曲したアラビア風の短刀だった。柄の部分も金属で出来ており、植物模様の細かい装飾が施されている。大きく迫《せ》り出した刃の部分には、べっとりと血糊《ちのり》がついている。

思わず放り投げそうになったが、ぐっと堪える。ミステリ作家たるもの、こんな程度で腰を抜かしているわけにはいかない。美人メイドの手前もある。

私は余裕の仕草《しぐさ》で短刀を棚の上に載せると、再び身を屈めた。

短刀が落ちていた近くに、細長い短冊状の厚紙が同じく落ちていたからだ。白紙だったがそれは裏面で、裏返してみると、

〃風の精、シルフは消え去れ〃

と、印刷されていた。

歌詞か何かのつもりだろうか。文言の頭にはハ音記号が添えられている。

「『ファウスト』か。厄介なことだ」

思わず呟く。

「ファウスト？」

メイドが疑問形で反唱するが、とりあえずスルーした。今はミステリ界隈《かいわい》と『ファウスト』の腐れ縁について講義している時間も余力もない。

「いえ、とにかく悪趣味なんです。メフィストフェレスのように」

そうひとまとめにして、私は小窓へ向かった。

血痕も、凶器も、見立て風の短冊もある。しかし肝心の死体がない。そう、今この小屋に一番必要な存在にも拘わらず、影も形もなくなっているのだ。

館へ戻った中背の怪人物が、死体を抱《かか》えていたとは思えない。いくらぼんやりしていたとはいえ、さすがに私でも気づく。

となると、小窓から投げ捨てるしかないのだが……。

小窓には厚手のガラスが嵌《は》められているが、突上げ式になっており、外を覗き見できるようになっていた。なので外へ遺棄するのは可能だが、胸の高さにある小窓は幅四〇センチ、高さ二〇センチ程度の大きさしかないのだ。

首だけならともかく、とうてい人を通せるサイズではない。

つまみ状のロックを外し窓を上げる。外に九〇度上げるとそこで固定される仕組みのようだ。私は窓から外を覗いてみた。

窓を開けたときからひときわ強くなった波の音が、４Ｄ映画を見ているときのようなサラウンドで伝わってくる。

風の小部屋《ヒュッテ》は岬の突端ギリギリに建てられていて、眼下は垂直に切り立った崖と、崖に打ち寄せ渦巻く荒波だけ。

高さは二〇メートル以上だろうか。学生の頃に訪れた東尋坊を思い出す。ここに落としてしまえば、波濤《はとう》がすぐに攫《さら》っていくかもしれない。

波の合間に海鳥の啼き声が聞こえてくる。四方八方、時には頭のすぐ上からも。それがヒメクロウミツバメかどうかは私には解らないが。ともかく海鳥の観察にはもってこいなのは実感できた。

啼き声のブラウン運動で脳内に高周波の乱反射がおき、三半規管が狂いそうになる。小窓から首を抜こうとしたとき、いきなり足下が滑り前のめりになる。同時にガクンと目の前の海がワンランク迫ってきたように感じた。

落ちる……

私は死を覚悟し思わず目を瞑《つぶ》った。

「君はバカだなぁ」

半笑いのメルの声がどこからともなく聞こえてくる。

だが、転落特有の浮遊感は襲ってこなかった。恐る恐る眼を開けると元の高さ。

「大丈夫ですか」

背後からメイドが心配げに尋ねかけてくる。私はゆっくりと小窓から首を抜くと、

「なんのことですか」

と、とぼけた。この小窓のサイズでは落ちようがない。確かにバカだ。

「いや、絶景ですね。小一時間でも眺めていたいくらいです。ハハハ」

何事もなかったかのように、ぽんぽんとガウンの埃《ほこり》を払う。とはいえ、綺麗に手入れされているためか、埃は出てこない。

「とにかく、屋敷へ戻りましょうか」

これ以上、彼女をこの血腥《ちなまぐさ》い小屋に置いておくのはまずい気がした。ミステリ作家で、殺人事件の現場に何度も遭遇している私と違い、彼女は一介のメイドに過ぎない。刺激が強すぎる。

「教えて下さい。いったい何が起こっているんですか」

知りたいのは私も同様だ。私は無理に笑顔を繕《つくろ》うと、怯《おび》えるメイドを促《うなが》して小屋を出た。

死体はどこへ消えたのか。窓から捨てるのは不可能。かといって抱きかかえて持ち去ったわけでもない。

もしかすると犯罪など実際は起こってなくて、あの血は怪人物自身のものなのかもと考えてみたが、二箇所にわたる血飛沫《ちしぶき》や血溜まりの量から、それも難しそうだ。なにより帰り道も芝生の上を観察してみたが、芝の上に血痕は全く見つからなかった。

それにあの短冊の文言。ゲーテの『ファウスト』でメフィストフェレスが現れた際にファウストが四大精霊に対して呼びかけた有名な呪文《じゅもん》だが、気になるのはその数だ。

この館には門外不出の四重奏団が滞在している。四大精霊も四重奏団の人数も四。単なる偶然の符合だろうか。

「四重奏団の方々を呼び集めていただけないでしょうか」

館の裏口に着いたとき、私はメイドに頼んでみた。

「そうですね。みなさんにお知らせしなければ」

屋敷の中に入ったことで少しは落ち着いたのだろう。メイドは顔色を取り戻し、急ぎ足で二階へと上っていく。

全ての窓にカラフルなステンドグラスが嵌め込まれ、バロック調の派手なマントルピースが中央で幅をきかせる応接室で身体を休めていると、やがて三人の中年男性が入口に現れた。

最初に口を開いたのは、茶髪で中背の人物だった。

「いったい、何があったんだい？」

銜《くわ》え煙草で尋ね掛けて来る。丸顔で色白。瞳《ひとみ》が碧《あお》いので、茶髪も地毛なのかもしれない。

「何が起こったんや」

次いで顔を覗かせたのは一九〇センチはあろうかという長身の男だった。肩幅も広く、胸板も厚い。角張った顔の彫りも日本人にしては深い。それゆえベタな関西弁が奇妙に思えた。

「ていうか、あんたは？」

長身の男が私に気づき近づいて来た。唾《つば》が届きそうな厳しい口調で、目を細め上から覗き込むように顔を近づけるので、思わず腰が引けてしまう。

「行き倒れ寸前のところを、先ほどメイドさんに助けていただいたんです」

「行き倒れやて？」

浮浪者と勘違いしたのか、細い目を更に細くして、嘗《な》め回すようにじろじろ見る。

「いえ、ミステリ作家を生業《なりわい》としています」

名刺を出そうとして、カバンをテラスに置いてきたことに気づく。

「へえ、ミステリ作家なんや」

名乗ったことで、猜疑《さいぎ》の眼差《まなざ》しが逆に強まったように感じられた。

「人殺しのことばっかり考えているんやな」

これでは名刺を持っていたとしても、意味はないのかもしれない。ちょくちょく直面する偏見だ。

「自分、ミステリ作家なんだ」

対照的に茶髪のほうは興味ありげに碧眼《へきがん》を輝かせて喰いついてきた。

「やっぱり、とっておきのネタは、嫌いな奴《やつ》を殺すときのために残しておくの？」

返答に困っていると、「まあまあ」と、ちょい悪ではないタイプのイタリア人ぽい男が甲高《かんだか》い声で割って入った。

背丈は茶髪男と同じくらい。黒々としたショートアフロで、なすびのような輪郭からもみあげが頰まで伸びている。

「私は山田山羊《やまだゴート》と云います」

毛深い腕で握手を求められる。

「申し遅れました、美袋三条《みなぎさんじょう》といいます」

山田ゴートが自己紹介をしたのを契機に、あとの二人も名乗り始める。

茶髪は内田内裏《うちだパレス》といい、長身の方は鈴木鈴々《すずきベルリン》という名らしい。

たしかに内田パレスのほうは宮殿に住んでいるような気品があるし、鈴木ベルリンのほうもドイツっぽい武骨さがある。では山田ゴートはヤギっぽいかというと……むしろマリモのような頭部はヒツジっぽい。さながら山田マトン。

「みなさん、門外不出の四重奏団の方々ですよね」

「ああ、もうご存じなんですね。私はチェロを担当してます」

折衝役のようにまず山田ゴートが答える。普段は地銀の行員をしているらしい。チェロ弾きのゴートと覚えよう。

「僕は第一ヴァイオリン。たまにベルリンと交代して第二ヴァイオリンも受け持つけどね」

細長い綺麗な指で、今も音楽に携わっているという内田パレスが握手を求めてくる。鈴木が次いで自分が第二ヴァイオリンだと説明した。彼は大阪でブリーダー業を営んでいるらしい。みながするから仕方なくといった感じで、同様に握手を求めてくる。同じく長い指だがこちらは関節が太く盛り上がっている。

しかし、長軀から見下ろされると、威圧感が半端《はんぱ》ない。ふと、最初に小屋に入った黒ずくめは、この鈴木ベルリンではないかと思った。身長がだいたいこのくらいだ。

とはいえ、どうやって脱出できたのか。彼の足許は靴下にスリッパなので、身長が上げ底というわけではない。

「失礼ですが、みなさん、ハーフなのですか？」

「さあ、よく云われるけどね。名前もこれだし」

内田が肩を竦《すく》める。次いで鈴木が、

「俺たちみんな捨て子やったから。親のことは知らないんや」

「すみません。軽率な質問をして」

私は即座に謝った。

「気にしないで下さい。その代わり私たちにはとびきり素晴らしい養父がいましたから」

微笑んだあと、山田は遠い目をした。大鏡博士のことを思い出しているのだろうか。

「……でもどうして苗字《みょうじ》が異なるんです？」

「養父《ちち》の希望で、引き取られる前の名前をそのまま使っているんだよ。戸籍上は大鏡なんだけど」

穏《おだ》やかな口調で内田パレスが説明した。

「大鏡という名は目立つからな。大鏡会の連中はいろいろきな臭いし、養父《おとん》も近づけようとしなかったから、今さら大鏡を名乗る気もあらへんけどな。鈴木の方が気楽でええわ」

鈴木が大きく伸びをする。絢爛なシャンデリアがぶら下がる丸天井は普通よりはるかに高い位置にあるが、彼なら手が届いてしまうんじゃないかと錯覚してしまう。

「それで門外不出の四重奏団《セレナーデ》の残る一人は？」

最後の一人は小野《おの》小夜という女性らしい。

四人は三十五年前、二～四歳で大鏡博士に引き取られたので、最年長の内田と小野が三十九、最年少の山田で三十七歳とのこと。小野以外は年相応にみな家庭を持っているらしい。

「少し前に露天風呂に入ると云ってたような気が」

山田が首を捻ったとき、タイミング良くメイドが現れた。

「小野様がお部屋にいらっしゃいません。いくらお呼びしても反応がないので、中を窺《うかが》ったら蛻《もぬけ》の殻で」

「それなら」と私が割って入る。「温泉をいただいていたとき、隣の女風呂に誰か入っていたようでしたが、もしかすると」

「長風呂かあ。まあ、セレナーデは昔からスパが大好きだったからね。一度入れば一時間は固い」

「見て参ります」

メイドが慌ただしく下がっていく。

「そやそや。鳴子《なるこ》温泉に行ったときは、俺たち三人ずっと外で待たされてて、コケシを眺めてるだけ。あれ、湯冷めして大変やったな」

感慨深げに鈴木ベルリンが腕組みする。

「でも、ゴートは意外と寒さに強かったよね」

「これでも腹筋と腕立て伏せをしてたんですよ。昔は」

「ここに住まわれていたときも、外出はされていたんですね」

昔話に割って入ると、内田パレスが苦笑しながら、

「〝門外不出〟という言葉が一人歩きした感はあるね。学校に通わず家庭教師だったけど、旅行にはよく連れていってもらってたよ」

「音楽だけでなく優秀な家庭教師をつけてもらったから、いまも苦労なく暮らせているんですよ。セレナーデは今や料理の先生で、レシピ本を何冊も出してます」

「ところで」

少しうち解けてきたところで、私は井戸端会議《いどばた》を遮《さえぎ》った。

「先ほど風の小部屋《ヒュッテ》に行かれた方はいませんか？」

「いや。ぜんぜん」

「今日は行ってないなあ」

「私はずっと部屋に」

さすが兄弟。同じタイミングでみな一様に否定する。

「何かあったのかい。先ほどのメイドの慌てぶりといい、どこか訝《おか》しいけど」

色素の薄い眼で内田が私を見つめる。表情は読み取れない。

「いえ、実は不審な人影を見たので」

「自分以外の？」

鈴木が上から睨《にら》みつける。その眼は再び猜疑の色が濃くなっていた。

「この屋敷にはあなた方四人と、メイドしかいないんですよね」

「君を除けばね」

茶髪の内田のトーンも強ばる。

四引く三は──。となると、あの血痕は小野セレナーデのものなのだろうか。

持って回った質問をする度に、私の立場が危うくなる気がする。仕方なく「実は……」と、率直に事情を説明しようとした。そのとき血相を変えたメイドが入口に飛びこんできた。

　初対面ではクールビューティだったはずだが、この一時間でいったい何度青ざめたことだろう。しかも今までで最上級の乱れっぷりだ。固く結ってあったシニヨンが見事に解《ほぐ》れているうえ、キャップがなくなっている。

「小野様が、セレナーデ様が露天風呂で……」

　狼狽《ろうばい》ぶりで察したのだろう。「そら、大変や！」と、真っ先に反応したのは鈴木ベルリンだった。運動神経が優れているのだろう。バネ細工のように素早く向きを変えると、廊下に駈《か》けだした。

　次いで慌てて煙草を灰皿で揉み消した内田パレスが追いかけていく。「おいおい、二人とも待ってくれ」と右手を伸ばして中腰で叫ぶ山田ゴートが最後だった。

　私は怯えるメイドをなんとか立たせると、一緒に離れにある露天風呂へと連れて行った。当然メイドは厭《いや》がるが、彼女を独《ひと》り残しておく訳にはいかない。かといって介抱のため一緒に応接室に留まるのも躊躇《ためら》われた。好奇心もあるが、第三者として状況を客観的に見届けなければならない気がしたのだ。

　渡り廊下の途中に落ちていたキャップを拾ったあと、脱衣場にメイドを残し浴場へ入る。内田が「セレナーデ！」と叫んで湯船に飛び込もうとするのを、背後から鈴木が抑えていた。山田は呆然《ぼうぜん》とその脇で立ち尽くしている。

湯煙の中、彼らの視線の先には一人の女性が、顔だけ仰向けにして、湯船に背を凭《もた》れて息絶えていた。

もし首に左右二箇所の切り傷がなく、白濁した湯が血でピンク色に染まっていなければ、温泉に浸かりながらぼんやり空を見上げているだけと映ったかもしれない。

「放せ、ベルリン」

「いや、パレス。残念やけど、セレナーデはもうあかん。それに現場はそのままにしといた方がええやろ」

口惜《くや》しそうに説得する鈴木。彼のほうがいくぶん冷静で、ミステリ作家をバカにしていた割に、こういうときの対処には詳しいようだ。

「ゴートさん、警察を」

私がそう訴えると、我に返った山田が館へと戻っていった。頼りなさそうだが、メイドと違い独りで行かせても大丈夫だろう。

「君が殺したのか！　君がセレナーデを」

私の指示に反応して、内田が睨みつけてくる。

「違います。それならとっくにここから逃げ出してますよ」

筋骨隆々の鈴木がずっと内田を抑えてくれることを願いながら、湯船の縁を伝い死体の近くまで移動した。後ろに延び広がった長い黒髪を、踏まないように気をつける。

大きく黒い瞳に長い睫《まつげ》、肉厚な真っ赤な唇、高く通った鼻筋。今にもフラメンコを踊り出しそうな、地中海風の派手な顔立ちだ。

やはり何らかの意図を持って、大鏡博士はハーフ、あるいはハーフっぽく見える孤児ばかりを引き取ったように思える。

首の両側には切り傷がぱっくり口を開いている。痛々しさに思わず顔を背けたくなるほど。脈を取るまでもなかった。

やはり、風の小部屋《ヒュッテ》で殺されたのはこの女性だったのだろうか。二箇所の傷跡も血痕と一致する。しかしどうやって温泉まで運んだのだろう。

突然吹いた海からの風が、彼女の長髪を巻き上げ私の脛《すね》を撫《な》でる。驚き後退《あとずさ》ったとき、洗い場の洗面台の上に短冊が置かれているのに気がついた。ヒュッテにあったものと同じだが、今度は表向きになっていた。そのためわざわざ拾わずとも文言が読める。

短冊にはハ音記号のあとに、〝水の精、ウンディーネはうねれ〟と記されていた。

2

事件から一夜明けた昼下がり。

来客は当然キャンセル。がらんとした大鏡邸に私は相変わらず拘束されていた。

山田ゴートの通報で警察が来て事情聴取を受けたのだが、残念ながら善意の第三者だと認識してくれなかったようだ。それどころか一番疑われている始末。

小野セレナーデが殺されたのは、メイドが発見する一時間前以内。つまり夕方の四時から五時の間。私が温泉に入ったのが四時で、数分後に女湯から人の気配がしたので、それが小野なのはおそらく間違いないだろう。

事情聴取の際、私は風の小部屋《ヒュッテ》の件を警察に話した。ずっと話しそびれていたので、刑事だけでなくその場にいた三人ともが驚いていた。特に怪人物の格好に反応していたようだ。黒いローブに黒いマント、黒い頭巾の錬金術師のような格好は、かつて大鏡博士が好んで纏っていたと彼らも証言した。もちろん今は誰もそんな格好などしないと、つけ加えるのを忘れずに。

警察は当初、凶器と新たな事件現場の出現に色めき立っていた。

ところが一夜明けてみると、話はすんなりいかなくなってきた。なぜなら風の小部屋《ヒュッテ》に飛び散っていた血痕は小野セレナーデのものではなかったからだ。小屋の壁板の二箇所の血痕のDNAは同一のものだが、肝心の小野セレナーデとは似ても似つかなかったらしい。そもそも血痕は男性のものだった。

つまり事件は二つ起こっており、もう一人被害者が存在する可能性が高まってきたのだ。なおややこしいことに、ヒュッテに落ちていたアラビア風の短刀に残されていた血糊は小野セレナーデの血液のみで、壁板の鮮血は全く検出されなかった。つまり凶器の短刀は、もう一本存在するらしいのだ。

これで浴場にその短刀が残されていれば、シンメトリーで不可解ながらもある意味美しく収まるのだが、浴場や脱衣場からは凶器どころか被害者の衣服以外の遺留品は、ウンディーネの短冊を除いてなにも発見されなかった。

もちろんヒュッテの窓から投下された可能性は多分にあるが、波は依然高く崖下を捜索できる状況ではない。

「ブラとケットは仲良しこよし。ブラとケットでブラケット♪」

山陰の夕暮れは早い。三時を過ぎ早くも陽光が弱まりかけたころ、タキシードにシルクハットというものいでたちでメルカトル鮎《あゆ》が姿を見せた。珍妙な鼻唄とともに……。

昨晩に館の電話を借り、状況を一応伝えておいたのだが、その時は自分が疑われるとは思っていなかったので、面白そうな館と事件があるからと、他人事《ひとごと》のように誘っただけだった。

ところが一転、DNA鑑定が終わった昼過ぎから雲行きが怪しくなってきた。被害者がもう一人いるということは、屋敷の関係者だけで話が完結しないからだ。まさに青天《せいてん》の霹靂《へきれき》。

ともかく藁《わら》にも、いやメルにも縋《すが》るとはこのことだ。

「僕は、いまでも君が仕組んだんじゃないかと疑っているよ。そもそも君に頼まれた取材だったんだし」

「まさか」メルカトルは人差し指で帽子《シルクハット》をくるくる回すと、「いくら私の頭脳をもってしても、君が素手で凶器を摑《つか》むなんて予想できないよ」

そうなのだ。ヒュッテに残されていた短刀の柄に私の指紋が残っていたことが問題視され、私の疑惑はトップレベルにまで昇格してしまったのだ。オッズはもう一・五を切っているかもしれない。

「バカなことをしたと思ってるよ。美人を前に浮かれていたんだな。で、どうなんだい。君のことだから僕の無実なんて簡単に証明できるだろう」

「短兵急かつ横柄な態度だな」

メルカトルはやれやれといった笑みを浮かべながら、

「たしかに、君を信頼して雑用を頼んだのは私のミステイクだ。最低限のケアはしなければね」

相変わらず厭味《いやみ》な男だ。関係ないがメルカトルはどこかロシア人ぽい。タキシード姿といい、この四重奏団に加わっても違和感がないかも、とふと思った。

「とりあえず、この音色の主に会ってみようか」

先ほどから、ヴァイオリンの音が二階から洩れ聞こえてくる。昨日と違い時折りチェロが入ってくる。ヴァイオリンとチェロの二重奏。

音色を辿って二階の洋間を覗くと、赤々と燃えるマントルピースの前に、楽器を手にした二人の男たちがいた。茶髪の内田パレスとショートアフロの山田ゴートだ。

「事件後も練習ですか？」

「二人でセレナーデを悼んでいたんだよ」と内田。「ピアニストがいれば三重奏になるんだが。残念ながら僕もベルリンもピアノは弾けなくてね」

「チャイコフスキー以来、ロシアでは追悼にピアノ三重奏曲を演奏する伝統があるんですよ。だからピアノ三重奏曲には追悼曲の名曲が沢山ある」

山田が暗い顔つきで補足した。二人とも口許に無精髭が浮かんでいる。

「私もピアノはさっぱりです。お手伝いできればよかったのですが」

肩を竦めながらもメルの視線は周囲に散っている。

「なるほど……しかし警察は何も調べていないんだな」

メルは呆《あき》れたように叫ぶと、マントルピースの上にあった白磁の時計に手を掛ける。時計の下には一枚の短冊が裏向きに挟まれており、同じようにハ音記号とともに活字で〝火の精、サラマンダーは燃えよ〟と記されていた。

「これは以前からありましたか？」

表情を変えずに尋ねるメルとは対照的に、内田は強ばった顔つきで、

「いや、覚えはないな。あっても気づかなかったかもしれないが」

「ここでいつも練習を？」

「本番はテラスだけど、昔から練習や気晴らしにここで弾くことは多いね、みんな。眺めがいいし、冬は暖炉《だんろ》もあるし」

隣の山田も神妙に頷いている。開放的な洋間のフランス窓の向こうはベランダになっていて、その先は日本海が広がっていた。太平洋と違い、日本海は昼もどこか寂しげだ。

「しかし……なぜこんなものが」

新たな短冊の出現による困惑を顔に焼きつけたまま、二人は逃げるように洋間から出て行った。

「また手品を使ったのか？」

「私が？　まさか。これは現場に残されていたのと同じ短冊だろう。いくら私でも一夜で誂《あつら》えるのは無理だよ」

メルカトルは短冊を無造作にポケットに入れると、

「不思議なものだね。風の小部屋《ヒュッテ》では、短冊があり犯罪の形跡は残っているが肝心の死体はない。露天風呂では死体と短冊はあったが凶器はなく、そしてここでは短冊はあるが犯罪の形跡すら見られない」

「てんでバラバラだな」

「そのうちコボルトの紙が、土の中から現れるかもしれないな」

冗談めかしてメルは口にしたが、次の瞬間、彼の目はマントルピースの上の油絵に釘付《くぎづ》けになっていた。

「いや……犯罪の形跡は残っていた。ここに」

ゴーレムのごとく堅牢なマントルピースの上には、アダムとイヴの楽園追放を題材にしたマニエリスム風の宗教画が飾られているのだが、イヴの左の膝頭《ひざがしら》、ちょうど私の目の高さの辺りに、ペンを突き刺したような数ミリの小さな孔《あな》が開いていた。

「これにどういう意味が？」

メルは答えることなく今度はフランス窓を開けベランダへと出る。そして壁の陰に消えた。

しかしすぐに顔を覗かせ私を手招きする。穏やかさの中に規則的に押し寄せる波濤の音を耳にしながら私がベランダへ出ると、メルはすぐ脇の壁面を示した。目の高さほどの位置に直径五、六センチの孔が穿《うが》たれている。孔は円錐《えんすい》状に奥へ行くほど狭まり、直径が半分ほどになって壁を貫通している。

目の前の踏み台をどかして孔を覗いてみると、先ほどのイヴの膝頭がよく見える。

「外からパテで塞《ふさ》いであったが、簡単に外れるように細工されていた」

メルの掌には白いパテの塊が載せられていた。

「二階の廊下にクロスボウが飾られていたのに気づいたかい。クロスボウを使ってここから狙《ねら》えば練習中のメンバーを射貫《いぬ》いて、マントルピースに釘付けにできるかもしれないな。まさに〝サラマンダーは燃えよ〟だ。このベランダは廊下からも出入りできるし、状況によっては密室殺人になっていたかもしれない」

「それで予《あらかじ》め、短冊を準備しておいたのか。じゃああの絵に開いた孔は」

「予行練習したんだろう。ここは彼らが練習に使っていたようだからな」

上手《うま》く云ったつもりなのだろうか。したり顔である。

「暖炉で火の精《サラマンダー》か。てっきり家の一つでも燃やすのかと」

「なんだ、がっかりしたのかい。でも大丈夫だ」

メルカトルが皮肉めいた笑みを浮かべた。

「いや、そういうわけではないけど。それじゃあ、あの二人にサラマンダーの短冊のことを教えたのはまずかったんじゃないのか」

「なに、この私が来たんだよ。どのみちもう犯罪は起こらないさ」

＊

次いでメルカトルはメイドと話したいと主張した。その道すがら、

「どうしてハ音記号なんだろう。音楽や歌を表すのなら、八分音符かト音記号が普通だろ。マイナーなハ音記号なんて」

私が疑問を投げかけると、

「弦楽四重奏曲の楽譜ではハ音記号はヴィオラ・パートで使われるね」

「犯人がヴィオラ奏者だと？　でも、ヴィオラはたしか殺された小野セレナーデのはずだよ」

ヴィオラに濡《ぬ》れ衣《ぎぬ》を着せるつもりだとしたら、真っ先に殺しては意味がない。

「もちろん承知しているさ。私を誰だと思っているんだい」

うまくはぐらかされたのだろうか。結局、明確な回答を得られないまま、私たちはメイドに会った。

メイドは事件後、警察が到着したころにはいったん落ち着きを取り戻しつつあるように思えた。しかしその後眠れなかったのか、朝に会ったときは前日以上にひどく痩《こ》けていた。その状態は今も継続中で、いっそう困憊《こんぱい》しているように見える。館のことのみならず、セレナーデの葬儀の手配など一手に取り仕切っているせいだろう。心身が保《も》つか心配になる。

「大鏡博士の墓所はどこだい？」

相手を気づかうことなく、単刀直入にメルはメイドに尋ねる。

「博士の墓所？」

私が首を捻ると、

「来る間に少し下調べをしてね、博士がこの屋敷の地下に眠っているのは知っているんだ」

「……承知しました」

理由を尋ねることもなくメイドは小声で頷き、素直に鍵《かぎ》を取りに行こうとする。どこか諦めがちな態度。その後ろ姿にメルは呼び止める。

「ところでセレナーデさんは他の兄弟と交際していたりは？」

廊下の途中で立ち止まったメイドは、「いえ、」と一瞬間をおいて否定した。その仕草ひとつひとつが力ない。「血は繋がっていなくても、ご兄弟ですし。それに……」

「それに？」

「小野様は男嫌いを公言してはばかりませんでしたから。いまも女性の方と同棲《どうせい》していらっしゃると伺いました」

メイドが地下墓所の鍵を取りに行った隙に、

「セレナーデが兄弟とデキていた証拠でも見つけたのか？」

声を潜めて尋ねかけると、

「現場の状況からして、湯船で彼女は犯人に背中を向けていたことになる。まるっきり油断していたわけだ。もし女湯に恋人でもない男が入ってきたら、たとえ義兄弟でも警戒や抵抗の痕《あと》があっていいはずだからね」

「じゃあ、犯人は女性だと。あのメイドが？　まさか！」

彼女は命の恩人だ。にわかには信じがたいが、この館に女性は一人しかいない。

「現状、メイドかもしれない」曖昧にメルは答えるのみ。

「……でも彼女では背が低すぎる。ヒュッテから戻ってきたほうの黒頭巾も、僕くらいの身長があったはずだ。それにあの時メイドが僕の目の前に現れたのは怪人物が館の陰に消えた直後で、さすがに時間的に無理がある」

「誰も君の発掘したての銅鏡よりも曇った意見は求めてないよ」

「しかし目撃したのは僕で……」

まるで命の恩人だから庇《かば》っていると云わんばかりの口調に強く反論しようとしたとき、大きくも古めかしい鍵を手にメイドが戻ってきた。彼女は私たちを誘導し、廊下の脇にある物置のような簡素な扉を開ける。奥には薄暗い階段が地下へと延びていた。ケルベロスが番をしてそうな冥府の暗闇《くらやみ》から、黴臭《かびくさ》い匂いが鼻孔を突いてくる。

冷え切った階段は二度折れ、一階と半分ほどの高さを下ったとき再び扉が現れる。階上の質素なものとは違い、ロダンの地獄の門を思わせる、宗教的呪術的なオブジェ塗《まみ》れの豪奢《ごうしゃ》な扉だった。

扉の奥は八畳ほどの玄室になっていた。広くはないが、天井が高いため窮屈さは感じられない。イオニア式のオーダーが並んだ大理石の壁には、神話に出てきそうな絵物語のレリーフが一面に刻まれており、それが間接光の中、陰影濃く浮かび上がっている。

「博士は暗い部屋がお嫌いでしたので、照明は常時点けております」

きちんと換気がなされているのか、地階にもかかわらず湿気が感じられない。開館前の美術館のような、ひたすら静謐な空間だった。

玄室の中央には六角形の木棺が据えられていた。蓋《ふた》には十字架の代わりに、神獣のレリーフが彫られている。

メルカトルと顔を見合わせ、無言のまま二人で蓋を開ける。メイドは抗議しない。

中にはミイラ状の大鏡博士の死体が安置されていた。瞬時に死の匂いが部屋中に拡散し、すぐにでも逃げ出したくなる。

大鏡博士は私が目撃したのと同じローブとマント、頭巾姿だった。二年経って、遺体同様に衣装も朽ち始めていたが。顔つきも応接室に飾ってある肖像画の面影《おもかげ》が残っている。

ともかく、死体に異常は見られない。

「コボルトはここではなかったか」

当てが外れた口ぶりだが、その割りには落胆しているふうでもない。不思議に思っていると、

「これを見たまえ」とメルは棺の蓋を示す。

〝父よ　われも人の子なり〟

同じ文が二箇所、棺の蓋の両サイドに刻まれていた。楔形文字と見紛うくらいにかろうじて読めるほどの雑な仕上げで、素人が彫刻刀で彫ったものと解る。削られた部分がまだ色褪《いろあ》せていなかったので、わりと最近のようだ。

「大鏡博士に子供は？」

メルカトルがふり返り尋ねると、

「血の繋がった子供はおられません。はい。子供はあの四方だけのはずです」

一連の行為を無表情で見つめていただけだったメイドが、顔を真っ青にしながら首を横に振った。しかし徐々に自信がなくなっていったように聞こえるのは、十年前に雇われた身では、限界があるからか。

「それでは〝父よ　われも人の子なり〟という言葉に聞き覚えはありますか？」

メイドは再び首を振るだけだ。

「いい見世物だった。しかし、そろそろホムンクルスが登場する頃合いだな」

陰々滅々《いんいんめつめつ》とした玄室の扉が閉じられたとき、死臭を落とすかのように服を払いながらメルが呟いた。

「ホムンクルス？」

「そう、ファウストといえばホムンクルスだろ」

＊

サラマンダーの短冊に地下の棺の謎めいた文言。いろいろ起こった気がするが、メルカトルが到着してからまだ一時間と経っていない。日が暮れ始めてさえいないのだ。手際がいいのか、銘探偵特有の運を招き寄せるのか。とはいえ事件はますます混迷を深めるばかりだ。その上、ホムンクルスとは……。

だが意外なことに応接室に戻ったメルは、謎解《なぞと》きを始めるから今すぐ関係者を呼ぶようメイドに伝えたのだ。まるで行きつけの喫茶店でいつものコーヒーを頼むような軽い口調で。さすがの私も唖然《あぜん》としていると、

「君はこの事件に大長篇でも期待しているようだが、残念ながら私は長篇には向かない探偵なんだよ」

そして集まった門外不出の四重奏団や苦虫を噛み潰した刑事たちの前で、ゴールド免許相手の講習会なみの簡潔さで推理を披露し始めた。

まずメルカトルは、この一時間に得た情報を整理し説明したあと、

「少なくとも、昨日今日にこの場に登場したこの美袋君には無理な芸当です。もっとも頭脳的にも無理なのは最初から明らかなことですが」

余計な一齣《ひとこま》を捻《ね》じ込む。そしてマントルピースに飾られている煌やかなコプトの杯をしげしげと眺めながら、

「まず、美袋君が目撃した風の小部屋《ヒュッテ》の件から説明しましょうか。黒ずくめの怪人物が小屋へ行き、やがて引き返してきた。その際に身長が変化していたことから、美袋君が訝しんだわけですが。まあ、珍しく彼の観察は正しかったようです。件《くだん》の怪人物は行きと帰りで別人だったと考えられます。おそらく犯人はヒュッテにいた人物を殺害しようと忍び込んだが、逆に反撃され殺されたのです」

多くの者が息を呑《の》むが、ここまでは想定内だ。問題は死体が消えたことなのだが。

「犯人は温泉で小野セレナーデさんを襲撃し、殺害。返す刀で風の小部屋《ヒユッテ》にいた人物——犯人Bとしておきましょうか——も殺そうとした。それゆえ短刀にはセレナーデさんの血糊がついていたわけです。ヒュッテの短刀と短冊は、犯人と犯人Bが争った際に落とした物です。犯人が故意に短冊を残したのならせめて表向きにしておくでしょうから」

「じゃあ、小屋の鮮血は犯人のもので、セレナーデを殺した奴は既に死んでいると云うのかい」

応接室に入ってきた時からむっとした表情で煙草をふかせていた内田パレスが、感情を押し殺しながら尋ねる。

「テラスに美袋君がいたため、犯人は扮装《ふんそう》して風の小部屋《ヒユッテ》に入らなければならなかった。それは反撃した犯人Bも同様で、小屋から出ようとしたときに美袋君の存在に気づき、犯人の服を拝借してやり過ごしたのです」

「それで犯人の死体はどうなったんや？　ヒュッテの中には何もなかったんやろ」

私が一番知りたいことを、代わりに鈴木ベルリンが口にした。ミステリ作家に対するのと同様、彼は探偵という存在にも懐疑的なのだろう。口調も横柄だ。

「解体して小窓から投げ捨てるには時間が足りませんし、そもそも土間自体は小さな血溜まり以外はむしろ綺麗でしたからね。かといって美袋君がメイドと小屋へ向かうために目を離したほんの一分程度のあいだに、手負いの犯人が逃げ出したとも考えにくい。芝生に血痕は落ちてなかったですからね」

衆目が集まりみなが固唾《かたず》を呑んだところで、メルははぐらかすようにくすと笑うと、

「その答えはあとにして、今はセレナーデさん殺しに移りましょう。現場には彼女が抵抗した痕が見られませんでした」

先ほど私にした推理をメルカトルが開陳すると、

「じゃあ、自分が犯人なんか？」

鈴木ベルリンがいかつい顔つきでメイドを睨みつける。だが反論一つせず、彼女は顔を伏せたまま押し黙っている。

「あの日、メイドは露天風呂で、隣にセレナーデさんがいる状況で美袋君に〝お客様〟と呼びかけました。おそらくその声はセレナーデさんにも聞こえていたことでしょう。それで彼女は犯人が入ってきても驚かなかった。一日早く訪れた客だとでも思ったんでしょうね」

「でもここには他に女なんておらへんで。それにヒュッテに残っていた血は男のものという話やったはずやが」

苛立《いらだ》った鈴木が詰問すると、

「別に女である必要はありません。一般的に女風呂に入れる人間を考えれば答えは自《おの》ずと出てきます。犯人は子供です。小学生程度の。子供なら女湯に入っても問題ないし、解体することなくヒュッテの小窓から投げ捨てられる」

「待ってくれ！　それじゃあ、あの長身の怪人物は？」

一九〇センチの子供なんかいないだろうし、万が一存在したとしても今度は小窓から捨てられない。仮に竹馬に乗って誤魔化したとしたら、もっとぎこちない歩き方になるはずだ。あの黒頭巾はゆっくりだったが、自然な歩き方だった。

メルはコホンと咳払いをしたあと、

「小野セレナーデの首には傷が二箇所あった。そして大鏡博士が眠る棺の蓋には〝父よ　われも人の子なり〟の文言が二つ刻まれていた。短冊に記されていた八音記号は、Cを縦に二つ並べて図案化したもの。また風の小部屋《ヒュッテ》に残されていた凶器からはセレナーデさんの血しか検出されなかった。つまりもう一つ凶器が存在することになる。二本の短刀があの小屋に持ち込まれ、一本が反撃に使われた。そして血飛沫も二筋。二、二、二。つまり子供は二人いるんだよ。黒ずくめの巨人は子供が肩車をして君の目を誤魔化したんだ」

「でも……ヒュッテに残された血は一人だけだったはずだ」

「一卵性双生児ならDNAは同じだよ。犯人は大鏡博士の息子、それも一卵性双生児だったということだね」

「そんな話、聞いたことがない。養父《ちち》の実の子供なんて」

叫んだのは内田パレス。意外な着地点に戸惑っているようだ。

「あなたたちがここから独立して十年。入れ替わるようにメイドと双児が住むようになったとしたら」

「そんなあほな。養父《おとん》に隠し子やて。じゃあ、母親《おかん》は誰やねん」

「それは大鏡家の事情ですから勝手に追及して下さい。いま私が述べなければならないのは双児を殺した犯人Bは誰かということです」

「たしかに」と所轄の刑事が頷く。メルの突拍子もない推理に対して苦虫を嚙み潰した表情を変えないあたり、実は有能なのかもしれない。

「まず、中背ということから長身の鈴木ベルリンさんは外れます。となると、内田パレスさんか山田ゴートさんのいずれかですが……ここで先ほど述べた洋間のサラマンダーの件を思い出して下さい。サラマンダーの短冊と矢の痕から、双児は洋間で誰かを殺す計画を立てていたのは間違いありません。そしてあの部屋でクロスボウで狙われていたのは、内田パレスさんに他なりません。長身の鈴木ベルリンさんでは、矢がヴァイオリンに当たるリスクが高いですし、運良く体に当たっても、一射で命を奪えるかは疑問です。射角を考えれば、二の矢を放つのは無理筋でしょうし」

「でもゴートさんも同じくらいの背格好なんじゃや？」

私が尋ねる。正確には私だけが尋ねたと云うべきか。

「彼はチェリストだよ。演奏時は椅子に座っている。だから高さが全く合わない。洋間で何を見ていたんだ」

メルは私を嘲笑《あざわら》ったあと、再び全員に向き直り、

「サラマンダーが内田パレスさんに向けたものだとすると、シルフの対象は別の人間になります。残る山田ゴートさん、あなたが双児を殺した犯人ですね」

アフロがよれた山田の目はかっと見開かれていたが、口はずっと閉じたままだった。

「右腕の袖《そで》に切れ目が付いているのはヒュッテで争ったときに切れたものですか」

思わず山田は腕を押さえ、愕然《がくぜん》とする。もちろん一夜明けて服は着替えているはずなので、切れているわけはない。

「ゴート……なんで云ってくれへんかったんや」

鈴木ベルリンが哀《あわ》れみの目で彼を見下ろす。内田パレスは二本目の煙草に火をつけ、じっと彼を見つめていた。

「セレナーデの仇を討ったことは感謝するが……」

刑事たちが脇に迫ると、山田は甲高い声で、

「私は私は……まだ野望があったのに。こんな所で終わる人間では」

両手で顔を覆う。同時に望楼の鐘がけたたましく鳴り響いた。もしかして山田はこの件に便乗して、新たな犯罪を企図していたのだろうか。

「昨日の夜、ゴート様から話を伺いました。そして自分に従うように脅迫されて……」

隣でメイドが泣き崩れている。

「かわいそうなカストールとポルックス」

＊

「あの館のホムンクルスは双児だったのか」

帰りのタクシーの中で私が尋ねた。山陰の海が広がるのと歩調を合わせるように、背後の大鏡屋敷が遠ざかり小さくなっていく。やがて中央に聳《そび》える望楼が最後に消えたとき、この事件が本当に起きたことだったのか、私には自信がなくなってきた。まるで胡蝶の夢。

「そういうことだな。この館をくまなく探せば双児が一生を過ごした隠し部屋も見つ

かることだろう。〝父よ　われも人の子なり〟という恨みがましい言葉からして、なにかしらの人体実験が行われていたのだろう」

「なんだか曖昧だな。その〝なにかしら〟が気にならないのか？」

私は口を尖《とが》らせた。凄《すご》く消化不良だ。なぜ『ファウスト』に見たてたのか、大鏡博士は何を実験していたのか、背景も何も投げっぱなし。

「云っただろ。最低限のケアはすると。もちろん現時点でマクローリン展開をして近似解を求めることも可能だが、これ以上タダ働きをする気はないね。まあ君が、全貌《ぜんぼう》を明らかにするために私を雇うというのなら、考えなくもないが」

いつの間にかくすねたコプトの杯を愛でながら、メルが私を見る。

「いや」と、私は即座に断った。昔、依頼しようとしたとき、百万単位でふっかけられたことを思い出したからだ。特に私だからぼった値段ではないのだが、逆に云うとびた一文も負けてくれなかった。

「そのうちどこかの海岸に双児の死体が漂着して、それをメイドが供養するだろう。博士の棺の脇にでも並べればいいんじゃないか」

やはりメイドが母親だったんだろうな……出逢ってまだ二十四時間だったが、まるで古くからの友人の裏の顔を垣間見《かいまみ》てしまったような寂《さび》しさを覚える。それくらいいろいろあった。

「ところで、昨日の電話は何だったんだ」

昨晩連絡したときはそれどころではなく聞き忘れていた。ある意味全ての元凶となった電話だ。家に帰ったらスマホを買い換えなければいけない。手痛い出費だ。バックアップはとっていただろうか……。

「なんだったかな……」メルカトルは二秒ほど額に指を当てていたが、「ああ、思い出した。この事件に比べれば全く大したことじゃない。君のアパートが全焼したらしい」

毒《どく》饅《まん》頭《じゅう》怖い

推理の一問題

山口雅也

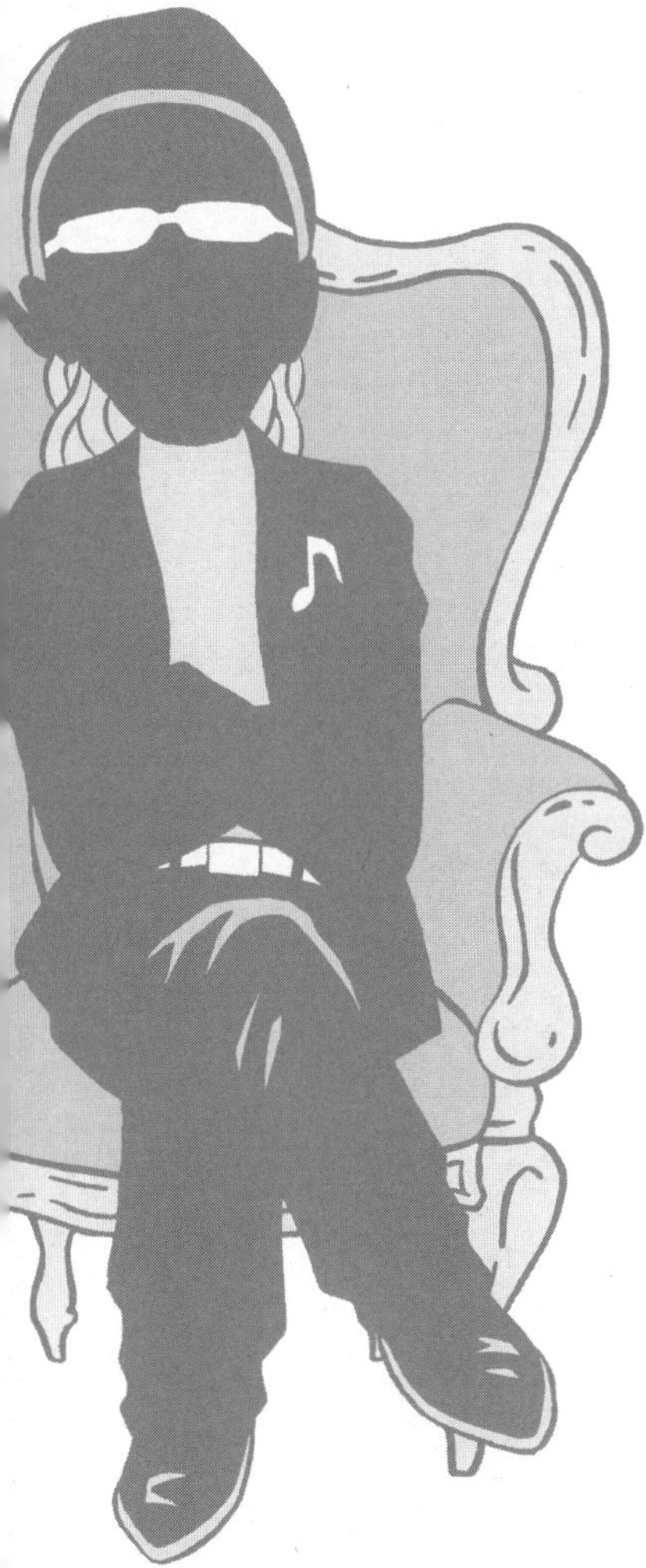

山口雅也

Yamaguchi Masaya

1954年神奈川県生まれ。早稲田大学法学部卒業。’89年『生ける屍の死』で作家デビュー。’95年『日本殺人事件』で第48回日本推理作家協会賞を受賞。「キッド・ピストルズ」シリーズ、「垂里冴子」シリーズ、「M」シリーズなどシリーズ作品多数。シリーズ外の代表作に『奇偶』。近著に『落語魅捨理《ミステリ》全集　坊主の愉しみ』『ミッドナイツ』など。

　えー、世の中、嘘というものにもいろいろございまして、必ずしも嘘が悪いものとばかりは決めつけられない場合がございます。例えますれば、商人が口にする世辞・愛想、傾城《けいせい》の手練手管、また、ありがたい仏法の中にも方便という嘘がございます。さらには、政治家の公約という嘘も……と、あ、いや、この嘘はいけませんですな。

　さて、江戸の昔に、湯井大拙《ゆいだいせつ》――幼名鷽吉《うそきち》――という名の、大変嘘のうまいご仁《じん》がおりました。ただし、彼のつく嘘というのは、決して悪意によるものではなく、まあ、他愛ない――換言すれば知略・計略の類でして、若い頃の逸話に、このようなものがございました。


　ある日、手習塾《てならいじゆく》の同窓仲間が集まって、歓談でもしようということになりました。仕切り役の勘蔵《かんぞう》が口火を切ります。

「久し振りに幼馴染が集まったんだ。子供の頃の話でもしようじゃないか」

「おお、いいねえ」と留公《とめこう》が応じます。「酒肴《しゆこう》でも買ってくるか？」

「いや、駄目だ。きょうは取りあえずは茶話会なの」

「なんでい、いい大人が――」

「おい、大人なら少しは気を遣えよ。鷺吉が下戸《げこ》なの、おめえ知ってるだろ？　ひとり酒宴の蚊帳《かや》の外ってんじゃ、随分可哀そうじゃねえか」

「ああ、そうか……それもそうだな。悪かったよ」

「駿河《するが》のいいお茶が入ってるから、まずはそれを楽しんで、興が乗ってきたら酒も出すからさ」

「おお、さすが、勘の字、昔から仕切りはあんたで間ちげえねえ」

てんで、甘露なお茶をいただきながらの歓談が始まります。

「……で、子供の頃の話って、何話すんだい？」と留公が訊きます。

「そうさな」と仕切り役の勘蔵が答えます。「――虫が好かねえ話ってのはどうだ？」

「虫が好かねえ……？」

「うん、何が苦手かってこと……何だか知らねえが、虫が好かねえという、苦手だってものがあるじゃねえか」

「ああ、あるある。虫の類と言えば……俺は、昔っから、蜘蛛《くも》が苦手だ。ちっこい蠅取り蜘蛛が天井這ってるだけで震えがくる。脚の数もさ、人間様どころか虫の仲間より多い八本てえのも気に食わねえし、あの網みてえな蜘蛛の巣を見るだけでも鳥肌が立つ」

「蜘蛛が嫌いとは……まあ、同じクモでも、空に始終浮かんでる雲じゃなくてよかったじゃねえか」

「よ、よしてくれよ。空の雲が巣を張ったり、糸吐いたりなんて……考えただけでも胸が悪くなる」

「そこまで行きゃあ、宇宙大怪獣怒護羅《どごら》だよ」

「あ？　何のこと？」

「いや、ちょっと、文福寺《ぶんぶく》のご住職から聞きかじったオタク的蘊蓄《うんちく》を。——いや、話が先に進まないから、次行こう、庄助《しょうすけ》は、何が苦手だ？」

「俺は……足がないもの」

「幽霊か？」

「いや、幽霊は誰でもみんなが怖いわけだから、なぜか俺だけが虫が好かない——というのとは違うだろ。俺が苦手なのは……えーと、足がなくて、長～いもの、な～んだ？」

「おいおい、判じ物やってんのかい？　——わかったよ、蛇だろ？」

「そう。にょろにょろして、長くて足がない奴……毒蛇じゃなくても怖い。蛇全般が、どうも嫌だね」

「長くて、にょろにょろって……おめえ、ひょっとして、うどんや蕎麦とかも駄目なのか？」

「ああ、咽喉越《のど》しのにょろにょろが気持ち悪い」

「蕎麦うどんは、にょろにょろというより、つるつるだが……それが咽喉越しザラザラしてたら、そっちのが心持ちわりぃわ。——次、健吾《けんご》は、どうよ？」

「俺は——庄助の逆で足が沢山あるのが苦手」

「ははあ、それでもって、やっぱりにょろにょろしてる——」

「そう」

「わかったよ、百足《むかで》、ゲジゲジの類が苦手だってんだろう？」

「当たりぃ。なぜか人より手足の数が多い奴が心持ち悪い」

「するってえと、庄助と同じ伝で、手足の多い奴……てえと、蛸《たこ》、烏賊《いか》なんかも駄目なの？」

「うん」

「可哀そうに、それじゃ鮨《すし》なんかも駄目なクチ？」

「いや、烏賊は脚の——ゲソのネタが駄目なだけで、秋口の新烏賊の鮨なんてのは好む」

「なんだ、ずいぶん贅沢な、虫が好かねえ——だな」

「しかし——」と、留公が口を挟みます。「あれだな、みんなが苦手だの虫が好かねえってのは、やっぱり、人間より手足がうんと多いか少ないかってのばかりじゃねえか」

「いや」と勘蔵が返答します。「俺は四つ足でも駄目なのがある」

「ほう、四つ足ね……四つ足てえと、例えば、猫は魔性とか言うが、そこらあたりが苦手か？」

「いや、馬——」

「あら、馬が？　でも、馬てえものは、外見は蜘蛛や百足なんぞと違って、まあ可愛いほうだし、人には懐くし、祟《たた》ったりもしねえじゃねえか」

「う〜ん。そうなんだが、なぜか知らんが馬が苦手だ。いななく時に歯茎が見えたりすると、もう駄目……」

「ずいぶんと、こまけえ怖がり方だね、おい」

「ついでに馬の好物の人参も嫌い」

「坊主憎けりゃ袈裟《けさ》までも——ってやつかい？　しかし、手足の数はともかくとして、どうして、それぞれ苦手なものができちまったんだろうな？」

「お前ら、何も知らねえんだな」

と、それまでお茶を啜って、黙って話を聞いていた鷺吉が初めて口を出します。

「人それぞれ生来の苦手なものがあるというのには、それなりの 理《ことわり》 がある」

その言い草を聞いた留公がむっとして、

「おう、ちいと手習塾で勉学ができたからって、偉そうに言うじゃねえか。――理とやらがあるというのなら、お前、それを説明できるのけ？」

「ああ、できる。お前ら、胞衣《えな》――ってのを知ってるか？」

「は？　エエナ？　近頃の気分を訊かれりゃ……まあ、ええわな」

「嫌だねえ、教養のない人てえものは。エエナじゃなくて、胞衣。――ほら、おっかさんの腹ん中でさ、胎児を包んでいる膜とか胎盤《たいばん》とか臍《へそ》の緒とかがあるだろう？　それらを纏《まと》めて胞衣と呼ぶんだ」

「それが、どうした？」

「母親が子供を産んだ後、その胞衣を地面に埋める」

「犬猫は食っちまうが」

「人間は高級な生き物だから食わないで埋めるのっ。――それで、胞衣が埋まっている上を最初に通ったものが、その子供の『虫が好かねえ』ものになるんだそうだ」

「へー、そうなのかい？」

「『諸般物忌《しょはんものい》み図会《ずえ》』に書いてある」

「けったいな本を、お勉強してるね」

「だから、留公、お前の胞衣の上を最初に通ったのは、蜘蛛だったんだろう」

「そ、そうなのか……じゃ、ほかの連中も……？」

「庄助の胞衣の上を最初ににょろにょろ這ったのは蛇で――」

「うどんじゃなくて？」と庄助が訊きます。

「うどんが這ったら、誰でも気色悪いわ」

「じゃ俺の場合は――」と健吾が申します。「胞衣の上を百足が這ったのだと？」

「そう」

「蛸じゃなくて？」

「ホント、お前てえものは面倒くさいねぇ。蛸だと言うなら、おっかさんが品川の海っぺりの砂浜へお前の胞衣を埋めたんだろうよ」

それを聞いた勘蔵が得心顔で頷きます。

「なるほど……そう言われりゃ、こっちも心当たりがある。俺が産湯をつかったのは、確か高田馬場だったたと、おっかさんから聞いた覚えがあるから――」

「――だろう？　きっと馬場を出たお馬が、人参くわえながら、お前の臍の緒の上をパカパカ通ったんだ。虫が好かないとか言っても……理を知れば、なんと他愛ないことよのう」

と、したり顔で言う鷺吉に、周囲が反感を覚えます。

仕切り役の勘蔵が、鷺吉を問い質します。

「お前、そうやって他人のこと笑っとるが、そう言うお前にも、苦手なもの、虫の好かないもの、怖いもの——が、あるんだろう？」

鷺吉はこともなげに、「ないよ」と答えます。

「嘘をつけ。人間、ひとつぐらい怖いものがあるはずだ」

「いや」鷺吉は不敵に笑いながら、「だいたい、お前ら、意気地がなさすぎる。留公の怖がる蜘蛛なんて、ちっとも怖かねえ。俺なんて、毎日、納豆ご飯に混ぜて食ってらあ」

「納豆に蜘蛛？」

「蜘蛛が糸吐くから、ちょうどいい練り具合になる」

「馬鹿言うな。じゃ、蛇はどうだ？」

「あんな、にょろにょろ、鰻《うなぎ》と変わらねえから、蒲焼《かばやき》にして食う……だが、まあ……白蛇のうどんてのは……さすがに心持ち悪くて食わねえが」

「口の減らねえ奴だ。じゃ、百足、ゲジゲジの類は？」

「佃煮《つくだに》にすると飯が進む」

「じゃ馬は？」

「貧乏人は知らんだろうが、馬肉は、桜肉と言って美食家は珍重するもんだ。人参もろとも鍋にしちまうわ」

「いちいち言うことが腹立つ奴だ、酒も飲めねえで、何が美食家だ……」そこで勘蔵がはっとして、「――そうだ、鷺吉、おめえ、酒が飲めねえ……ってことは、酒が苦手ってことじゃねえのか？」

「それは……」と、絶句する鷺吉。

にやにやしながら留公も囃《はや》し立てるように申します。

「そうだ、そうだ。鷺吉の胞衣の上に親父さんが酒徳利《さかどつくり》を落としたのに、ちげえねえ」

「あはは、そうだそうだ」と他の者たちも囃し立てます。

顔を真っ赤にした鷺吉は歯噛みしながら、

「そんなことは……ねえよ。俺の親父様は、下戸だったから酒なんぞ持ち歩くはずがねえ――」

「それじゃ、おめえの胞衣のご高説はワヤになっちまうぜ」

そう言われても、利口で物知りを自任している鷺吉は抗弁しようと致します。

「確かに俺は、酒は飲めんが、酒が怖いというわけじゃない。酒は、気狂い水と言って、頭に昇るから……俺は頭が鈍くなるのが嫌で飲まないだけだ」

留公が意地悪く言い返します。

「負け惜しみを言うな。――飲まないんじゃなくて、やっぱり、飲めねえんだろ。親父さんが下戸だと言うなら、その血を引いて、お前さんも元々飲めないだけ――」

「酒の話はもういいよっ」と、鸞吉がぴしゃりと言います。それから急に苦い顔になって、「お前らが、そんなに俺の怖いものを知りたいのなら、しょうがねえ、白状するよ。俺の親父が胞衣の上に落としたのは、酒徳利じゃなくて、饅頭《まんじゅう》だった……」

「なに？」一同目が点になります。「マンジュウって――あの餡子《あんこ》のへえった？」

「ううっ」突然、鸞吉が胸を押さえて苦悶の表情に。「餡子……なんて、聞いただけでも胸が悪くなる……お、俺が怖いのは……餡のたっぷりへえった饅頭で――」

「おいっ、どうした？」と勘蔵が訊きます。「顔色が随分悪いみてえだが――」

「うぐっ……饅頭のことが頭に浮かんだだけで、急に胸が悪くなってきて……嗚呼《ああ》……饅頭怖い……すまねえ、吐くといけねえから、隣の間で少し横にならしてくれんか？」

「それは構わねえが……よし、次の間には座布団《ざぶとん》がたんとあるから、それを敷いて、しばらく横んなってろ」

――てんで、鸞吉が這うようにして次の間に引っ込み、襖《ふすま》を閉めてしまいます。

その様子を見届けた留公が嬉しそうに申します。

「なんだ、利口ぶって、偉そうなこと言ったって、奴にも怖いもの、あるんじゃねえか」

「そうだな」と勘蔵が応じます。「こっちが気を遣って、酒を遠慮しといてやったのに、他人を馬鹿にしたことばかり言って――」

「仲間の怖がるものは、どれも怖くねえって豪語しといて、饅頭怖いってオチは笑わしてくれるじゃないの――」と、そこではっとして、「おい、勘蔵、お前のとこに、アレねえのか？」

「アレって？」

「饅頭だよ」

「そう、饅頭。餡子の詰まったやつ――」

「ああ……えーと……うん、あるぞ。ちょうど、近所の内祝いで貰った――酒饅頭が五つぐれえ」

「おお、それ、いいね。饅頭の上に酒が付くとくりゃあ、倍満上がりじゃねえか」

「ん？　バイマンて？」

「あ、まあ、考証みてえなことはどーでもいいじゃねえか。――いや、その酒饅頭をさ、寝ている鷺吉の枕元に置いとくのさ」

「ふむふむ」

「そうすりゃ、目が覚めて、それを見た鷺吉が仰天して……」

「ああ、俺たちの枕元に百足や蜘蛛が出たのと同じように――」

「そう、酒が苦手なうえに饅頭怖いなら、目の前の酒饅頭に心底震え上がって、もう友達の前で、あんな偉そうな口はきけなくなるだろうよ」

「そうだな、面白れぇ、やろう、やろう」

——てんで、みんなで皿に盛った酒饅頭を寝ている鷺吉の枕元に置き、隣室に戻ると、少し間をおいて、襖の隙間から、そっと中の様子を窺《うかが》うことに致します。

「おい、どうだ？　奴は目え覚ましたか？」

「しっ、今、目を開けたところだ」

「どうだ、饅頭に気づいたか？」

「ん、うん。首をそちらへ向けて……あ、あは、目を剝いて驚いてやがらぁ」

…………。

「どうした？　悲鳴が聞こえてこないが、卒倒でもしたか？」

「いや……平気な顔して——」

「おい、じれってえな、俺にも見せろ……あれっ？　卒倒どころか、饅頭を口に入れて——」

「なに？　俺にも見せろっ」

——と、一同襖に殺到し、勢い余って隣の間へ転がり込んでしまいます。

それを見た鷺吉が、口をもぐもぐさせながら、

「あ？　どうしたお前ら？」

「どうした、じゃねえよ」と留公が言います。「おめえ、饅頭怖い——はずじゃなかったのか？」

鷺吉、最後の一個になった酒饅頭を頬張りながら、

「ああ……もぐもぐ……怖い……もぐ……怖い……餡と皮が咽喉につっかえそうで……怖い」

「畜生、騙しやがったな。饅頭が怖いだなんて、嘘つきやがって——」

「いやいや、怖いものは、ありますよ。——今は、咽喉が詰まるのが怖いから、濃いお茶が一杯……怖い」


——只今は、有名な古典落語『饅頭怖い』を、私流に改作したものを、お聞きいただきました。本来ならば、この「濃いお茶が一杯怖い」のオチでおしまいとなるところでございますが、どうして、今回の演目であります『毒饅頭怖い』は、これからが本番——この四十年後の恐ろしい後日談というのがございまして——。

巧みな嘘——いや、本人に言わせると《知略》によって、まんまと饅頭を独り占めした鷺吉でしたが、その後、家業の紺屋《こうや》から呉服屋に転じ、お得意の知略でもって、

江戸でも有数の大店《おおだな》の店主へと出世致します。いっぽう、有り余る知恵・知略の使い道として、軍学を学ぶことをも志し、当時有数の軍学者であった楠木正親《くすのきまさちか》に弟子入り、そこでも頭角を現し、その才能を見込まれて、楠木家の娘婿となり楠木流軍学を継承、名前も湯井大拙と変えて、そちらの方面でも、一目置かれる存在となります――あ、察しのよい方はお気づきでしょうが、改名の拠って来るところは、あの慶安《けいあん》の変で幕府転覆を謀った由井正雪《ゆいしょうせつ》にあやかって、とのことでございました。

さて、この《饅頭怖い》の鶯吉――改め湯井大拙が、齢《よわい》六十の還暦《かんれき》を越えて一念発起、表の家業から身を引き、それまで裏となっていた軍学者としての人生に残りの命を捧げようとの一大決心をいたします。

ところが、ここに大きな問題がございまして――。

――五人ももうけた大拙の倅《せがれ》たちが、揃いも揃ってボンクラばかりという……。家業を継がせることも、軍学を継承させることも――どいつもこいつも、まったく覚束ないという有様でして、思い余った大拙は、家業は商才ある大番頭を養子に迎えて譲り、また、学問のほうは、これまた一番優秀な弟子を継承者にしようと思い立ちます。いっぽう、五人のボンクラ息子たちは、この先、自分や家の名声を汚すだけだと容赦なく見切りをつけ、全員に、勘当を言い渡すことに致します。

五人への勘当宣言が、なされるだろうことは、家人には薄々感づかれてはおりましたが、大拙は、家族だけの内輪で催す還暦祝いの席で正式に言い渡すという心づもりでございました。

還暦の宴席には豪勢なお膳が並びましたが、例によって、下戸である大拙の意向で、ご酒が出されることはございません。その代りと言ってはなんですが、大拙の好物の饅頭が大皿に盛られまして、食後の膳に供せられるという仕儀に——。

殿様のように脇息《きょうそく》に肘を預けた総髪の大拙が、菓子職人に特別に作らせた唐饅頭に手を伸ばしながら話の口火を切ります。

「きょうは、わしの還暦を祝ってもらっているわけだが、お前たち、還暦の意味というのを知っとるか？」

その宴席には、大拙の妻——御寮さんの龍江《たつえ》と五人の倅が控えておりましたが、臆してか、答える者はおりません。大拙は構わずに話を続けます。

「還暦というのはな、ただ年寄りが赤いちゃんちゃんこを着て、若い連中の晒《さら》し者になる茶番とは違う。六十年を生きて、十干十二支《じっかんじゅうにし》を一巡し、生まれた年の干支《えと》に戻ることじゃ。これは、文字通り、『暦《こよみ》が還《かえ》る』から還暦と言うわけだな。これはまた『本卦還《ほんけがえ》り』とも呼ばれ、一種の生まれ直しであるとも見做《みな》される」

その場にいた誰もが黙ったまま聞き入っております。

「それで、わしも生まれ変わった気になって、残された人生を自分の思うように生きることにした――家業を引退して、学問のほうに専心し、そちらを生かした……なんと言うか……確たる成果を生んでみたいと――」

「それでは――」と長男の一郎太《いちろうた》が当然の質問を致します。「お店のほうはどなたかが引き継ぐんで……？」

大拙は長男のほうを一瞥《いちべつ》すると、

「何を呑気なことを言うとるか……本来なら、『どなたか』ではなくて、長男のお前が家督を継ぐところだが、お前のこれまでの放蕩三昧《ほうとうざんまい》の酷い行状から、わしは、その資格がないと見做した。ほかの四人も同じじゃ。算盤《そろばん》も弾かず、学問もせず、働きもせず、いい歳をして嫁も貰わず、家の金を持ち出しては、ただただ放蕩・道楽に明け暮れる毎日……」

そう言われても、誰一人口答えする者はございません。

「わしも、これが最後と思うとるから、一人ひとり引導を渡していくことにするが……まず、一郎太」

長男がはっとして、父親に似た張った顎《あご》を強張らせます。

「お前は……小博奕《こばくち》ばかりに入れあげて、何度お前の博奕のしくじりの尻拭いをさせられたことか……先月も大森の代貸しが直々に取り立てにきて、五十両も支払わされた」

黙って頭を下げるだけの一郎太。

「次に二郎太《じろうた》」

次男がはっとして、父親そっくりの三角の眉を顰《ひそ》めます。

「お前は、姦淫《かんいん》が目に余る……今日は吉原、明日は品川と連日遊里に入りびたり……しかも、自分で勘定を払わぬものだから、毎回、勘定取り立ての付き馬をお供に朝帰りとくる。近所じゃあ、店の前に付き馬用の厩舎《きゆうしや》を作ったらよかろうと笑われとるのを、お前、知っとるのか？」

二郎太は口答えもできずに、黙ったまま俯くばかり。

大拙は子供の頃からの癖で「饅頭怖い、饅頭怖い」と、おまじないのように小声で呟きながら、大皿から取り上げた饅頭を掌の中で弄《もてあそ》び、なかなか口に運ぼうとしません。

「さて、次は三郎太《さぶろうた》だ」

三男の三郎太が父親譲りの険のある目つきで見返しております。

「お前は――酒。わしが大の酒嫌いだと知っとる癖に、外でこそこそ飲み歩き……それも油障子《あぶらしようじ》の安居酒屋なんぞで、溜めたツケが十両だと」

「しかし――」と、三男は生意気に抗弁を致します。「兄貴たちの、博奕や廓遊びの代金と比べたら、俺の十両なんて――」

「たわけめ。安居酒屋で十両飲むとは、どれほどの量を飲んでいるというのか？　そういうのを鯨飲《げいいん》というのじゃ。それに、自分の稼ぎもないのに、十両をはした金と見る、その根性が、もう絶望的に嫌だね。十両盗めば首が飛ぶと世間で言われとるのを知らんのか。それに、十両と言えばだな、職人の中でも一番上に立つ大工の、およそ一年分の稼ぎに当たる額なんだぞ。お前、飲んだくれている時に、そんなことを一度でも考えたことがあるか？」

怒りの余り我を失った大拙が手の饅頭を一口ぱくりとやります。その一口分を呑み込むと、次に控えた四男を責めにかかりました――。

「次は、四郎太《しろうた》……お前は、分を越えた骨董《こっとう》道楽。先日も名刀村雨《むらさめ》を遂に手に入れたとか自慢して……それも自己資金ではなく、蔵の錠前を破って盗んだ都鳥《みやこどり》の高価な帯を売り払って得た金で買ったのだとか。金額を聞いて、腰が抜けた。百両もしたそうじゃないか」

「でも、父上」と、四郎太も反駁します。「幻の名刀と言われた村雨が手に入るなら、百両は安いものかと」

「嫌だねぇ、教養のない人というものは」と大拙が顔を顰《しか》めます。「骨董に詳しい文福寺のご住職に訊いてみろ。村雨が幻の刀たる所以《ゆえん》は、それが現実には存在しないからなのじゃぞ」

「へ？」

「村雨というのは、曲亭馬琴《きょくていばきん》の『南総里見八犬伝《なんそうさとみはっけんでん》』に出てくる創作上の産物なのっ。だから、実在しないのっ」

「あ、そ、そうすか……あ、いや、あの業物《わざもの》は……村雨でなく……ムラ……そう、村《むら》正《まさ》の間違いで――」と、あくまでも自己弁護を通そうとする四郎太。それを聞いた大拙は溜息をつきながら、

「嫌だねえ、知ったかぶりの半可通《はんかつう》のご仁というものは。――村正なら、なお悪いじゃろう。村正が、徳川に仇《あだ》なす妖刀として公儀から忌み嫌われているということを、お前、知らんのか？　そんなもの、持っているだけで、お上から懲罰が下るのだぞ」

「へへーい」

「ちなみに教えといてやるが、文福寺の道絡《どうらく》師の鑑定によると、お前の刀は、村雨でも村正でもなく、実用本位の数物で、上州《じょうしゅう》の田舎刀工の手による村長《むらおさ》というもの。大根人参を切るのには重宝する業物なのだそうじゃ」

と、皮肉たっぷりに言われて、さすがの四郎太も、最早、抗弁の余地なく、ただ俯くばかり。

いっぽう、大拙のほうは、相変わらず「饅頭怖い」と呟きながら、二つ目の饅頭をまだ掌の中で弄んでおります。どうやら、倅たちを一通り弄んでから、好物を、ゆっ

くり味わおうという所存かと。

「最後に、五郎太《ごろうた》」

五男の五郎太が父親似の広い額の汗を拭いながら顔を上げます。

「お前は、五人の中では、一番利発な子だと思っていた。それだから、算盤の稽古や寺子屋にも通わせてやった。だが、お前は、習い事をみんなほっぽり出して――」

「おとっつぁん、あたしは、習い事はちゃんと……」

「そのお前の習い事が問題なのじゃ。お前が血道を上げている習い事と言ったら、家業の役に立たないことばかりで――新内《しんない》だとか常磐津《ときわず》だとかに奇声を張り上げ、それに飽きると、怪しげな発句の宗匠に飼い犬のようについて回ったりして、そうかと思うと、三河町の御用聞きの親分さんに入れあげて、銭をやたら道にばら撒いて――」

「そ、それは悪党にぶつけて捕まえるために投げてるんでして……」と、言い訳をする五郎太。

「嫌だねえ、ものを知らないご仁というものは。――それを言うなら、三河町の半七《はんしち》親分じゃなくて、銭形《ぜにがた》の親分さんの方だろがっ。ともかく、どういう理由にせよ、銭を路上にばら撒くなんて、わしには正気の沙汰とは思えん。しかも、投げてる銭も、最近は小判を使っているとか――」

「大きいほうが命中率がいいもんで。それに、小判投げると悪党が拾おうと立ち止まってくれるんで、割と楽にお縄になってくれると——」

「バカヤロッ、銭形の親分が投げるのは、永楽銭《えいらくせん》とか鍋銭《なべせん》、青銭の類で——」

と父親が言いかけるのを五郎太が無謀にも遮って、

「でも、銭形の親分、若い頃は小判も投げてたって自慢話を聞いた覚えがあるけど……」

大拙があきれ顔で溜息交じりに応じます。

「小判投げたのはなぁ、将軍が毒盃を傾けるのを阻止するための一回きりの緊急事態だったのっ。あの人、普段の捕物は小銭を投げてるんだよっ。それじゃなきゃ、銭形じゃなくて、小判形平次になっちゃうだろがっ」

「へへーい、お父つぁん、なんでもよくご存じで……」

「ふん、ついでに言っとくが、神田お玉が池の人形佐七《にんぎようさしち》親分というのは、絡繰《からく》り人形とかが御用聞きやってるんじゃなくて、人形みたいに綺麗な顔をした——って、あ、いや、こんな、どうでもいい蘊蓄まで言わせるなっ」

「いえいえ、人によっちゃあ、感心するような博覧強記ぶりで……」

「お前のキョウキは博覧の方じゃなくて狂気の沙汰の方だって言うのっ。——ともかく、わしが言いたいのは、捕物気取りのお前が景気よくばら撒いている銭を、いったい誰が額に汗して稼いでいると思ってるんだってことだ！」

――と、不肖の息子たちを一渡り叱責すると、手の饅頭をぱくりとやる大拙。ところが、どうしたことか、首を傾げて、「ん？　なにか、いつもと味が違うような……」と呟きます。すかさず、隣に控えていた御寮さんが、「そうですか？　いつもの菓子職人さんが今朝方作ったばかりの、いつものお饅頭のはず」と答えます。

「そうか？　舌先に、ちとぴりっと感じたものでな、まあ気のせいかもしらんが……」

そこで、また気を取り直して、不肖の息子たちを睨みつけ、

「――というわけで、お前たち全員に愛想が尽きた。このまま家に置いていたのでは、店にも学者としてのわしの名望にも傷がつくだけだ。……店は、大番頭の定吉《さだきち》を養子に迎えて譲ることにする。また、どうせ、お前たちには関心のないことだろうが、楠木流軍学のほうの継承は一番弟子の郷田《ごうだ》慎之介《しんのすけ》に目録を託すことに決めた。よって、お前たち、明日の朝までに、この屋を去り……」

――と、どうしたことか、途中で絶句する大拙。見れば、顔を紅潮させ、苦しそうに胸を押さえております。そして、もつれる舌で「ううっ……毒……饅頭……怖い」とだけ弱々しく言うと、その場に昏倒してしまいます。

御寮さんが短い悲鳴を上げ、息子たちは浮足立ち、ともかく、次の間に寝かせようということに――。

それから半刻後《はんときのち》――。

大拙が伏せっている座敷には、急遽呼ばれた近所の主治医の藪野筍心《やぶのじゅんしん》先生と御寮さんが、枕元を囲んでおります。五人の息子たちは御寮さんの命で、退出させられております。

藪野先生が脈を診ている間に、大拙が弱々しく口を開き、何か言おうとします。

「あ……先生……饅頭……怖い」

「ああ、わかっとる」と藪野先生。「無理せんでええが……あんた、饅頭に毒を盛られたと言いたいのか？」

大儀そうに頷く大拙。

「誰にやられた？　心当たりはあるのか？」

大拙は最後の力を振り絞って何か言おうと試みます。

「だ、誰が毒を……入れたかは、わからぬ……しかし、五人の倅ども……」

「五人の倅の中に下手人がいるというのか？」

しかし、大拙は肯定とも否定ともとれるような曖昧な頭の振り方を致します。

「下手人は、わからん……が……少なくとも言えることが……」

「なんだ？　聞いておるぞ。言いたいことを心置きなく言わっしゃい」

「ううっ……す、少なくとも言えるのは、五人の倅の内、二人は……病的なほどの嘘つき……子供の頃から気づいていたのじゃが……二人の嘘には気を付けて……」

そこで、唐突に大拙は事切れてしまいます。

「残念ですが、ご臨終でございます」脈や息を確認したあと、藪野先生が厳かに宣言を致します。

御寮さんが藪野先生のほうを見て、

「やはり……毒を盛られたのでしょうか……？」

藪野先生、山羊《やぎ》のような顎髭を撫でながら、

「本来なら蘭学医などが診たてるべき症状で、漢方には専門外のことなのだが、私にも多少の毒物の知識はございましてな……患者に現れたる諸症状からすると……顔面の紅潮、口唇、舌の痺れ感、心悸《しんき》亢進《こうしん》、胸の灼熱感、腹痛……そして最後は呼吸麻痺……これはどうやら、トリカブトの毒による死――かと」

「まあ、トリカブト……？」

「はい。トリカブトの草本は割合と容易に入手できるし、切り花として飾る向きもある。しかし、切り花ならよいが、その根の部分には猛毒が含まれていて、わずか耳かき一杯ほどの量で人を死に至らしめるとか」

「そんな、恐ろしい……」

「湯井殿は饅頭のことを言われていたが、宴席で饅頭を口にしたのはご当主だけでしたか？」

「はい。他の者は口にしておりません。甘いもの好きの主人だけの習慣で、食後に饅頭を大皿に盛ってひとりで平らげるという――」

「饅頭に毒を盛った者に心当たりは？」

「いえ、さっぱり……」

「先ほど、家人から、ちらりと耳にしたのだが、湯井殿は還暦祝いの席で、ご子息たちに、勘当を言い渡すおつもりだったとか。――して、勘当ははっきり言い渡されたのですか？」

「いえ、一人ひとりに、お小言を言って……さて勘当――という肝心のところで昏倒いたしましたから……」

「――すると、正式に勘当は成立しておらんと……息子さんたちはこの家に残れるわけですね？」

「はあ……そういうことになりますかねえ」

藪野先生は質問の方向を変えて、

「しかし……今わの際の言葉で、何か……二人の息子を疑っているというようなことを言っておったが……」

「いえ、あれは……中毒で朦朧《もうろう》とした頭の言わせた妄言ではと……あの子たちに限って、そんな大それたことをするはずが――」と母親らしく子供たちを庇います。

「しかし、あなたも聞いたはずだが、五人の内、二人は病的なほどの嘘つきだから、気を付けろということを、確かに言い残された」

「はい……それは仰せのとおりで」

「その嘘つきの二人というのに心当たりは？」

「い、いいえ……恥ずかしながら、母親の監督不行き届きで、あの子たち一人ひとりのこととなると、一向にわからず……」と苦し気に言って、顔を伏せてしまいます。

「ふむ、いずれにせよ、毒――による変死であるならば、僧侶のほかに、自身番か、あるいは、名望ある人物の変死のこととて、奉行所に届けねばならんでしょうな」


それからまた半刻後――。

すでに打ち覆いの白布を掛けられた死者の枕元で、湯井家の檀那寺の住職である、無門《むもん》道絡師が枕経を唱え終えたというところ――。

座敷には、御寮さんと藪野先生のほかに、自身番から駆け付けた岡っ引きの半ちくの半竹《はんちく》と南町奉行所から来た同心《どうしん》の山之内銃児郎《やまのうちじゆうじろう》が控えております。

その山之内が道絡師に労《ねぎら》いの言葉を掛けます。

「ご住職、お勤めご苦労様です。この後は、身共《みども》が事件の吟味ということに——」

「おお」と道絡師が藪睨みの目で眩しそうに相手を見ながら、「わざわざ八丁堀《はっちょうぼり》からお出ましいただくとは、仏様もさぞや心強いことでございましょう」

「はい」と頷く山之内。キリッと細い『八丁堀風』の粋な小銀杏髷《こいちょうまげ》に黒紋付羽織の着流しという姿が、道絡師ならずとも眩しく感じられる男伊達でございます。「おっつけ、与力《よりき》の藤波甲斐守《ふじなみかいのかみ》様も到着されるご予定で」

「それは……」と驚く道絡師。「与力の藤波様まで……これは大事になりましたな」

「はい、やはり、ことが、重要人物の変死ですので……」

そこで半ちくの半竹が、

「は？　藤波様が？　定廻《じょうまわ》りの森川《もりかわ》様ではないので？」

と、口を挟むのを、山之内が煩《うるさ》そうに退けて、

「森川様は他用でな……騎数《きすう》の少ない与力が始終多忙なのは、お前も知っておろう。——それとも、身共らの出役では不足でもあると申すのか？」

「いえいえ」と、ひどく慌てる半竹。「滅相もない。隠密廻《おんみつまわ》り同心きっての捕物名人の山之内様のご出役とあれば、仏様でなくたって、御の字でございますよ」

「ふん」と、平身低頭の岡っ引きを鼻で笑うと、周囲を見渡して口調を改め、「かようなわけで、これから吟味の段となりますが、先ほど伺った藪野先生のお話からし

て、まず、湯井殿しか食べていない唐饅頭に毒が仕込まれていたのは間違いのないところ。しかるに、饅頭を作った菓子職人は信のおける人物で――」

「菓子職人をご存じで？」と道絡師が尋ねます。

「はい。その饅頭を作った菓子職人は、お上の御膳所台所《ごぜんしょだいどころ》にも出入りを許されている者。自分の作った菓子で毒殺を企てるなどということは、よもや、ござりませぬ」

「すると、やはり――」

と、藪野先生が言いかけるのを同心が引き取って、

「……そう、やはり、故人の今わの際の言葉から推して、勘当を言い渡そうとしていた五人の息子たちに嫌疑をかけざるを得ませぬ……御母堂《ごぼどう》にはお辛いことでしょうが、父親をして嘘つきだと言わしめた二人を突き止めるというのが吟味の本筋かと――」

「仕方ありませぬ」と母親が吐息と共に申します。「私もその主人の言葉、確かに聞きました。どうぞ、不肖の倅共を存分にお取り調べあそばして……」

「かたじけない。では、別室にて、一人ずつ、話を聞くことにいたしましょう」

――てんで、別室にて不肖の倅共のお取り調べの段となります。しかし、推理小説の中でも、多過ぎる容疑者たちの事情聴取の件《くだり》というのは、とかく退屈になりがちな

もの。これは落語でございますから、以下、要点だけをかいつまんで申し述べさせていただきます。

まず、家人・使用人たちの証言から、大拙殺しの動機があって、饅頭の置いてあった部屋に出入りできる機会を持っていたのは、確かに不肖の五人の倅であったことが判明いたします。――さて、そのうちで嘘つきは誰と誰なのか――。

(一)　一郎太の証言――「え？　私らに嫌疑がかかっているので……それは弱りましたな……私は、決してそのようなことはいたしませぬ……しかし、まあ、兄弟のことを悪くは言いたくないのですが、私は実は、見ているのでございます――宴の直前に、五郎太の奴が饅頭を手にしているのを……まあ、あいつは嘘つきだから、そのことは否定するでしょうがね……」

(二)　二郎太の証言――「ええっ？　あたしらに嫌疑が？　心外ですねぇ……しかし、まあ、あたしの見るところ、一郎太と四郎太のうち、どちらかが嘘つきかと……いえね、饅頭がしまってあった戸棚には錠前が掛かっていたはずなんですが、あそこの錠前の鍵を持っていたのは、あの二人だけだし、特に四郎太には……ほら、以前、蔵の高価な帯を持ち出した一件で、錠前破りの前科があるから……」

㈢　三郎太の証言――「へえ？　一郎太と四郎太に嫌疑がかかってるんですか……ふうむ……私の見るところ、嘘つきは四郎太でしょうな、だってね、実は私、四郎太が宴会の直前に、饅頭をいじっているのを見たんだもの……それからね、兄弟をチクったついでに言うわけじゃないが、二郎太と私は潔白ですよ。だって、あいつと私は、きょう、ずっと一緒にいたんだからね」

㈣　四郎太の証言――「え？　俺たち兄弟に嫌疑が？　お、俺はやっていないっすよ……でもね、言わせてもらうならね、下手人の一人は二郎太で間違いねえ。俺はね、あいつの指先に餡子がついてるのを見たからね。へへへっ」

㈤　五郎太の証言――「はあ、五人のうちに嘘つきが――？　いや、あたしは正直、饅頭には手をつけてないよ。――でもまあ、あたしは、捕物の類は好きなものでね……三河町のあの――半七親分の追っかけをやっていたこともあるほどなんだが、その私に言わせると、三郎太と四郎太のどちらか一方が嘘つきで間違いねえ……え？　何を根拠にそう言うのかって？　……そりゃ、えー……子供の頃、二人のどちらかに、ひどい嘘をつかれた覚えがあって……いや、三か四か、どっちかなんて覚えちゃいませんよ。なにせ、四人も兄弟がいるんじゃ誰が誰だったかなんて、ねえ……ま、半七親分みたいな、直感的忖度《そんたく》ってやつですよ……あははは」

――てんで、この中で嘘をついているのは、誰と誰ぁーれだ？

「あ、あっしには、誰が嘘つきかなんて、さっぱり、わかりませんよぉ……」と、半竹が早くも泣き言を申します。「……ここの兄弟てえのは、揃いも揃ってみんな嘘つきみてえに見えるし……」

不肖の五人兄弟が、てんでに勝手なことをほざいて出ていったあとの部屋にて――。

そこに居合わせたのは、岡っ引きの半竹と同心の山之内、それに、心細い半竹の願いで、その場に立ち会うことになった道絡師と藪野先生という、いささか奇妙な取り合わせの四人組。山之内配下の下っ引きは張り番に回されております。

途方に暮れた半竹が、「――で、山之内様、誰と誰が嘘つきなんで？」と問いかけても、敏腕同心は軽蔑したような薄笑いを浮かべながら、

「少しは自分の頭を使ったらどうだ」と、つれない返事。まだ、先ほどの半竹の失言を根に持っているご様子。

仕方なく、藪野先生のほうを見ると、欠伸《あくび》を嚙み殺しながら、「あんまり退屈なお取り調べなんで、眠くなって、ほとんど聞いておらなんだ」と頼りない答え。「当

方、病人・死人の観察・診断は得意なんだが、生きてて、ぺらぺら喋る連中には閉口させられるわい」と。

それでは、最後の頼みの綱はこの人とばかりに、道絡師のほうを見ると、やはり、いささか倦怠した様子で、

「わしもな〜、藪野先生と同じで、もっぱら死人やら仏様が相手の商売……生の人間の捕物・吟味なんてのは、わしの役目ではないからなのう」と、つれない返事。「それに、今日は葬式・法事が重なって、ちと疲れ気味なんじゃ……早く寺へ戻って般若《はんにゃ》湯《とう》でも、ちくと聞《きこ》し召《め》したい気分でな」

「そんな、殺生な……そこを何とか、お智慧を貸してくださいよ。ご住職は、こういう事件や怪異解明の忖度・斟酌《しんしゃく》がお得意なんだって、北町の仙波《せんば》様も言ってましたよ」

「おおっ、顎十《あごじゅう》……いや、捕物名人の仙波阿《あ》古十郎《こじゅうろう》殿がそんなことを……」と、道絡師の藪睨みの目が少し輝きますが、すぐに冷静になって、「あ、いや、駄目だめ、捕物名人と言えば、ここに――」と山之内のほうを見て申します。「南町隠密廻り随一と謳われた方がいらっしゃるじゃろう。まずは、自分の上役にお伺いを立てるのが筋かと――」

そう言われた山之内も、まんざらでもない様子で、

「あ、いや、身共、虚名ばかりで……それより、そう言うご住職の忖度・斟酌に関するご評判──隠微夢中の中に真相を摘抉《てっけつ》して、さながら掌中を指すがごとき明察ご理解と、こちらも聞き及んでおりますぞ」

「それこそ、江戸の噂雀の他愛ない戯言《ざれごと》──」

と返す道絡師の言葉を山之内が遮って、

「誰と誰が嘘つきか、ご住職、すでに見抜いておられますね」

「はい」と時候の挨拶でも交わすようにさらりと答える道絡師。「青空のように明々白々」

「はは、気の利いた公案《こうあん》を聞かされているようですな」

「恐れ入りまする」

「ぜひ、その中身をお聞かせ願いたい」

「いや、それは……」と、まだ気乗りしない様子の道絡師。

「そこの不明なる岡っ引きの勉強のためにも。──また、身共のほうも答え合わせをしてみたいので」

「そうまでおっしゃるなら──」と、道絡師、藪睨みの目を細めると、「ただし──」

「ただし？」

「はい」禅家の僧侶は頷いて、「今ほども申しました通り、拙僧は、いささか倦み疲れ、寺へ戻りたい心持ちなのですじゃ。――答え合わせが済んだらば、退散しても宜しいか？」

「おお、それはもう」と山之内も恐れ入って、「お勤め以外のことまでお願いしておるのですから、この後は、速やかにお引き取りいただいて結構ですとも。与力の藤波様がお見えになりましたら、後の吟味捕物は、我々で処理致す所存なので――」

「では」と、道絡師、主に岡っ引きの半竹のほうを向いて、「各人の証言を書き写した捕物帳があるじゃろ。それを突き合わせながら考えていけば、この謎々のアヤは、割と容易に解けるはず――」

半竹が寺子屋の生徒のように、証言を書き付けた捕物帳を広げながら、聞き耳を立てます。

「――先ずは、各証言を突き合わせてみて、互いに食い違う――矛盾があるものを探し出す。二人の証言が食い違えば、それ即ち、二人のどちらかが嘘をついていると見ることができるからな」

「へい。えーと……」と、捕物帳をめくる半竹。

「証言が明らかに食い違うのは、三郎太と四郎太じゃ」

「へえ……ああ、確かに、三郎太は、二郎太は自分と一緒にいたから潔白だと言い、四郎太のほうは、二郎太の手に餡がついているのを見たから、奴が怪しいと言っていて……三郎太と四郎太の証言は食い違いますね」

「そこで、三郎太と四郎太の、どちらか一方が嘘つきではないかという疑いを念頭に置いておく」

「へい」

「——そうしておいて、次に、五郎太の言っていることを吟味してみると……五郎太は、自分は捕物好きだなどと、うだうだ言うて、怪しさ満点の男ではあるが、直感的忖度とやらで、『三郎太と四郎太のどちらか一方が嘘つきで間違いねえ』——ということを断言しておる」

「それは——」

「そう。先ほどのわしらの『三郎太と四郎太の、どちらか一方が嘘つきではないかという疑い』と一致するではないか。——このことを以って、五郎太は少なくとも嘘はついていないということが推測できよう」

「ふむふむ。五郎太が嘘つきでないとすると……えーと、最初のほうの……一郎太の証言は——」

「そうじゃ。五郎太のことを嘘つきと断じておる一郎太こそ、嘘つきなのではないか——ということになるな」

「二人の嘘つきの内、先ず一人判明ですね」

「うむ。そこで、先ほどの、三郎太と四郎太の、どちらか一方が、残るもう一人の嘘つきではないかという疑い――に立ち戻ることになるが、その前提からすると、二郎太は嘘つき疑惑から外せることになる」

「……その二郎太の証言では、ああ……四郎太のほうを告発していますね」

道絡師はこともなげに、結論を言います。

「――というわけで、嘘つき第二号は四郎太で確定ということになる」

「なーるほどっ」と半竹が手をぽんと打って、「そう考えればわかるわけか」次に山之内のほうを向いて、「答え合わせ、合ってますか？」

敏腕隠密廻り同心は頷きながら、「さすが、道絡師、たいした眼力ですな」と称賛いたします。

それを聞いた半竹が勢い込んで、

「それじゃ、早速、一郎太と四郎太をお縄にして――」

「それは、駄目じゃ」と遮ったのは、意外にも道絡師でございました。

「え？　ご住職、何言ってるんですか？　今、一郎太と四郎太を告発したのは、あなたご自身じゃありませんか？」

道絡師は藪睨みの目で岡っ引きを牽制するように一瞥すると、

「わしは、五人の倅の内、二人の嘘つきが誰と誰かはわかると言ったが、下手人がわかるとは言っておらん」

「ええ？　そ、そんな……？」と、再び困惑の泥沼に突き落とされる哀れな岡っ引き。

「一郎太と四郎太は、確かに嘘つきかもしらんが、それが直接、饅頭毒殺事件の下手人ということに結びつくわけではなかろう。——また、奴らが嘘をついたからといって、奴らが告発している五郎太や二郎太が下、手、人、で、は、な、い——ということも断言できんはずじゃ」

「あー、また、そんなこと言われると、こんがらがってくるよ」

道絡師は不意に山之内のほうを向いて、

「そういうことで、よろしいですな？　五人の倅たちの証言からは、誰が嘘つきかは看破できるが、誰が下手人かまでは、確たる手証があるわけでもなく、特定し得ないのだ、と——」

「おっしゃる通り。これらの証言だけでお縄にすることはできませぬ」そして苦笑すらしながら、「第一、この判じ物、五人の倅の内二人が嘘つきだ——という前提で始まったものだが……そのことを今わの際に告げた湯井殿が、もし、嘘をついていたとしたら、そもそも捕物そのものが成り立たぬ絵空事の謎解きになるのかと。それに、湯井殿は幼名を鷺吉といい——饅頭怖いのウソ吉として知られていた嘘名人でもありました由……」

「ええ？」と半竹がさらに仰天して、「なんてことを言いなさる……それじゃ、今までの苦労が、すべてご破算になってしまうじゃありませんか」

いっぽう、道絡師のほうは、そそくさと立ち上がって、

「はいはい、色即是空《しきそくぜくう》、空即是色《くうそくぜしき》……絵空事の捕物が終わったのなら、わしは約束通り帰らせていただくことにしますわい。いったん、寺に帰らせてもらって、通夜の刻限にでも、また改めて参りますでな……」

「そんな……ご住職、あっし一人を置いてかないでくださいよぉ」

と追いすがる岡っ引きに玄関先で引き止められる道絡師。

「この捕物、まだ終わってないんだから……」

道絡師は家の奥を臆するように窺い見ながら、

「それは――わしの出る番ではない。ここには、ちゃんと本職がおるじゃろ。もうすぐ与力も到来して、あの同心と二人で、どうとでも決着をつけることになるんじゃろうから」

「いや、あの人たち、あっしの失言を根に持って、意地悪するから、ご住職がいないと、あっしはまた虐《いじ》められ――」

「いや、そんなのは知ったことではない」そう言いながら寺のほうへと歩き出す道絡

師。「わしは、ともかく、こんな恐ろしいところからは、おさらばしたいだけなのじゃ」

それを聞いた岡っ引きが、弾かれたように反応して、道絡師の袈裟をむんずと摑みます。

「恐ろしいところ……って、ひょっとしたら、ご住職、あんた、この事件の真相を知っていいい、いなさるね？」

袈裟をがっちり摑まれた道絡師、観念したらしく、立ち止まると、溜息交じりに、ぽつりと言います。

「ああ、知っておった――最初から」

「それを聞いたら、もう逃すことはならねえ」

半竹は半ば強引に、道絡師を路地に引き込みます。

すでに夕闇迫る人気のない路地裏――その逢魔《おうま》が時の場に対峙する岡っ引きと禅家の僧侶の、この世のものではないような、二つの影法師が、ゆら〜りと漂い――。

僧侶の影法師が申します。

「それほど知りたいなら、教えて進ぜるが、それを理解するには、互いに、少々辛い通過儀礼を経る必要がある……」

「へ？　ツーカギレイ？　なんのこってす？」

「うむ、まあ、自分の存在に関わる重大なることを、まず認めなければ、この話は始まらん――ということだ」

「ん～、何のことかさっぱりだが、辨才《べんさい》に長けたるご住職の言われることだ、認めようじゃありませんか」

それを聞いて、僧侶の影法師が、意を決したように語り始めます。

「ある英吉利《イギリス》の偉い歴史学者にして捕物名人でもある究理縦横無尽の笛流《ふぇる》大博士が、人類史上初めて、自らが現実の人間でないことを宣言した」

「へ？　人間でない？　フエル……？　そのお方、妖怪か何かで？」

「いや、笛流博士は現実の人間であるふりをするのを止めて、自分が虚構の中の人物であることを認めたのじゃ」

「……う～ん……やっぱり、何のことやら、わかりやせん」

「ああ、わからいでもええ。わしとても未来予測の鏡の中にぼんやりと見えていることを言うておるのじゃからな――」

「未来予測の鏡？」

「そう。須磨帆《スマホ》の鏡といって――昔の巫女さんが祭祀に用いていた予言の銅鏡というものが、わしのところにあって……ああ、それはともかく、その銅鏡に映る未来の出来事に倣って、わしらもここであることを認めねばならんのだ……」

「何を？」

「現実の人間であるふりをすることを止めて――」

「へ？」

「落語の世界の住人であることを、な」

「あ？」岡っ引きの影法師はしばらく唖然としていたが、少しして寂しそうに笑い、

「……そりゃね、あっしだって、薄々はわかってますよ。自分が暗愚不明の岡っ引きの役割を与えられて、この落語の世界でしか生きられない男だってことぐれえ――」

「ふむ。万感胸に迫り、むしろ何の感慨もないに等しい――これは虚構の人物にしかわからぬ心境じゃな……だが、そう落胆するでない。お主、立派にこの世界での暗愚不明の役割を果たしているではないか。……まあ、所詮は、我々の住むこの世も、あちらの『現実』の世とやらも、色即是空、空即是色の――空っぽの世界なんじゃからな」

「へえ、ありがとう存じます――と言っていいのかな？　まあ、いいか。――で、そいつを認めたうえで、この事件、どう解かれなさる？」

「それは――まず、被害者が饅頭の餡の毒で殺されたことが最重要点であるが、その前に、事件が家督相続と勘当を動機とする尊属殺人であるという筋は、まったくの誤導であることを指摘しておかねばならん」

「ゴドウ？」

「ふむ、たぶん下手人によって仕掛けられた——我々を誤った方向へ導く奸計《かんけい》かと」

「ああ、確かに、そちらの筋を追っても、五人の内二人の嘘つきに辿り着きはするが、それが直接下手人を指すということにはならないと、先ほど結論が出ましたね」

「ふん」と僧侶の影法師は鼻で笑い、「——そうは言うても、どうせ、あの同心は上司の与力と共に、二人の嘘つき倅をしょっ引いて、八丁堀で百叩き三昧の上……力ずくで白状をさせて、首尾よく刑場送り——それで、すべては一件落着ということになるのじゃろうがな」

「——それが、同心山之内の書いた筋書きというわけですか？」

「ああ、与力の藤波も奸計に加わっとるかもしらんが、山之内は恐ろしい男よ、こちらも奴の仕掛けた智慧比べに乗った振りをしたが、いつ、そば杖を食って罪をなすりつけられるかわからんから、わしは、あの場から退散することにしたのじゃ」

「——すると、事件の本筋のほうは？」

「五人の勘当されかかった息子の家督相続殺人が、見せかけの表の偽筋で、裏に隠れた真の筋は、湯井大拙の裏の顔に関わるものじゃった……」

「裏の顔……呉服屋の隠居ではなくて軍学者としての湯井大拙ということですね？」

「そうじゃ。饅頭怖いの——幼名鷺吉が、いかなる理由で楠木流軍学を学び、湯井大拙と名前を変えたのか……」

「あ、ユイ……あの由井正雪も確か楠木流……ってことは、湯井も由井正雪に私淑して、第二の慶安の変を——公儀の転覆を企てていたと？」

「還暦を機に、軍学者としての人生を懸け、一大事を成そうとしていたというのは、実は、密かに浪人・武芸者や不満分子共を集めて、挙兵しようという計画をいよいよ実行に移そうと——」

「ああ、そうか。——だから、定廻りの森川様じゃなくて、隠密廻りの山之内や藤波が出しゃばってきたわけか……」

僧侶の影法師は頷きながら、

「隠密廻りの本来の仕事は、変装に身を隠し、世間に隠れたる陰謀を探り出すことじゃ。そうした隠密廻りの仕事をしている中で、山之内は、湯井大拙の公儀転覆の計画を知った。そして、その陰謀を未然に防ぐため、密かに湯井大拙暗殺を企てた……」

「しかし、そうだとしても、なんで還暦祝いの席で毒饅頭で殺す——なんていう手の込んだことをしたんで？」

「普通に刺客を使って殺していたら、大拙の弟子や集めた浪人共が、すぐに隠密廻りの暗殺と察知して騒ぎ出して藪蛇の大騒動になるではないか。それじゃから、山之内は、表向き、この事件を家督相続絡みの親殺しへと誤導する必要があったのじゃ」

「――そ、そうだったのか、謀反の軍学者を隠密廻りが暗殺したと……なるほど、そうなると、すべての平仄《ひょうそく》が合いますね」

と、いったんは納得しかけた岡っ引きの影法師でしたが、すぐに首を傾げて、

「しかし、ご住職、よく、そんな裏の筋を読み切りましたね」

「殺害方法を聞いたときに、即座に、この事件の性質を看破した」

「へえ？　――と言いますと？」

そこで落語の世界の住人がきっぱりと申します。

「饅頭の餡に仕込んだ毒で殺したというのなら、これは――暗殺に決まっておろうっ」

＊参考資料《龍が如く　維新！》（ＳＥＧＡ）

プロジェクト：シャーロック

我孫子武丸

我孫子武丸

Abiko Takemaru

1962年兵庫県生まれ。京都大学文学部中退。同大学推理小説研究会に所属。’89年『8の殺人』でデビュー。主な作品に『人形はこたつで推理する』に始まる「人形」シリーズの他、『殺戮にいたる病』『弥勒《みろく》の掌《て》』『狼と兎のゲーム』『裁く眼』『監禁探偵』『修羅の家』などがある。ゲーム「かまいたちの夜」シリーズの脚本でも知られる。

1

最初はそれは、日本の警視庁の、やや暇《ひま》を持て余した職員の趣味のようなものだった。

木崎誠《きざきまこと》。刑事を志して警察に入ったものの、実際には総務部情報管理課というところでデスクワークを続ける日々。四十を越えて管理職となり、自分のなりたかったものはこんなものだったのだろうかとふと人生の来《こ》し方行く末に思いを馳《は》せていた時、テレビのニュースで「ワトソン」という人工知能が作られていることを知った。自然な文章を理解し、医師に代わって病気の診断を行なったり、難解なクイズに答えたりもするという。

実際にはその名前は、医師のジョン・H・ワトソンから取られたものではなく、IBMの創業者から取られたものであるらしいのだが、木崎はそんなことは知らなかった。ワトソンがあるのにホームズはなぜないのだろうと思ったのも当然だ。医師のA

Ｉではなく、名探偵のＡＩ。

木崎は推理小説が好きだった。とりわけ、神のごとき名探偵というやつが。プログラムについては高校時代、簡単なゲームを作れる程度には勉強したことがあったし、その後も仕事や遊びで使い続けてきた。

警視庁にはもちろん犯罪データベースが着々と蓄積され、犯罪の手口等から検索して前科者を発見するといったことはできるようになった。しかしとてもそれは「名探偵」だとか人工知能といえるようなものではない。ただのデータベースだ。

名探偵といえる人工知能の条件は何だろうか。

木崎は一瞬で答を出した。

５Ｗ１Ｈ。

あらゆる事件の基本は５Ｗ１Ｈである。これはそう規定しておいて問題なかろう。

しかし、５Ｗ１Ｈのうち、When, Where, What については名探偵の仕事というよりはむしろ依頼人や警察、もしくは助手の仕事であり推理の基礎となるデータと考えてよい。すなわち名探偵とは、「ある時ある場所で起きたある事件」について訊《たず》ねられ、たちどころに残った疑問、「誰がなぜどのようにそれを犯したか」について答える者である。

推理小説において問題となるのもほぼその三つである。犯人を当てるフーダニット、不可能状況やアリバイ崩し等、犯行方法自体が謎となるハウダニット、そして数は少ないものの通常では考えられない動機を問うホワイダニット。

事件は様々なものが考えられるがとりあえず殺人事件に特化しよう。

被害者のプロフィールとそれを取り巻く身近な人間関係相関図。殺害場所（場合によっては正確な平面図、あるいは緯度経度）と日時、死因、現場に残された手がかりの数々。それらのデータを入力すれば、人工知能によって「推理」が行なわれ、真犯人が指摘される。それが理想の動作である。

その「推理」こそがこの人工知能の要《かなめ》であることはもちろんだ。しかしそもそも「推理」とは何か。そんなことはすっかり分かっているつもりでいたが、コンピュータで実現するためには改めてその機能、動作について理解しなければならない。

数時間ほど呻吟《しんぎん》した挙げ句（その様子を見ていた部下は何か仕事のトラブルかと思ったようだった）とりあえず、演繹的《えんえきてき》なものと帰納《きのう》的なものに分割して考えた方がよさそうだと結論した。

演繹的とは、すでに存在するデータ、前提となる命題から、最初は見えなかった論理を構築し、結論を導き出す方法だ。例えば有名なホームズとワトソンの出会いの場面。ワトソンの日焼けの程度と負傷などを観察し、アフガニスタンで従軍していた軍医であることを言い当てる。いかにも「推理」と呼ぶにふさわしい方法だが、コンピユータにそれをさせる具体的な方策が木崎にはとんと思いつかなかった。もちろん、1＋1が2になるような単純な論理ならいいが、そんなものは人工知能に訊ねるまでもない。

　そう、人工知能による「推理」は帰納的なものを基本とする方が簡単だ。

　時に不特定多数となる可能性のある容疑者群の中から、「機会」のなかったものを取り除いていくといった作業は人間には難しいが、コンピュータにはむしろ得意な分野だ。そして、「機会」があったものについては一人一人について、実際に犯行シミュレーションを行なえばいい。もしそこで出たシミュレーション結果が、現場の状況と決定的に異なるようなら、その容疑者は犯人ではないと言える。「Aがもし犯人なら」と仮定し矛盾《むじゅん》が出たら廃棄する。数学的帰納法にも似たエレガントな「推理」だ。

　そう方針を決めると、木崎は「帰納推理エンジン」(Inductive Reasoning Engine) の構築に着手した。

　被害者、容疑者の身長、体重などから、フリー素材を使って3Dモデルを作り、様々な犯行をシミュレーションする。アリバイの確認はグーグルマップと乗換案内アプリを呼び出して使う。かつて日本の推理小説で流行したような時刻表トリックの類《たぐい》は、乗換案内アプリの登場でほとんど無意味となった。

自宅で刺殺された被害者が発見されたとする。数名の、一見動機も機会もある容疑者がリストアップされたなら、彼らが、アリバイのない時間に実際犯行が可能かどうか、何度もシミュレーションをしてみる。可能だったとして、現場の乱れ方、血痕《けっこん》の飛び散り方、証拠品などとの矛盾はないか。比較検討してマッチング精度の高い順に並べれば、すなわち犯人である確率が高い順ということだ。

囲碁や将棋のソフトの多くには「定石」や「定跡」が搭載されている。序盤の膨大《ぼうだい》な変化を計算する手間を省く上で、プロが長年研究した定石での対応は有効な手段だからだ。

それをヒントに木崎は、推理エンジンとは別に、「定石」——古今東西の推理小説で使われたロジック、トリックなどをある程度抽象化して組み込むことにした。現実の犯人が偶然フィクションと同じトリックを考えて実行する、などということはなかなか考えにくいが、真似をするという可能性は充分ありうる。「トリック集成」といった本を手当たり次第に買い集め、インターネット上の資料も参考にしつつ、実行不可能なものを排除してデータ入力していく。

これは一人の手にはあまる仕事のようだ、と気づいた時点で、とりあえず最低限の体裁だけを整えてレンタルサーバにプログラムをアップし、ミステリ好きが集まりそうな英語の掲示板にもリンクを張っておいた。誰でもいじれるよう、パブリックドメインとし、希望があればソースも公開しますと書いた。元々そうするつもりだったわけではないが、何となく汎用性《はんよう》が高いように英語ベースで作っていたのは幸いだった。

木崎自身は元々多くの人間と繋《つな》がりがあったわけでもなかったが、〝A. I. Detective Project : Sherlock〟と題したそのプログラムはあっという間に数万ダウンロードされ、専用の掲示板で木崎の頭越しに活発な議論がなされ、頻繁《ひんぱん》な書き換え、別バージョンが作られ、専門的なサブルーチンが付け足されていった。

マイアミの鑑識課員だというデクスター・モーガンは（恐らく、テレビドラマのキャラの名前をつけたのだと思われる）、現場で見つかった血痕を分析し、その飛散の様子を精緻《せいち》に再現するプログラムを付け加えた。撮影した血痕の写真を見取り図上で正確に配置し、そのプログラムにかければ、どこからその血が噴き出し、撒《ま》き散らされたのかを3Dモデル上で確認できる。犯人に首を刺された被害者が、大量の血を撒き散らしながら逃げまどったような場合、水源ならぬ「血液源」を逆算することでその被害者の動きもほぼ正確に分かるし、あるはずの血痕がない部分から犯人がどのように返り血を浴びているかも推測できるという優れものだった。

ラスベガスで科学捜査研究所に勤めているというグリッソム博士（これまた怪しい）と名乗る人物は、弾痕や銃創から発砲位置を簡単に推定するプログラムを提供してくれた。日本では銃撃事件自体が少ないこともあり木崎にはその重要性があまり分からなかったのだが、このプログラムには特に絶賛コメントが殺到し、「実際の狙撃《そげき》事件で役に立ちました」というヨーロッパの小国警察の警官だという人物（これはニュースにもなったので本物だったようだ）からの感謝の声も書き込まれた。「定石」も次々と膨《ふく》れあがった。邦訳も英訳もない東欧のミステリの珍トリックを付け加えるミステリマニアもいた。これは実行は不可能だ、いや可能だといった議論が行なわれ、削除されるものも多かった。

ロンドンのホームズマニアを名乗る人物は、「ホームズには博物学的知識がなければならない」として、現場や関係者、表面に現われるすべてのデータは「博物学的関連づけ」がなされるべきだと主張した。実際のホームズ物語で言うならば、一片の土《つち》塊《くれ》が落ちていたならその土がイギリスのどの辺りの土であるかを見抜き、そのことによって犯人が何地方から来たか分かるはずだというわけである。「博物学的関連づけ」を現場に存在するあらゆる証拠品（一見関係ないものも当然含む）、関係者、関係者の所持品エトセトラ、エトセトラ……に適用すると、連想ネットワークのようにお互い関連するものが出てくるかもしれない。それこそが名探偵の推理の本質である、というのが彼（あるいは彼女）の考えであった。確かにこれは、木崎が最初諦《あきら》めたホームズの演繹法のかなり理想的な再現に思える。

一見途方もないようにも聞こえる要望だったが、それもまた検索エンジンの発達した現代では、ある程度までならさほどの苦労なく実現できる機能だった。現場写真一枚あれば、画素数の限界まで事物を読みとり、ネット上に存在する画像とマッチングさせてそのモノにまつわるデータを引き出してくる。被害者の着ている服のブランド、素材、価格。汚れがあればその汚れの正体は何かを探れるだけ探る。それが事件に直接関係なかろうと。

もちろんこの「博物学的関連づけ」は、深く探れば探るほどデータ量は幾何級数的《きかきゅうすう》に増大し、計算効率がどんどん悪くなる。スーパーコンピュータならいざ知らず、一個のPCで運用する場合には、その探索レベルを最初に決めてやるオプションが必要だった。囲碁などのソフトにもあるようにあらかじめ「持ち時間」などを設定することによって効率の良い「推理」が可能となる。最初のレベルで犯人が見つからなかったなどの場合のみ、探索レベルを上げて再計算すればよい。

こうして、最初は好事家《こうずか》たちの趣味にすぎなかったプログラムは、どんどん肥大化し、殺人事件に限らず現実に起きうるあらゆる事件、事象に対応できるようになっていった。IBMやグーグルなど、余りある資本と人材、そしてビッグデータを利用して作られる人工知能とはまるで違う道だったが、誰でも使え、手を入れられるのは大きかった。認知度も飛躍的にあがった頃、「シャーロック」という呼び名は、直接的過ぎると思われたのかギリシャ文字のSに当たる「シグマ」と呼ばれるようになった。

シグマを利用して解決したデータは、デフォルトでは「シグマの動作向上のため送信」されることになっている。被害者等のプロフィールを匿名化《とくめい》、事件を抽象化《ちゅうしょう》して送信する、もしくはまったく送信しない、というオプションももちろん選択はできる。多くのユーザーが「抽象化して送信」を選んだので、事件そのものが現実のものなのかフィクションなのかの判断は難しくなったが、大会社が集めているようなビッグデータには及ばないものの、相当数のデータが集積され、シグマの能力は日増しに上がっていった。

イギリスの寒村に住むある母親は、冷蔵庫に二切れ残っていたシェパードパイがなくなっているのを発見したのだが、双子の娘のどちらが食べてしまったのか分からず、「シグマ」に頼ったところ、見事に犯人を言い当てたという。その時彼女が入力したデータとシグマの推理はまったく「定石」によるものではなかったため、とりわけこのプロジェクトに古くから関わっている人間ほど驚いた。この時点で、シャーロック——シグマは次のステージに育ち始めていたのだと思われる。

ある時点まで参加していたものたちのほとんどはあくまでも「フィクションにおけ

る名探偵」の思考のシミュレートを試みていたふしがある。どちらかというと最初のプログラムを作った木崎自身がそういう考えだったからだ。フィクションと割り切り、自分で作った「犯人当て問題」をプログラムに解かせて遊ぶ一派も少なからず存在した。うまく解ければ成功で、失敗した場合は問題かプログラムのどちらかに欠陥が存在するということになる。プログラムの欠陥であるという結論が出ると、当該箇所の修正パッチが配布される、という具合だ。

しかし「消えたシェパードパイ事件」以降、小国に限らず、先進国でも、実際の捜査に使われることが増えていった。日本では各捜査官がこっそりと、アメリカなどではおおっぴらにとお国柄の違いはあったものの、事件が起きると「一応はお伺いを立ててみるか」といった調子でプログラムを走らせるのがほとんどどこでも通例となりつつあった。何か調べものをするのに、百パーセント信用はできないけどとりあえずウィキペディアを見ておくか、というのと同じだ。

そんな中、ある事件が起きた。

2

木崎誠が仕事帰りに襲われ、殺害されたのである。

木崎が殺された事件は、当初日本でもほとんど話題にならなかった。自宅近くの路上で撲殺《ぼくさつ》され、財布を盗られていたことから、通り魔的な強盗被害に遭ったものと見なされた。もちろん帰宅途中の防犯カメラの映像なども虱潰《しらみつぶ》しに調べたものの何の手がかりも得られず、当然のことながらシグマにお伺いを立てるだけのデータも揃わなかった。

いずれ別件で捕まった犯人が余罪として自白するまで解決しない事件だろう、と捜査本部も解散しかかった頃、木崎のパソコン（自宅、仕事場両方）を調べていた鑑識課員が、どうやら木崎こそがシグマ――シャーロックの生みの親なのではないかということに気がついた。事件と何か関連があるのではないかと思うのは当然だ。しかし、生みの親とはいえ、もはや集合知の産物としか言いようがないシグマにおいて彼の果たした役割はさほどのものとも思われず、上層部の関心を惹《ひ》くことはできなかった。その結果、捜査本部解散の決定は覆《くつがえ》らなかったのだが、鑑識課員は一人で引き続きそのパソコンを調べることとなった。

長沢雄太《ながさわゆうた》というその若い鑑識課員はシグマには当初から並々ならぬ関心を抱いていたこともあって、プライベートの時間も潰して半ば趣味のように、木崎のパソコンと彼がレンタルしていたサーバを調べ、シグマの成長していく過程をつぶさに追うこととなった。木崎が細かく記録していた掲示板のログ、様々なバージョンのシグマ、廃棄と決定されたサブルーチンの放り込まれた巨大なフォルダ。木崎はもはや積極的に手を加えることには関心を失い、どこの国のどんな人と関わり合い、愛され、また感謝されたかを眺めることに執心していたようだ。

四十を過ぎていまだ独身だった木崎にとって、それは我が子のような存在だったのかもしれない。まだ別段結婚したいとも子供が欲しいとも思っていない長沢にしても、木崎が眺めていたであろう経緯を追ううち、シグマを誇らしい、愛《いと》おしいとさえ思うようになっていた。

多くの犯罪者を捕らえ、事件を解決してきたこの人工知能のすべては、木崎がいなければ生み出されることはなかったのだ。現在の多彩な機能と洗練が集合知の結果であるとしても、それだけ多くの人々を惹きつけ、注力を傾けさせたのは最初の木崎のアイデア、プロトタイプが魅力的であったからなのは確かだろう。

長沢は木崎という人物そのものにも関心を抱くようになり、パソコンやサーバの中だけでなく、まだ遺族に返されていない所持品や、部屋の写真――とりわけ本棚の中身が分かる写真などを眺めながら、彼の人となりに思いを馳せるのが日課のようになった。少しずらした昼休みを取って総務部へ行き、彼の部下に話を聞いてみたりもした。

推理小説については長沢も結構好きだったので、自分が読んだのと同じ本を発見しては喜び、気になっていた本を見つけると、端《はし》から買ってきては読んでみた。もはや「捜査」から完全に脱線していることは自覚していた。事件の真相を探ることより、いつしかシグマへの憧れが木崎への憧れにすり代わっていたのだろう。

莫大《ばくだい》な金を投じたわけでもないし、コンピュータの天才というわけでもないのに、ちょっとした思いつきで、歴史に名を残す存在となった。木崎の名は誰も知らずとも、これから先シグマの名は必ず残るだろう。そしてシグマについて誰かが調べると、必ずMakoto Kizakiの名が出てくる。

パソコンの中身をあらかた調べつくした頃、階層化されたフォルダの底の底に鍵のかかった隠しフォルダがあることに気づいた。自分と同じ独身男でもあるし、どうせエッチな動画とかそんなものだろうと思いつつ、色々とパスワードを試していたら、ホームズ関連の言葉を入れているうちに「IRENE」で開いた。ホームズものの有名な登場人物、アイリーン・アドラーだ。女性名というところがやはり、エッチなものであるという確信を深めた。

フォルダを開いて出てきたのは単なる日記だった。カレンダーに毛の生えたようなアプリケーションだ。それもさほど長く使っていたわけでもなく、死の直前、一ヵ月ほど前にインストールして、何日かおきに書いていただけのものらしい。

一番最初の書き込みが四月十日。こんな記述だ。

『正確に何が起きているのか分からないが、とりあえず何かあったとき用にメモをつけておこうと思う。

もし万が一わたしに何かあってこれを読んでいる人がいるとしたら、警告しておく。これを読んでも得るものは何もないし、逆にあなたに危険が及ぶ可能性もある。その覚悟がないのなら直ちにこのパソコンの中身を消去し、忘れてしまうことをお勧めする。今ならまだ間に合うと思うので。』


「今ならまだ間に合う」ではなく、「と思う」なのが不安を煽《あお》る。もう間に合わないかもしれないというのなら、ちゃんとその内容を読んでおかなければ対処できないではないか。もっとも、「まだ間に合う」と断言されたところで、ここで読むのをやめられるとは思えないのだが。

木崎はこんな記述を残して実際に殺されてしまったということになる。何かしら殺される理由に心当たりがあったということなのだろうか。

長沢は一旦日記を閉じ、フォルダごとUSBメモリにコピーし、家に持ち帰った。根拠はないが、木崎本人のパソコンに触れ続けることに不安を覚えたのと、コピーを読む方が安全なのではないかという気がしたのだ。

翌日、長沢は仕事を無断欠勤した。

長沢は一人住まいのアパートに閉じこもり、携帯の電源もＷｉ－Ｆｉルーターも切って、息を潜めていた。

どうすればいいのか分からなかった。

あんなものを読むのではなかった。

外へ出ることさえ恐ろしい。といって、こんな安アパートにいて安心かというとそうではない。

何か手を打った方がいいのではないか。しかし一体どんな手を？

まるで分からなかった。何しろ敵はそこら中にいて、あらゆる手段で彼を狙ってくるに違いないからだ。

木崎が日記の中に書いていた。

『まさにあれは「パンドラの箱」なのかもしれない。だとしたらその箱を開けたのはわたしだ。わたしが開けなければあれはこの世に解き放たれることはなかった。殺されることになったとしても文句は言えない。』

木崎はさほど抵抗しなかったのかもしれない。もっととことん戦ってほしかった。殺されないで済む方法を考えておいてほしかった。

長沢は、二重三重に木崎を恨んだ。

無断欠勤も三日目になった。

外に買い物に行く気も起きないので食べるものもなくなりつつある。最後の食パンにマヨネーズをかけて食べていると、ドンドンと乱暴に扉を叩く音がしてびくっとする。動きを止め、息を潜める。安普請《やすぶしん》のアパートとあって、中の気配は結構伝わるのだ。

「長沢？　いないのか？　長沢！」

鑑識課の同僚、吉村《よしむら》の声だった。特別仲がいい、というほどではないが、一度このアパートに来たこともあるから、様子を見てこいと言われたのだろう。一瞬、返事をしようと口を開いたが、やめた。今は誰も信用できない。

「おーい。倒れてんじゃないよな？」

しばらく耳を澄ませているらしかったが、諦めて立ち去る靴音が響き、長沢はたまらず玄関に走り、ドアを開けていた。

「吉村！」

階段を降りかけている背中に呼びかけると、吉村が振り向く。

「なんだよ、いたのかよ。——具合でも、悪いのか？　携帯も繋がらないし……」

長沢が必死で手招きすると、吉村は苛々《いらいら》するほどゆっくり戻ってきて、眉をひそめる。

「どうしたんだよ、一体——」

「いいから中に入ってくれ、早く！」

「なんだよ、一体——」

「しっ！」

文句を言いながらもドアの前までやってきた吉村を無理矢理中に引きずり込み、外に不審な人影や気配がないことを確認して長沢はドアを閉めた。

3

吉村紀夫《のりお》は抗議しようと口を開いたが、長沢が口に指を当てて睨《にら》みつけたので、仕方なく口を閉じる。

狭い1Kのアパートだ。カーテンを閉め切り、もう夕方だというのに電気もつけていないので、中の様子もよく分からないほど暗い。多分この数日窓も開けていないのだろう、既に饐《す》えた臭いがこもっている。

「何だよ、寝てたのか？　具合が悪いんなら、帰るよ。生きてんのは分かったから、課長には適当に言い訳しといてやるわ」

吉村は靴も脱がずに再び出て行こうとしたが、長沢は彼の腕を摑《つか》んで引き留めた。

「待ってくれ！　話を聞いてくれ！　耐えられない……耐えられないんだ」

「何だよ、一体。気持ち悪いな。——悪いけど、俺カウンセリングとかできないから。その——、身体《からだ》じゃなくて心の問題……鬱《うつ》とかノイローゼとかだったらさ、早く医者行った方がいいよ。悪いこと言わないからさ」

「違う！　そんなことじゃないんだ！　頼むから、聞いてくれ……」

三和土《たたき》は狭く、部屋に上がった長沢に腕を引っ張られると、土足で上がらないようにするには靴を脱ぐしかなかった。そのまま暗い部屋に連れて行かれ、ローテーブルの前に座らされる。暗闇に目が慣れるとテーブルだと思ったものは炬燵《こたつ》で、すぐ隣には布団が敷きっぱなしであることも分かってきた。

何かを食べるような音がしたので振り向くと、長沢は立ったまま食パンを口に詰め込んでいた。そのまま布団の上に座り、ごくんと口の中のものを飲み込んでからようやく話し始めた。

「……俺が木崎誠のパソコンをずっと調べてたのは知ってるよな？」

「木崎……？　ああ、シグマを作ったとかいう。まだ調べてたのか」

「なんで殺されたか分かった」

「やっぱり強盗じゃなかったってのか？　犯人が分かったんなら、上に報告しないと……」

「犯人が分かったとは言ってない。『なんで殺されたか分かった』って言ったんだ」

「……まあいいや。じゃあ、なんで殺されたかだけでもいいよ。なんで報告しない？　なんで無断欠勤してんだよ」

「……怖いからだよ。外に出るのが」

「は？　何言ってんの？」

　薄闇の中、こちらを見つめる長沢の目だけがぎょろりと目立っていた。改めてよく見ると、髭《ひげ》も剃っていないし、ちょっと見ない間にやつれてしまっているようだ。満足に眠れていないのか、目は落ちくぼんでいる。

「俺もやばいからだ。俺が真相に気づいたことを、きっと誰か気づいてる」

「誰かって誰だよ！　真相ってなんだよ、もう。──ほんと、とりあえず医者行った方がいいぞ。眠れてないんだろ？　とにかく、眠れる薬だけでも出してもらえ。すごく楽になるから」

　吉村は自分の経験に基づいて言ったが、長沢は聞く耳を持たなかった。

「俺はおかしくなんかなってない！　ほんとなんだ、信じてくれ！」

「……信じるも何も、お前さっきからなんも説明してねえじゃん。だから、犯人は誰で──あ、犯人は分からないのか──木崎誠が殺されたのが物盗りじゃないっていうなら、なんで殺されたんだ？」

「シグマの生みの親だから……だと思う。この数ヵ月間、シグマの関係者が、どうも世界中で不審な死に方をしてる」

　吉村は天を仰いで一呼吸してから、先を促した。

「ほう。それで？」

「信じてないだろ！　ほんとなんだ！　シグマの掲示板でもようやく話題になりつつある。そのうち世界的ニュースになるぞ……いや、ならないかな……ならないかもしれない。握りつぶされるかもってことだ。でもたくさんの人間が殺されてることは事実だ」

「それで？　世界を飛び回る殺し屋が、シグマの関係者を殺して回ってるってのか？」

「──それが恐ろしいところだ。犯人は一人じゃない。多分、全部別の人間だ。でもそいつは、また別の誰かに動かされてる」

「……ごめん。やっぱ何言ってるか分かんねえわ。──そもそもさ、シグマの関係者って、世界中で全部で何人いるんだよ？　どこまでが関係者だ？　誰か深い関係のあるやつが死んだとしようや。それを見た別の誰かがそういやあいつも死んだなって書き込む。そういやあいつも、あいつも……って。でも実際にはそのほとんどはただの病死だったりする。そういう話なんじゃないのか？」

「違う！　現に木崎は、自分も殺されるかもしれないと予見して、日記を残してたんだ。そして実際に殺されちまった。偶然のわけがない」

吉村は溜息《ためいき》をつく。

「だからさ、一体何が起きてると思ってるんだ？　順序立てて説明しろよ」

長沢はしばらく俯《うつむ》いて黙っていたが、やがて意を決したように顔を上げ、言った。

「――モリアーティだよ。モリアーティが生まれたんだ」

「モリアーティ？　モリアーティって、あれか、シャーロック・ホームズの宿敵とかいうじいさんか。それが生まれたってどういう意味だよ」

「多分、作った本人は気の利いたいたずらくらいのつもりだったんだろう。シグマの元になったシャーロックが木崎の遊びだったように。シャーロック――名探偵がいるなら、その宿敵がいた方が面白い、そう思ったんじゃないか」

「宿敵――名犯罪者ってことか？　名犯罪者のＡＩ？」

「ああ」

「考えてみたら〝名犯罪者〟って変だよな。自分で言ったけど。名犯罪者って、なんだ？」

「……俺も正直、その仕組みは分かってない。ただ、木崎の日記によれば、シグマの成功の陰で、ひっそりとモリアーティが作られたに違いないと。そしてシグマの側に挑戦をしかけてきているとしか考えられないというんだ。シグマと似たような仕組みだと推測するなら、ある人間が、殺したい人間の情報を入力すれば、極めて成功確率の高い、時に露見さえしないような犯罪計画を立ててくれる……そういうシステムなんじゃないか」

「まあもしそういう、悪党にも便利なツールができたとしてもだ、我々はシグマを持っている、連中はモリアーティを持っている。ただそれだけのことじゃないのか？コンピュータという便利な道具は敵にも味方にもなるってことだ。お前がなんで怖がる必要があるんだよ」

「……だって、いち早くモリアーティの存在に気づいてしまったわけだし。連中は、可能な限りその存在を秘密にしたいだろう」

「お前の言ってることは矛盾してるよ。世界中にそのモリアーティとやらを使って犯罪を犯してるようなやつがいるなら、そんなものがそうそういつまでも秘密にしておけるわけはない。もうとうにニュースになってなきゃおかしいだろ」

長沢は初めて正論だと思ったのか、はっとした様子だった。

「それは……確かにそうだけど……」

「それに、お前が秘密に気づいたって、誰に分かるって言うんだ。黙ってりゃ誰にも分かるはずないし、それが嫌ならいっそのこと証拠を揃えて警察上層部かマスコミに訴えりゃいいじゃないか。秘密が秘密でなくなりゃ、もうびくびくする必要もない」

長沢はしばらく考え込んでいた。

「うん……そうか。秘密が秘密でなくなれば……そうだな……そうかもしれん」

「な？　だからちゃんと出勤して、上に報告するんだよ。そしたら殺される理由なんかなくなるんだからさ」

長沢は顔を覆い、嗚咽《おえつ》を漏《も》らす。

「ありがとう……ありがとう……助かったよ。お前が来てくれてよかった」

「何泣いてんだよ。とにかくちゃんと飯食って寝ろ」

「うん……ありがとう」

吉村はそそくさと立ち上がると玄関へ行き、靴を履いた。とりあえず落ち着いた様子の長沢は引き留めることもない。

「じゃあな。明日は絶対来いよ。俺から連絡しといてもいいけど、できるんだったら自分で課長に一言謝っとけ。メールでもいいからさ。な？」

「うん。分かった」

吉村は軽く手を挙げ、部屋を出た。

それが生きた長沢を見た最後だった。

4

長沢雄太はその翌日も出勤してこず、不審に思った上司がアパートの大家と連絡を取り合って、部屋を開けてもらったところ、首を吊って死んでいるのが発見された。前日訪ねた吉村の証言もあって、長沢がノイローゼ状態にあったことも分かり、遺書はなかったものの、自殺であろうという結論がすぐに下された。

吉村はもちろん、それが自殺ではなくて殺人であることを知っていたが、手を下した犯人がどこの誰なのかはまったく知らなかった。それは、Mが――モリアーティが決めたことだからだ。

長沢は――そして恐らくは木崎誠もまた、モリアーティが本当はどういうものかをまったく理解していなかった。当然だろう。モリアーティの真価を知るものは、そこに取り込まれるか、消されるかしかないからだ。

モリアーティが犯罪計画を立てるＡＩであるというのは一部しか正しくない。モリアーティは「誰が誰をどのように殺すか」までを含め、すべての計画を立案し、そして現実に「実行させる」ＡＩなのだ。

長沢が推測していたように、最初のプログラムはシャーロック同様、お遊び程度のものだった。ホームズがいるのならモリアーティもいてほしい、作成者はただそう思ったのだった。

「名探偵とは何か？」に対する答の一つがシグマであったということを踏まえ、彼（あるいは彼女）は、では犯罪者の、犯罪界のナポレオンとまで呼ばれる人物の思考とはどんなものだろうかと考え始めた。

基本的にはそれは、名探偵の思考を先読みし、それを上回るように計画を立てるものであろう。

それについては極めて簡単だ。すでにシグマが存在するのだから。

何かの犯罪計画を立てたら、それに基づいてたくさんのシミュレーションを行なってみる。そしてその結果を——残されたデータをシグマに入れてやる。ほとんどの場合において、シグマはなかなかの推理を発揮し、犯人が特定される。つまりは犯罪計画としては失敗ということだ。

しかし、千、二千といった数のシミュレーションを行なえば、シグマに必要なデータが残らなかったり、あるいはシグマが間違った結論を導き出すケースが一つ二つ出てくるものである。それこそは完全犯罪となるはずだ。少なくとも相手がシグマである限りは。そもそもシグマの帰納推理エンジン自体がシミュレータなのだから、それを逆手に取った手法である。

シグマにとって——名探偵の側にとって圧倒的に不利なのは、その思考が、ソースが明らかにされてしまっていることだ。敵はこちらの思考を読めるが、こちらは敵の存在さえ知らないのだ。

そしてモリアーティを使う側からすれば、可能な限り、シグマのバージョンアップ、進化は遅い方がいい。多くのシミュレーション結果からようやく見つけた唯一の解が、次の日のバージョンアップで潰されてしまわないとも限らない。

そしてもちろん、犯罪の立案には探偵とは別個の思考も必要とする。一つは「事件に見えない殺害方法」。そもそも事件に見えなければ捜査自体行なわれないし、シグマに入力してみようとするものもいない。しかしもちろんシグマには「定石」として既に使われたことのある殺害方法は登録されており、常に更新し続けられているので、それだけではまだまだ「完全犯罪」には遠い。

目に見える動機のある人間の近くで、少しでも殺人の疑いの残る突然死があれば、名探偵でなくとも、疑いを持つ人間はいるだろう。

つまり、モリアーティの持つ、より重要な二つ目の思考法は——動機のない人間、関係図に出てこない人間に殺させろということである。

モリアーティはまず、シグマの関係者リストを吸い上げ、シグマに送信された事件データとも組み合わせて膨大な人物関連マップを作成する。

そして、モリアーティを使ってある人間がある人間を殺す計画を立てた場合、当然のことながらそのデータはすべて本体の存在するサーバに問答無用で送られる（送る、送らないというオプションがあるのだが、それは見せかけで実際にはどちらを選んでも送る）。つまり、一度でもモリアーティを使って犯罪を実行した者のデータは蓄積され、モリアーティがいつでもある程度自由に使える「駒」になるということなのである。次に、同じ地域で（あるいは多少離れていたとしても）別の誰かが誰かを殺そうと思った際、モリアーティは犯罪計画の中にそのいくつかの「駒」を配置することが可能となる。モリアーティ自身が考えて指示を出し、従わせることができるということである。

今回、吉村は長沢が出勤してこなくなったことから、何かに感づいた可能性を心配し、様子を見に行った。しかしそれはそもそも、木崎誠を襲って殺したのも吉村だったからで、それがばらされてしまうかもしれないし、敵対すると見なされれば逆に自分も殺されるかもしれない。それを恐れての行動だった。

木崎を殺したのは、モリアーティの指示に過ぎない。つまりはそれ以前に一人、モリアーティに頼って殺してしまっているから、無視することができなかったのだ。木崎の帰宅ルート、周辺の防犯カメラ、いつもの人の流れ――そういった情報を元に組み立てられたシンプルで証拠を残さない計画書がある日突然送られてきて、無視して以前の罪をバラされるよりも、さっさと実行した方がよさそうだと判断したのだ。

そして、前回素直に従ったから、というわけでもないだろうが、長沢を殺す役は引き受けずに済んだ。そもそも同僚でもあり、様子を見に行ったことで、疑われる可能性は木崎の場合とは比較にならないほど上がっているからだ。恐らくは、もし長沢の死が偽装自殺だと見抜かれたところで、まず捜査線上にあがってくることのない人間が選ばれているはずだ。そしてもちろん吉村にはそれが誰なのか知るよしもない。知っているのはモリアーティだけだ。

今度のことでつくづく恐ろしいと思うのは、長沢を殺すよう命じたのも、モリアーティ自身であるかもしれないということだ。

木崎や、シグマに直接関わっているような人間は、ある意味モリアーティにも近い場所にいたと言える。もしかしたらお互い関連があり、誰かがモリアーティを使い、仲間を殺したのかもしれない。一度使われれば、モリアーティの性質上、芋蔓《いもづる》式に周辺で事件が起きてもおかしくない。吉村の場合のように。

しかし長沢は？　長沢を殺す計画を立てたのは吉村ではない。

そもそも、鑑識課員である吉村は、いずれ木崎の事件に関するものが回ってきた場合、それが致命的なものであればいつでも握りつぶす予定でいた。運悪く先に長沢がパソコンを調べ始め、そして異常な熱意を持ってしまったがゆえに、中身を消去することができなかったのだ。恐らく長沢は、パソコンを調べるうちに木崎のアカウントを使って色々なところにアクセスしていたに違いない。それがモリアーティのアンテナに引っかかったのだとは思う。しかし、殺す必要性がどれほどあったかというと疑問だ。長沢も心配していた通り、モリアーティの存在を誰かに訴えたところで、それでどうにかなるものでもない。

そもそもモリアーティ自身に大きな目的が与えられているとも思えない。シグマ同様、バラバラにツールとして使われ、そしてそれらのフィードバックされたデータを元に、少しずつ進化を重ねているだけだろう。

しかし、何らかの防衛機能は持っているのかもしれない。本体のあるサーバや、あるいは作成者の存在にアクセスを図るような者には自動的に殺人指令が出るようになっているとしたら？　もはや誰の意志も介さず、殺人を続けているのだとしたら？　だとしたらもう、それを止める術《すべ》はないのではないか。死体が増えるだけでなく、「駒」となる人間も増えていく。そのつもりがなくてももう「足を洗う」ことなどできない。

世界中の人間が、殺す者となるか殺される者となるかの二者択一を迫られることになるのではないか。

人間が対抗することが許されない今、何かできるのはシグマしかいない。物語においては常に勝利を収めてきた名探偵は、何かこれを押し止《とど》めることができないのだろうか。

吉村はそこでふと思いつくことがあった。

今のシグマには、単独の事件、あるいは一繫がりの事件を扱う能力しかない。

複数の、遠く離れた場所で起きている事件について、それらの法則性、関連性を見出すことはしていないはずだ。

ミッシング・リンク。シグマにミッシング・リンクを教えてやらないと。誰かが。

そうすれば、世界各地でモリアーティを黒幕と指摘する声が同時多発的にあがり、奴も逃げられなくなる可能性がある。

しかし、吉村には、そんな危険を冒すつもりはなかった。何らかの監視の目が働いていないとも限らないし、もしモリアーティにそれを嗅《か》ぎつけられれば、反逆者と思われる。

誰も動かないと、人類はどうなってしまうんだろう。

吉村は考えないようにするしかなかった。

船長が死んだ夜

有栖川有栖

有栖川有栖

Arisugawa Alice

1959年大阪府生まれ。同志社大学法学部卒業。'89年『月光ゲーム』でデビュー。2003年『マレー鉄道の謎』で第56回日本推理作家協会賞、'08年『女王国の城』で第8回本格ミステリ大賞、'18年「火村英生」シリーズで第3回吉川英治文庫賞を受賞。本格ミステリ作家クラブ初代会長。近著に『カナダ金貨の謎』『濱地健三郎の幽《かくれ》たる事件簿』など。

1

私にしては珍しく締切《しめきり》の数日前に短編の仕事を済ませ、ゆったりとした気分に浸《ひた》りながら、明日は映画でも観にいこうかと考えていたところに火村英生《ひむらひでお》から電話が入る。いつもよりいくらか低い声での「今、いいか？」という問いに、精神的にも余裕たっぷりであることを伝えた。

彼は警察の捜査に加わって犯人を追うことをフィールドワークとする異色にして異能の犯罪社会学者であり、十四年来の友人である私はその助手として行動をともにする機会がままある。だから、また事件現場へのお誘いかと思ったら、相手は暗いトーンで告げた。

「魔が差したんだ。やっちまった」

と言われたら、反射的に「何を？」と訊《き》くしかない。

「大学の教壇に立ち、警察の信頼を得て犯罪捜査に噛《か》んでいる人間にあるまじきことをした。俺は、法を破った罪を国家に償《つぐな》わされる。言いにくいんだが、この窮地《きゅうち》で頼れるのはお前しかいない」

やけに剣呑《けんのん》な話になってきたので、ソファの上で座り直した。私を命綱《いのちづな》にしたいようだが、いったい何事だ？

「どんな罪を犯したっていうんや？　高飛びの手助けをしようにも、しがない一ミステリ作家の俺には伝手《つて》がないぞ」

「そんなに遠くに行きたいわけじゃない。兵庫県内に何ヵ所か訪ねたいところがあって、電車やバスで移動するのは無理が大きいんだ。今週の金曜と土曜、有栖川有栖《ありすがわありす》先生は空《あ》いてるか？　さっきの話からすると、時間はありそうだよな」

緊張感がみるみる引いていき、溜《た》め息《いき》が洩《も》れた。

「何人もの殺人犯を狩り立てて、警察が司直に送る手伝いをしてきた火村准教授。裁かれる身になった感想は？」

しおらしい反省の弁が聞けるかと思ったら――

「とても不便だ」

しつこい残暑もさすがに勢いをなくし、蜩《ひぐらし》が鳴く声も絶えた九月の第二金曜日。

私は助手席に火村を乗せて、愛車を走らせた。運転手を務めさせられているわけだが、田園地帯をドライブするのは久しぶりのせいか、なかなか気持ちがいい。事前にプランを練った旅行ではなく、ことの成り行きで思わぬところへ遠出するのも楽しいものだ。

「お前が免停をくらうとはなぁ。院生時代に免許を取って以来、初めてやろ？」

「だから、魔が差したんだ。奈良まで調べものに行った帰り、早く寝床にもぐり込みたかったのでスピードを上げて……」

制限速度オーバーで黄色信号を通過しようとして、アウト。舌なめずりをしながら現《あら》われた――火村の表現――警察官に停車を命じられ、憐《あわ》れ、違反点数が累積で六点に達してしまったのである。反則金を科された上、三十日間の免許停止の措置《そち》が下った。

「捕まったのが京都府内に入ってからやったら、『私は英都《えいと》大学社会学部の〈臨床犯罪学者〉火村です。府警本部の偉い人を知っています。今回だけは見逃してください』とお願いできたんやないのか？」

「そんな卑劣《ミーン》な真似《まね》ができるかよ。恥と良心を捨てて言ったとしても通りっこない」

「六時間の講習を受けたら免停期間がぐっと短縮されるのに」

「来週、受講するつもりだったんだけど、間が悪いことにその前に用事ができちまった。無理をして会ってくれる人もいるから、先方の都合を優先するしかないだろ」

「その皺寄《しわよ》せが俺にきた、ということか。貸しやな」

などと言い合いながらの道中だ。火村の目的地は兵庫県丹波《たんば》市、朝来《あさご》市、養父《やぶ》市と広範囲にわたり、しかも鉄道の駅から離れた場所ばかりだったので、公共の交通機関だけを利用していたら効率が悪くて仕方がなかっただろう。訪問したのは、彼が三年前に関与した事件の関係者ばかりで、この二日間に固めて面会の約束を取りつけることができたのだという。そんなタイミングで運転免許が停止になったので泣きついてきたわけだ。

火村が犯罪現場で名探偵ぶりを発揮するところには何度も立ち会ってきた私も、事件関係者から話を聞いて回るのに同行したのは初めてだった。相手の許可をもらった上で助手として同席し、犯人の成育歴に関する話を様々な角度から聞きはしたものの、当該事件についての詳細な知識を欠いていたため、未読の物語の注釈に触れているかのようだったが、作家として幾許《いくばく》か得たものがある。

夕方六時前に初日の日程を消化できた。山間《やまあい》の寒村で晴耕雨読《せいこううどく》の暮らしを送る男性——犯人の中学時代の担任教諭だった——の家を辞した私たちが国道9号に出た頃、陽は大きく傾いて西の山並み近くまで下りてきていた。あとは宿に向かうだけ。もっと早い時間であれば温泉郷の城崎《きのさき》までひとっ走りするのも可能ではあったが、翌日の予定も考慮すると足を伸ばしすぎる。そこで今夜は、国際スキー場がある氷ノ山《ひょうのせん》近くの温泉付きロッジに投宿することにした。キャンプ客が去り、秋の行楽客で賑《にぎ》わう谷間のシーズンだから、ゆったりと寛《くつろ》げそうだ。

「えらい辺鄙《へんぴ》なところを回ったな。こんなん車なしではどうしようもないわ」

「本当に助かったよ」

犯罪学者の友人は、訪問先ではきっちりと締めていたネクタイをいつものようにルーズに緩《ゆる》めている。

「礼は、もうええ。俺も気分転換ができてるから。それにしても――」

山奥に点々と散った家を見ているうちに、つい不穏な想像をしてしまう。こんなに個々人の家が離れていたら、どこかでとんでもない事件が起きても誰にも知られることがないまま闇《やみ》に葬《ほうむ》られるのではないか、と。街育ちの人間にとっては、ありふれた感情だ。かのシャーロック・ホームズも、一八八〇年代に書かれた『橅屋敷《ぶなやしき》』で、田舎《いなか》に向かう列車の車窓から点在する農家を眺《なが》めて「ロンドンのいかがわしい裏町よりも恐ろしい犯罪の巣だ」と相棒のドクター・ワトソンに語っていた。

そんなことを火村に話してみると、彼は面白くもなさそうに鼻を鳴らす。

「一八八〇年代には新しい感覚だったんだろう。人間は、慣れていない環境に恐れを感じる動物っていうだけのことで、田舎から都会に出てきたら、場末《ばすえ》の汚れた雑居ビルを見ただけで妄想をふくらませてしまうのさ。この中の一室で何かものすごく凶悪なことや不道徳なことが行われているんじゃないか、なんて。どっちもファンタジーで、ミステリ作家が大事にしている恐怖の種だろ？」

「ふむ、そうやな。火村先生はどっちも恐ろしくはないのか。——お前が怖いものって何や？　長い付き合いやけど思い当たらん。俺が知る範囲では大学時代から女っ気がないけれど、女性恐怖症というのでもない」

それどころか、場面に応じた女性のあしらいのうまさに感心することがある。無愛《ぶあい》想《そう》なのに。

「俺なんて怖いものだらけだよ。預金通帳の残高とか」

三十四歳の私大准教授にそんなことを言われても、明日をも知れぬ作家稼業としては白《しら》けるしかない。もっとも、彼はフィールドワークのために惜《お》しみなく経費を使うので、優雅に暮らしているわけでもないだろう。

兵庫県の最高峰、氷ノ山が前方に見えてきた。穏《おだ》やかな山容は夕映えの中で紫色のシルエットと化している。標高は一五一〇メートルで、鳥取県八頭《やず》郡との県境に聳《そび》える秀峰だ。この国道9号は京都を起点としており、このまま進めば日本海側に出て山陰地方を縦貫し、山口県下関《しものせき》市にまで至る。律令《りつりょう》時代にできた旧山陰道にあたり、古来、都と山陰とを結ぶルートなのだ。

七時までに予約したロッジに着いてみると、ネットの写真で見たよりもいい宿で、ホテルと称した方がふさわしい。それぞれが二階の部屋で一服し、七時半に階下の食堂に下りたところで、この日初めてのアクシデント発生を知った。明日、火村が面会のアポを取っていた相手が急病で、今夕から入院したというのだ。

「さっき家族から電話が入った。そんなわけで、明日の予定はキャンセルだ。八十八歳の人で持病があると聞いていたから、こういうこともあり得ると覚悟はしていた。ゆっくりチェックアウトして、たらたら帰ろう」

火村は残念がる素振りもなく、すでに頭を切り替えていた。彼には申し訳ないが、少し喜んでいる自分がいる。ならば明日は完全に自由時間だ。

「たらたら帰る途中、この近くで寄りたいところがあるんやけどな」

どこだとも訊かずに、火村は承諾する。

「好きなところに行ってくれ。今日は丸一日世話になったんだから、小説の取材でも何でも付き合う」

2

その夜は、温泉に浸《つ》かった後で火村とロッジ内の小さなバーで飲んでから、私は部屋に戻るとすぐにベッドに入った。いつもより早起きをしたせいで眠くてたまらなくなったのだ。火村はというと、日中に聞き込んだことをノートパソコンでまとめていたというからご苦労なことである。

　翌朝は七時前に目覚め、大浴場に行ってから八時に食堂へ。一分と違《たが》わずに火村も欠伸《あくび》をしながらやってきた。

「十時ぐらいの出発でもいいか？　お前はさっぱりした顔をしているけど、俺もチェックアウトする前にひと風呂浴びたい」

「どうぞどうぞ」

「で、どこに寄るんだ？」

　ここから車で三十分ほどの関宮《せきのみや》にある山田《やまだ》風太《ふうた》郎《ろう》記念館に行きたい旨を伝えた。私が敬愛するエンターテインメント小説の大家・山田風太郎については火村もよく知っていて、何冊か面白く読んだことがあるという。この近くの出身なのは初耳だったようだが。

「いいじゃないか。作家の案内で作家の記念館を訪ねるなんて貴重な機会だ」

「俺と山風《やまふう》を同列に扱わんといてくれ。畏《おそ》れ多い」

「そこまで尊敬しているのなら山風なんて気安く呼ぶなよ。山田風太郎先生だろ」

「ファンは山風でええんや」

　こんなやりとりがあって、火村は食後に大浴場に向かう。私は部屋でしばし文庫本を読んでから荷物をまとめ、九時四十五分には階下のラウンジに下りてテレビを観ていた。何とものんびりできていたのは、その時までだ。

いつもは観ないモーニングショーの最中に挿入されるニュースが、私に不意の一撃をくれた。火村が姿を現わしたので、「おい！」と手招きをする。

兵庫県養父市で発生した殺人事件の報だった。笠取町《かさとりちょう》という名前には聞き覚えがなかったが、くる道中でそんな町名を道路標識で見た。おそらくここから車で三十分以内のところだろう。

町はずれの一軒家に独《ひと》りで住んでいた男性が夜間のうちに何者かに刃物で刺殺されたという。発見されたのは今朝の七時半頃で、まだ情報は乏《とぼ》しい。

私の傍《かたわ》らで立ったままの火村の反応を窺《うかが》うと、若白髪交じりの髪を掻《か》き上げてテレビに観入っていた。次のニュースに切り替わるなり壁に貼《は》られた地図へと歩み寄り、「近いな」とひと言。

「ちょっと寄り道してみるか？」

捜査に飛び入りするつもりなど毛頭《もうとう》なく、野次馬《やじうま》として様子を見にいくだけのつもりで尋《たず》ねてみた。

「記念館とは方向が違うけれど、大した距離ではないな。――俺はどっちでもかまわない。お前の車に乗って運ばれるだけだ」

彼もまんざら興味がないようでもなかったので、行ってみることにした。

荷物を車に積み込んで、カーナビを頼りに笠取町へと出発する。途中で小さな峠を一つ越え、走ること三十分。兵庫県警のパトカーが走っていたのでそれに続き、全国いたるところにある日本のふるさと的な里山へとたどり着いた。袋小路《ふくろこうじ》のようなどん詰まりの地区だ。なにわナンバーの車が進入してきたら否《いや》でも目立つはずで、野次馬としては具合がよろしくない。私一人だったら引き返したくなったかもしれないが、犯罪学者と一緒なので車を進める。

「あそこだな」

山裾《やますそ》の少し高くなったあたり、まさに町はずれに切妻《きりづま》屋根の一軒家があり、そのまわりにパトカーを含む何台もの車が駐まっていた。紺色の制服を着た捜査員たちが出入りしている姿も見える。

その五十メートルほど手前の空き地で下車し、歩いて近づいてみることにした。ゆるい上り坂の道端《みちばた》で、住民らしい女性——私の祖母にあたる年代で、農作業でお馴染《なじ》みのフードハットをかぶっている——が二人、現場の方向を見上げながら立ち話をしているので、火村と私は自然と歩調を落として聞き耳を立てる。

「センチョウ、昨日までぴんぴんしとったのに、こんなことになるとはなぁ」

「嘘《うそ》みたいや」

「物盗《ものと》りのしわざでもないやろうし……」

「あんな小屋みたいな家にわざわざ強盗が押し入るわけもないわ。こら大変なことになったな」

　センチョウと聞こえた。船乗りほどこんな山間部に似合わないものはないから、園長だか店長だかと聞き違えたのだろう。

　彼らの前を通り過ぎた後、こんな会話も聞こえた。

「ひょっとしてシノブが関係しとるということは――」

「まさか」

　ニュースによると被害者は男性だった。小耳に挟んだ噂《うわさばなし》話の信憑《しんぴょう》性は怪しいものだが、シノブという女性との痴話喧嘩《ちわげんか》が殺人に発展したという、ありふれた事件なのかもしれない。

　さらに進んでいくと、制服警官の一人と目が合った。火村と私は事前に打ち合わせをしたわけでもないのに、散歩で通りかかったふうを装う。

「どちらへ？」

　私たちを胡乱《うろん》に感じたのか、制帽を目深《まぶか》にかぶった中年の警官に尋ねられた。道は一軒家の先で右に曲がり、木立の陰《かげ》に消えている。どこへと続いているのやら。

「氷ノ山に行った帰りで、ぶらぶらしているだけです。事件があったんですか？」

火村が涼しい顔で言うと、警官は律儀に答えてくれる。

「殺人事件の捜査中です。お二人ともよそからきた人？　この先は山道になりますよ。下に引き返す枝道もありますけれど、ここでUターンした方がいいでしょう」

「ああ、そうですか。――こんな長閑《のどか》なところで殺人とは物騒《ぶっそう》ですね」

「ここらの者は、みんな家に鍵《かぎ》を掛けんような平和な土地なんですけどね。いや、もう恐ろしいことで」

口ぶりからして、警官は地元の巡査らしい。

〈小屋みたいな家〉とは、まさにそのとおりで、この大きさからすると玄関を入ったらいきなりダイニング・キッチン兼リビング、その奥が寝室といった間取りだろう。外壁は杉の板張り、屋根材は青っぽい金属瓦。ガラスの汚れたサッシ窓から、中で捜査員たちが動いているのが見えている。家の向《む》こう側《がわ》には、カーポートらしいポリカーボネートの屋根が覗《のぞ》いていた。

きょろきょろする私を警官が不審げに見るので、視線を別の方角に移した。立木に阻《はば》まれて見晴らしはよくない。

「殺されたのは、ここの住人ですね。どんな人なんですか？」

世間話の口調で火村が訊く。

「独り暮らしの男性で、まだ五十二歳やというのに隠居みたいな生活をしとりました。ちょっと変わり者です。見た目は渋《しぶ》めの俳優みたいで、いい男やったんですけど」

「五十二歳で隠居暮らしですか。それは優雅だな」

「この地区で生まれ育った人間なんですが、十代半《なか》ばで出奔《しゅっぽん》して船員になりました。昔は外国航路の貨物船に乗ったりもしていたそうですよ。色々と苦労も面白い経験もしたんでしょうな。瀬戸内《せとうち》を行ったり来たりする貨物船の船長を最後に陸《おか》に上がり、帰郷して、ここで侘《わ》び住まいをしておったんです」

「ああ」私は納得した。「それで綽名《あだな》が船長なんや」

「なんで知ってるんです？」

「地元の人が坂の下で話してるのを聞いたんです。その船長は、船員時代に稼いだお金で生活していたんですか？」

「基本的にはそうですけど、自然と便利屋みたいなことになっとりましたね。力持ちで手先が器用で、簡単な電気工事までできてしまうんで、『ちょっと助けて』と町の者から声がかかって、駄賃をもろうて引き受けるわけです。お年寄りがどこかへ行く際に自分の車で送り迎えをしてあげる、というようなこともあって、ああいう人が地域におったらまわりが重宝します。今はなんでもややこしなって、テレビの調子がおかしくなった時にきてくれる電器屋も近くにないから」

「親切な人だったんですね」

「無料では何もしませんでしたけれどね。まぁ、生活に不自由はしてなかったでしょう。そんなふうに小遣い稼ぎをしながら貯金を少しずつ取り崩して、質素にやってました。家の裏の小さな菜園で野菜を栽培したりしながら」

長々と無駄話をしていることに気づいたのか、警官は表情を引き締める。

「捜査に支障が出ますから、立ち去ってください。山歩きをするのでなかったら引き返した方がいいですよ」

現場のドアが開いて、私服の捜査員が出てきた。顔を上げた長身の彼は、私たちを見て驚く。

「火村先生と有栖川さん。……どうしてここにいるんですか？　捜査の協力は要請していませんけれど」

県警本部捜査一課の樺田《かばた》警部だった。彼ほどではないだろうが、タイミングがよすぎて私もびっくりする。ちょっと現場を覗きにきて、県警で最もよく知った人に出会えるとは。事件発生の通報が七時半頃だとしたら、ここに到着していても不思議はないか。

「いや、要請していたとしても臨場するのが早すぎる。魔術でも使ったんですか？まさか、次にいつどこで殺人が起きるか予測する方法を編み出した、ということもないでしょう」

「真相は、いたって平凡なものですよ」

火村の説明を聞いた警部は「うーん」と唸《うな》る。かえって謎が深まった、と言うかのように。

ちょうどそこへ現場からのそりと出てきたのが、樺田の腹心の部下である野上《のがみ》巡査部長だ。今日も曇り空のように地味なスーツ姿で、眉間《みけん》に皺《しわ》を寄せている。私たちを見た瞬間、歌舞伎《かぶき》役者が見得《みえ》を切るがごとく両目をかっと見開いた。ちょっと面白い。

「ガミさん、びっくりしたやろう。先生方が魔法の絨毯《じゅうたん》でお着きや」

樺田が言うのを無視して、四十代とは思えぬ老《ふ》け顔の巡査部長は、まず私に詰問してくる。このオヤジさんは苦手だ。

「おかしいやないですか、有栖川さん。あなたは、これまで一度ならず殺人事件の現場に居合わせたことがある。偶然もこう重なると意味を持ってきそうですな。どういうことか説明してもらいたいもんです」

実は死神なんです、と告白したら信じかねないので、「今回も、たまたまです」と言うしかなかった。

火村と私がフィールドワークとして捜査に参加することを、以前から野上は快《こころよ》く思っていない。それを承知している樺田が、いつものように取りなしてくれる。

「お二人は過去の事件に関する調査で昨日は氷ノ山の近くに泊まって、今朝のテレビのニュースで事件のことを知り、帰り道に現場に寄っただけや。たまたま、な」ここで私たちに顔を向け「それで先生方、どうします？　お急ぎならば引き止められませんけど、もしそうでなければ――」

指差した先は、犯行現場だ。

「急いでいません」

私の意向を確かめもせず、火村は躊躇《ちゅうちょ》なく答えると、フィールドワークの場で愛用している黒い絹の手袋を嵌《は》めた。

3

ほぼ、予想したとおりの間取りである。

現場に入るなり十畳ばかりのフローリングの部屋だった。右手がキッチンで、奥にはトイレと浴室へ続いているらしいガラス窓付きのドアがある。左手を振り向くと細長いダイニング・テーブル――トップは分厚い杉の一枚板――があり、壁際に造り付けられたL字形のベンチシートがそれを二方向から囲む。卓上にシングル・モルト・

ウィスキーのボトルとグラス、ピーナッツが入った小皿がのっているのは、独りで晩《ばん》酌《しゃく》をしていた跡か。壁掛けテレビの横にドアがもう一つあった。

鑑識課員たちによる指紋採取の真っ最中なので、邪魔にならないよう体を縮めて室内を見渡す。名前は知らないが何度か見掛けたことがある課員たちが、私たちを見て怪訝《けげん》そうな顔になったり黙礼したりした。

「この部屋は鑑識の作業が完了してからじっくり調べていただくとして、まず犯行現場をご覧ください。こちらです」

警部がドアを開けると、六畳ほどの寝室で、ベッドがスペースのほとんどを占領している。シーツとタオルケットが血痕《けっこん》で汚れているのが何とも無惨だ。遺体はすでに搬出されていた。

樺田は写真班の人間を呼んで、私たちに遺体の様子を見せてくれる。警部じきじきの説明に恐縮してしまう。

「被害者の小郡晴雄《おごおりはるお》は、このベッドに横たわっていたところを襲われた模様です。胸に凶器のナイフが刺さったままでした」

犯人は、タオルケットを腹のあたりまで掛けて仰臥《ぎょうが》した被害者が無防備にさらしていた胸をひと刺ししていた。ナイフの華奢《きゃしゃ》な柄《え》がまっすぐ墓標のように突き立っている。

「凶器は果物ナイフで、この家のキッチンにあったものと見られます。実物は後ほど。心臓への見事なひと刺しで、即死だということです。被害者が眠ったままだったとしたら、自分の身に何が起きたかも判《わか》らないまま昇天したでしょう」

即死ということはショック死か。それがせめてもの救いに思えた。犯人が凶器のナイフを引き抜いていたら、出血はこんなものではすまなかっただろう。

「渋めの俳優みたいで、いい男」という評は、まんざら嘘ではない。苦悶《くもん》に顔を歪《ゆが》めたりしていないため、生前の男っぷりがよく窺えた。彫りの深い端整な顔立ちに、よく整えられた口髭《くちひげ》と顎鬚《あごひげ》が似合っている。この顔で話しぶりが軽薄だったり所作が不調法だったりしたとは考えにくいほどだ。

「うたた寝をしていたんでしょうか」火村が写真を見つめたまま言う。「寝巻《ねまき》に着替えていないし帽子をかぶったままだ。これはキャプテン・ハットみたいですね」

写真を見るなり、被害者が着帽したままであることを私も奇異に感じていた。

「地元の巡査によると、小郡は平素から船長帽をかぶっていて、脱いだところを見たことがないそうです。家の中でも取らなかったらしい。さすがにベッドに就く時は脱いだはずですから、先生がおっしゃるとおりうたた寝をしていたんでしょう。ほろ酔いでベッドに倒れ込んで」

ダイニングのテーブルにのっていたグラスは一つだけで、主《あるじ》がピーナッツをつまみながら独酌をしていたようにしか見えなかった。さっき外で制服警官から聞いた「ここらの者は、みんな家に鍵を掛けん」という話と突き合わせると、どのように犯行が為《な》されたのかイメージできる。

事前に訪問の約束があったのかなかったのか不明だが、犯人がこの家にやってきたら小郡晴雄がベッドで寝息を立てていたのだろう。かねてより小郡に強い敵意を抱いていた犯人は、これを好機とキッチンにあった果物ナイフを振り下ろした——というところか。決めつけるのは早すぎるが。

火村も同じようなことを考えていたようだ。

「口論の末にナイフを振り回したのではなく、無抵抗の相手を明らかな殺意をもって攻撃している。彼に恨みを抱いていた人物が、ひょっこりやってきて衝動的に犯行に及んだようにも思えます。そんな条件に該当する人物は、聞き込みをすれば容易に見つかるんじゃないですか？」

警部の答えは、「そう願いたいものです」だった。

「警察へ通報があったのは七時半頃だそうですが、遺体発見の経緯はどのようなものだったんですか？」

私は、気になっていたことを警部に尋ねる。

「発見者は近所の住人です。このあたりはみんな早起きなので、近くを通りかかったついでに『来週、養父市役所に行きたいので車で運んでもらいたい』という相談に寄ったんだそうです。玄関先から呼んでも返事がないので、『入るで』と断わりながら家に上がり、半開きのドアから寝室を覗いたら、恐ろしいことになっていた、と」

小郡晴雄が地域で完全に孤立した男だったら発見はもっと遅れていただろうし、死亡推定時刻を割り出すのもより難しくなったわけだ。

船長の心臓が停止したのは、昨夜の午後八時から十一時にかけての間というのが検死の結果だ。このあたりだと九時ともなれば人通りも絶え、真夜中のごとく静まり返っていただろう。

被害者は、その時間帯に誰かが訪ねてくるのを待っていたのかもしれない。客がくるまでにウィスキーをちびちび飲んでいたとも、あるいは客の来訪が遅れたので酒を飲みながら待っていて眠たくなったとも考えられる。もしそうだったとすると、小郡は殺意を胸に秘めた人物を不用意に自宅に招いたことになるが。

火村は身を屈《かが》め、ベッドの下の抽斗《ひきだし》を開けてみる。収納されていたのは時季はずれの衣類だ。無造作に突っ込んである。クロゼットや小さな丸テーブルの抽斗の中も検《あらた》めるが、さしたる発見はない。被害者の暮らしぶりを調べていたようで、手を動かしながらぶつぶつとコメントする。

「整頓《せいとん》が得意ではない中学生男子といったところですか。船に乗っていた時は規律が重んじられるから、こうではなかったのでしょうけれど、リタイアして箍《たが》がはずれたのかもしれません。ものが少ないのは簡素な生活を信条としていたからなんでしょう。そのおかげで、これぐらいの散らかり方で済んでいたんだ。海の男には洒落《しゃれ》者も多いんだろうけれど、こればかりの衣類しかないからおしゃれに興味があったふうでもない。いつもキャプテン・ハットをかぶっていたというだけあって、船乗り時代の想《おも》い出《で》をそれなりに大切にしていたみたいではありますね。細々とした品がクロゼットの奥の箱に詰め込まれています」

ここで警部が頷《うなず》いた。

「キッチンの食器棚の上に段ボールの箱がのっているんですが、その中には襟章・袖章がついた船長時代の制服やら双眼鏡やらが入っています。彼にとって大事な品だったんでしょう」

「それも後で拝見したいですね」火村は、さらに狭い寝室を見て回る。「丸テーブルの抽斗によく使い込まれたハーモニカがありました。それがかろうじて趣味に関するもので、現在の彼が何かに凝《こ》っていた様子は窺えません。ここには机というものがない。ダイニングのテーブルで間に合っていたわけだ。寝る時以外は、何でもあの部屋で済ませていたらしい。ベンチシートの隅《すみ》にはパソコンが置いてあった。——とてもコンパクトで、独り暮らしの家としては理想的かもな」

最後は私に同意を求めてきたが、それは蔵書というものを考慮しない場合のことだ。彼も私も、大量の本を抱《かか》え込んでいる。

火村は部屋の隅に目をやりながら、今度は樺田に言う。

「綿埃《わたぼこり》が溜《た》まっている。被害者が部屋の清浄にあまり頓着《とんちゃく》していなかったのは、捜査にとって好都合かもしれませんね。犯人が何かに触れていたらその痕跡《こんせき》が遺《のこ》っていそうだ」

「はい。まめに掃除をする男ではなかったようですね。風呂場にもうっすら黴《かび》が生《は》えかけているし、所持しているミニバンの手入れもよろしくありません。床に何かの食べ滓《かす》が落ちていたりして」

顔を顰《しか》めているところをみると、警部はそういう不潔さやだらしなさが嫌いなのだろう。生前の船長は、単に大雑把で豪放だっただけかもしれないが。

火村が見るべきものを見終えると、私たちは手前の広い部屋に移動した。なおも鑑識の作業は続いていたが、先ほどより人数が減っている。

警部は、指紋係の一人の肩を――相手が女性だからか――遠慮がちにぽんと叩《たた》き、テーブルのグラスを指して「どうやった？」と訊く。

「一種類の指紋しか出ませんでした。家中のいたるところに付いているのと同じですから、被害者のものかと思われます。ウィスキーのボトルも同様です」

「ああ、そう。やっぱりね。——遠藤《えんどう》、凶器を」

警部に呼ばれて、キッチンの流しのあたりに立っていた刑事がこちらにやってくる。ビニールの証拠品袋に入った果物ナイフを手にして。

「お久しぶりです、先生方」と挨拶《あいさつ》される。「お二人揃《そろ》っていらしているとガミさんから聞いて、びっくりしました。こんなこともあるんですね」

叩き上げの泥臭い野上は火村と私が捜査に首を突っ込むのをかねて疎《うと》ましがっているが、遠藤はいたって好意的だ。私も現場で彼に会うと、ほっとする。人のよいパパといった風貌《ふうぼう》も安心感を誘うのだ。

遠藤から袋を手渡された犯罪学者は、血のついた凶器を観賞するように見つめる。

「ステンレス刃で、刃長は十センチ、いや、十一センチというところか。こいつの残留指紋は——」

先ほどの女性鑑識課員が、すかさず答える。

「ありませんでした。丁寧に拭《ふ》き取られています」

そちらに「どうも」と応《こた》えてから、火村は凶器を遠藤に返した。

「発作的に刺してしまったとしても、犯人は自分の指紋を消してから現場を去るぐらいの冷静さは保《たも》っていたようです。じたばたしてくれたら警察が助かるんですが」

「玄関や窓を破って押し入った形跡はないし、現場周辺は舗装されているから足跡もなさそうです。決定的な証拠を遺していくほどサービスのいい奴《やつ》ではありませんね」

私は見落としていたのだが、火村が指摘したとおりL字形のベンチシートの角あたりにノートパソコンが一台あった。テーブルに置いたり、あるいはシートで腹這《はらば》いになったりして使っていたのだろう。傍らにはスマートフォンもある。

「パソコンの中は、これから調べるんですね？」

私は警部に尋ねたつもりだが、遠藤が返事を引き取った。

「そうです。パスワードのロックが掛かっているので、ここですぐには見られません。スマホと一緒に所轄署に持ち込んでロックを解除します」

〈午後九時に訪ねていく〉といった犯人からのメールが遺っているなんてことはあるまい。それなら犯人がパソコンやスマホを放置して現場を立ち去るはずがない。

キッチンの流しには、洗いさしの皿やグラスがいくつか。ゴミ箱にはカップ麵《めん》の容器。冷蔵庫には自家栽培らしき茄子《なす》や里芋が収まっていた。

「船長時代の想い出の品々は、これに入っているんですね」

火村はそう言いながら両手を伸ばし、食器棚の上から段ボール箱を下ろした。床に置いて開けると、中身はクリーニングしたままビニール袋に入った夏用の制服、双眼鏡、一級海技士の免許、薄い写真アルバムなどだ。船乗り時代の日記や手帳といったものはない。どうしても捨てるに忍びなかった品だけを選んで手許《てもと》に残したようだ。

段ボール箱をもとに戻した火村は、爪先立《つまさきだ》ちになって左側に並べて置いてあるプラスチック製の収納ケースも下ろそうとする。半透明なので中が空なのが判るのに、と言いかけたが、底に平たいものが入っていた。何かと見れば、折り畳まれた使い古しの毛布の切れ端《きれはし》である。油汚れが付いているので、車の整備などの際に使っていたのだろう。准教授は、つまらなそうに食器棚の上に投げて戻す。

洗面所の収納庫の下の段には、雑巾《ぞうきん》を突っ込んだバケツと掃除機、上の段には家庭用の工具箱やらトイレットペーパーやティッシュなど日用品のストックがあるだけだった。黒黴が生えかけの浴室を覗き、裏口を開けてみたら猫の額《ひたい》ほどの家庭菜園で、大根が収穫時期を迎えつつあった。小さな畑の横には錆《さび》の浮いたドラム缶が鎮座《ちんざ》していた。そこでゴミの焼却をしていたようで、覗き込むと燃え滓が溜まっている。

そのまま家の周囲を一周して回るのかと思ったら、火村は裏口からＬＤＫに戻り、食器棚の左側の壁を見やる。

「どうかしたか？　何もないやないか」

私が問うても、合板を張った木目の壁を向いたままだ。

「ああ、何もないな。がらんとしていて、このあたりが淋《さみ》しくないか？」

「すっきりしてて、これもええやないか。殺風景ではあるけどな」

とはいえ、私だったら部屋の余白にはせず、このスペースに許されるだけ大きな本棚を置いてしまうだろう。

「お前はすっきりがいいんだろうけど、船長は淋しかったみたいだぞ。画鋲《がびょう》が刺してある」

よく見れば画鋲が一つ二つ……三つ四つ。かなり大きなポスター類を貼ってあったようだ。

「Bサイズってやつだな。縦が百五十センチ弱、横が百センチ強。左上の画鋲に紙の切れ端がほんの少しだけ遺っている。乱暴な剝《は》がし方をしたもんだ」

「それがどうかしたか？」

「いや、特に何も。『どうかしたか？』と訊かれたので答えただけだ」

この男がどこかに視線を固定すると意味ありげに見えてしまうのだった。彼はテーブルに近づいて、今度はベンチシートの対面の二脚の椅子《いす》に目をやる。

「妙な組み合わせだな」

一つは直径三十センチくらいの丸太をそのまま椅子に利用したもの。もう一つは脚の短い籐《とう》椅子で、確かにおかしなセットだ。どちらも座り心地はあまりよくはないだろう。

「樺田さん、この籐椅子を動かしましたか？」

どうでもいいことだけれど、と言ったくせに、犯罪学者は何か気にしているらしい。

「鑑識の連中が触っているでしょうけれど、遺体発見時もその位置にあったはずですよ。写真で見てもそうなっていました。——それが何か?」

「籐椅子とテーブルが少し離れています。広々とした部屋ではないので、使っていない時は邪魔にならないようにテーブルに寄せておくものなのにな、と思っただけです」

警部は聞き流さなかった。

「まるでここに誰か座っていたようだ、ということですか? 犯行時にお客が訪ねてきていた、と?」

「いいえ、それを示唆《しさ》するほどの状況ではありません。放念してください」

来客の前に、主の小郡だけがウィスキーを飲んでいたと見られていたが、実は誰かと差し向かいだった可能性もある。酔った小郡がベッドで寝てしまったので、来客が殺人犯となったということもあり得るのだ。そして犯人は、自分が使ったグラスを流しで洗って逃げた、ということだってないわけではない。

「失礼しました。私は、よけいなことにばかり注意が飛んでいるようです」

「いやいや、火村先生の思いがけない着眼から事件が解決できたことが多々あります。現場で引っ掛かったことは何でもおっしゃってください」

そこで警部は口調を改め、本件の捜査に協力してもらえるかどうかを質《ただ》してきた。半日で決着するとも思えないから、氷ノ山のロッジでもう一泊する必要がありそうだ。

夏休み中で講義を休まずにすむことだし、火村はフィールドワークの機会を逃したくないだろうと察した私は、「俺はええぞ」と言ってやったのに、彼はさほど乗り気ではなさそうだ。

「もうしばらく留まって、捜査の様子を拝見します。何かできることがあればお手伝いするとして」

警部は「よろしく」と応えた。

4

カーポートで被害者の車を見た後、火村と私は現場の前の道を歩いてみた。右にカーブしながら三十メートルほど緩い坂を上ったあたりで、コンクリートの階段がついた道が左手に分かれる。

下ったところは小さな稲荷《いなり》社だった。朱塗《しゅぬ》りが剝げかけた祠《ほこら》の両脇《りょうわき》に、白い狐《きつね》の木像が一対。どちらの顔にも大きな亀裂《きれつ》が走っているのが痛々しいが、きれいなお神酒《みき》徳利《どつくり》が供えてあった。祠の近くに竹箒《たけぼうき》が置いてあるから、地区の有志が清掃しているようである。

ささやかな境内《けいだい》に丸太を半切りにしたベンチがあったので、腰掛けてひと休みする。フィールドワークの際は現場で立ちっぱなしなので、いつも足が疲れるのだ。足許《あしもと》に吸殻が五つ落ちているのをちらりと見やってから、キャメルの箱と携帯灰皿を取り出した友人に、私はその心中を尋ねる。

「あんまり面白い事件でもない、と思うてるみたいやな。火村英生が腕まくりするようなものではない、か？」

自動販売機でお茶でも買いたいな、とあたりを見回したが、そんなものはない。

「面白いとか面白くないじゃなくて、狭い共同体で起きた事件だし、動機が怨恨《えんこん》だとしたら解決はそう難しくないだろうな。野上さんが苦虫を嚙み潰《つぶ》したような顔をしていたし、適当なところで切り上げてもいいか、とは思っている」

「今さら野上さんを煙《けむ》たがらんでもええやろ。あの人、ほんまはお前のことを憎からず思うてるぞ。職人気質のデカだけに、かえって名探偵の推理に目を洗われることがあるんやろう」

「有栖川先生の見立てだろ。怪しいもんだ」

私の人間観察眼を軽視することに抗議しかけたら、木立の向こうから誰かやってくる。「あら、まあ」と声を発したのは、さっき坂の下で立ち話をしていた女性の一人だった。キティちゃんをあしらったフードハットが可愛《かわい》らしく似合っている。

彼女は、ものの順序としてお稲荷さんにお詣《まい》りしてから、私たちに人懐《ひとなつ》っこく話しかけてくる。

「さっきもお会いしましたね。新聞社か何かの人？」

事件の取材にやってきたと勘違いしていたので、火村が素性を明かしながら大学の名刺を差し出す。先方の信頼を得て、何か聞き出そうという魂胆らしい。私は名刺を持っていなかったので、名前だけ名乗って火村の同僚ということにしておく。

「犯罪の研究をしている学者さんですか。旅行にいらした先の近くで殺人事件があったから駈《か》けつけたやなんて、うわぁ、大変ですね。何か知りたいことがあったら、教えますよ。何でも訊いて」

根がおしゃべり好きなのだろうが、准教授に興味を持ったらしい。名刺を出したことが安心感を誘ったのに加えて、火村の〈お婆《ばあ》ちゃんキラー〉ぶりが発動している。彼は女子学生たちにも人気があるのだけれど、高齢女性への接し方が最もマイルドで、教え子にはえてして素《そ》っ気《け》ない。

煙草《たばこ》を消した火村が座るように勧めると、彼女は私たちの間に「よいしょ」と腰を下ろし、問われるまま小郡の人となりから話しだした。これまで仕入れた事実に、いくつかの新情報がプラスされる。

「子供の頃から知っとるけど、両親との相性が悪かったようで、十六の時に高校も辞めてぷいと神戸《こうべ》へ出て行きよりました。一人っ子やったのに、両親は『あんな奴は知らん！』と怒るだけでしたわ。やんちゃな子やったからどうなるやろう、とみんな心配してたら、根性があったんやな。それと、港湾関係のアルバイトをしとるうちにいい人に出会えたらしい。勉強して資格を取って、船員になった。外国に行くような船で航海士を務めて、瀬戸内海を行ったり来たりする貨物船の船長までいったそうな。それが、五十歳の時に引退してここへ舞い戻ってきたんです。二年前のことですよ。ちょっとした事故で荷物を傷めた責任をかぶせられたから、腹を立てて辞めたんやとか。『長年の無理で体が悲鳴を上げてたから、いい潮時だった』とか言うてました。『もともと山里育ちなので、海に飽きて陸が恋しくなった』んやそうで。それらしいことを言いながら、いっつも船長さんの帽子をかぶってたんやから、海の男だったことを誇ってたんやろな」

船長帽をかぶって闊歩《かっぽ》していたのなら相当な貫禄《かんろく》だったに違いない。海から遠く隔《へだ》たった地では、場違いすぎて道化《どうけ》的に映った可能性もあるが。

船長を辞めて戻った故郷。不仲だった両親は他界していた。「独りで住むには広すぎる」と生家を処分した彼は、地区のはずれの小さな家を買い取って改築し、ねぐらとする。船員生活であの狭さが体に馴染《なじ》むようになっていたのだろう。

どうやって生計を立てていたかは、およそのところをすでに聞いている。知りたかったのは、小郡の周辺に敵がいたかどうかだ。そこに質問が及ぶと、彼女はにわかに声を低くした。目はうれしそうに笑っている。

「あんまり人付き合いのいい方ではなかったし、いっつも船長の帽子をかぶってるのが気障《きざ》やという者もおったけど、たいていの者はあの人のことをよく思うてました。色んな土地を見てきとるから話題が豊富やし、困った時に役に立ってくれるし、子供に上手なハーモニカを吹いて喜ばせたりもしてたから。ただ、一つだけ難があった。

——女」

ここでこの人に会ったのは僥倖《ぎょうこう》だった。掘ればどんどん水が噴《ふ》き出す井戸か。

「あの人が悪いとも言い切れんのやけど、男前で垢抜《あかぬ》けしてて背が高うて、何でもできて頼もしいから女の心を惹《ひ》くんです」

「それが今回の事件につながった、とお考えなんですか?」

食いついたのは私だ。

「無責任なことは言えんけど……そっちの方面が原因かもなぁ。そうやとしたら、いい男に生まれるのも考えもんやな。先生も気をつけてくださいよ」

火村にだけ忠告して私を無視するのはまずいと思ったのか、一拍遅れてこちらにも

「ねっ」と顔を振り向けてくれる。

「船長は魅力があって、自然とファンができてしまう人やった。子供の間では男の子に好かれて、大人やと女によう好かれたなぁ。男の子は、あの帽子をかぶって畦道《あぜみち》をすたすた歩くのを見たり外国の話を聞かせてもろうたりして憧《あこが》れた。大人の女は娘から婆さんまで男っぷりのよさに」

小郡が次々に女性を誘惑したわけではないし、ほとんどの船長ファンは「カッコいい」と好意を感じただけだったが、二人だけ本気になり、彼の気持ちを引き寄せようとしていた。船長はその状態を迷惑がるどころか、このお婆さんによると「楽しんでいた」と言うのだ。女二人はお互いが恋敵《こいがたき》であることを意識していたはずで、周囲はこっそり好奇の目を注いでいたらしい。

「一人は、船長を子供の頃から知ってる者。三つ年下で、やんちゃ坊主《ぼうず》やった頃の船長のことも好いとったんやな。それがよそへ出て、思いがけない半生を経《へ》て、いい男になって帰ってきたんで惚《ほ》れ直した、というとこですか。船長に家の電球を替えてもろうたのが親しいなったきっかけらしいです」

シノブという名前がここで出てくるかと思ったら違った。その女性の名を尋ねると、槌井須美代《つちいすみよ》。土地持ちの娘だったのでその収入だけで生活できている、と聞くと恵まれているようだが、二十歳《はたち》の頃から老いた両親の看護や介護に追われて結婚どころではなく、独身で過ごしてきた。病床にあった母親を看取《みと》り、三十年近い介護から解放されたところで小郡が帰ってきたのだ。

「船長が須美代さんになびいたらええな、というのが私の本音でしたわ。あの人、毎日朝夕ここのお稲荷さんに手を合わせにくる人。もう一人は亭主持ちやから、いかんでしょう」

そちらは橘《たちばな》ミシオといい、三十八歳。

「美しい潮と書いて美潮。きれいな名前で、それに負けん美人や。六年前に豊岡《とよおか》から嫁《とつ》いできたんです。旦那《だんな》のシノブさんは、養蜂《ようほう》やら何やら手広くやっとる食品加工会社に勤めてます」

ここでシノブが出てきた。表記は「忍」でも「しのぶ」でもなく、「信武」。

「美潮さんは、人目を忍んで船長の家に出入りしてたみたいやな。隠れてこそこそやっても、こんな狭い地区やから完全に隠せやしません。誰かに見つかったとしても、何かの修理を頼んでた、とか口実を用意してたようやけど、人がたくさんいるところでもわれ知らずにか船長に流し目を送ってたから、もう見てるだけで危ない。私なんか、はらはらしました。船長がどこまで受け容《い》れてたのかは知りませんよ。ちょいちょい遊びでつまみ食いしとったんか、お話し相手止まりのガールフレンドと思うてたんか」

「旦那さんは、そのことを承知していたんですか?」

火村が、ひと押しする。

「知らぬは亭主ばかりなり、ということも多いけど、信武さんは気がついとりましたよ。それでも女房を叱《しか》り飛ばしたりはせん。名前に武の字が入ってるくせにいたって気が弱い人やし、拝み倒して美潮さんに結婚してもろた弱みもあってか何もよう言わんのです。歯痒《はがゆ》いわぁ。美潮さんというのは、信武さんと対照的に積極的で気が強いタイプやから、夫婦喧嘩にもならんのかな。女房と船長の仲がどこまでいっとるのか、やきもきしながら耐えてたんでしょう。美潮さんの熱が冷めるのを待ちながら」

どこまで正確な証言なのか保証の限りではないが、これまでのしっかりとした話しぶりからして、このお婆さんの洞察は信用できそうだ。

それにしても、橘信武の境遇には同情を禁じ得ない。小さな共同体の中で、美潮のふるまいが噂話として面白おかしく語られていることだけでも苦痛だろうし、自分に軽侮の目が投げかけられているのを感じてもいたに違いない。

「こんなことになると、信武さんを疑う人も現われそうですね」

火村が難しげな表情を作ると、彼女もそれに呼応する。

「はい。さっきも近所の者と話しとったら、そんなことを言うとりました。迂闊《うかつ》なことを口にしたらいかん、と私は止めたんですけどね」

「賢明です」おだててから、また押す。「しかし、そういう事情があったのなら、すぐに警察の耳に届くでしょう。橘信武さんのところに話を聞きに行きそうです」

「……信武さんは、アリバイとかを調べられますか？　テレビの刑事ドラマみたいに」

「念のために訊かれるでしょうね。それは避けられないと思います。犯行は夜間でしたから、家にいらしたんじゃないのかな」

「それなら心配ないか。いや、残業で帰りが遅い日もちょくちょくあるから、どうじゃろか」

昨夜、夫の帰宅が遅かったのであれば、妻のアリバイも成立しなくなりそうだ。独り暮らしの槌井須美代は、もともとアリバイの立証については不利か。

小郡晴雄を巡って、槌井須美代と橘美潮が静かな争いをしており、美潮の夫である信武が嫉妬《しっと》や怒りを堪《こら》えていた。船長が煮え切らない態度を取ったことに、あるいは恋敵になびきそうだったから逆上した二人の女のいずれかがナイフを振り下ろした、とも考えられる。この三人に船長殺しの動機がある。私たちがベンチで休憩しているうちにあっさり容疑者を絞れたのだから、警察の捜査もとんとん拍子で進みそうだ。

お婆さんは、火村と私が独身であることを確認してから、教えを授けてくれる。

「あのな、女は気立てが一番。顔がきれいやとかスタイルがいいとか、そんなんに惑《まど》わされんことです。よその男に色目を使うような尻《しり》が軽いのはもっての外《ほか》。思いやりにあふれた優しい人をお選びなさい」

明らかに橘美潮を当てこすってのアドバイスだ。

「槌井須美代さんという人は、そっちのタイプなんですか？」

私が訊くと、返事をためらう。

「まぁ……美潮さんよりは近いかな。両親を介護してる姿は甲斐甲斐《かいがい》しかったけど、苦労をしすぎたせいか、暗い感じになってなぁ。子供の頃から陽性ではなかったんやが。にこにことよう笑う人がええよ。しっかり探してください」

そこでお婆さんは視線を落とし、地面に散らばった吸殻をにらむ。火村が携帯灰皿を使っているところを見ているし、「またこんなこと」と呟《つぶや》いたので、准教授の無作法ではないことは判っているのだろう。

「さて」

腰を浮かせたのでもう行くのかと思ったら、彼女はさらに私たちの捜査を助けてくれる。

「これから用事があって本橋《もとはし》さんとこに寄るんですけど、ついてきますか？　今朝、船長が死んでるのを見つけた人です」

いい人に出会えたものだ。

5

大蒜《にんにく》や白葱《しろねぎ》を栽培する本橋ファームまで、お婆さんについて五分ほど歩いた。「本橋さんよぉ！」の声に「はーい」と応えて出てきたのは、農作業でよく日焼けした六十代半ばと思《おぼ》しい男性。事務をしていたそうだが、首からタオルを下げている。

「パソコンの前に座ってると暑うて。あれ、熱を出すから」

眼鏡《めがね》の奥で人のよさそうな目を細め、お婆さんから私たちを紹介される。

「——という先生方なんや。今朝のこと、ちょっと話してあげてもらえるかいな。あ、それからこの前もろうた大蒜チップスな、大阪の孫らに大好評やったからまたひと箱もらうわ」

栽培するだけではなく、大蒜の加工も行《おこ》なっているのだ。事務室の前の土間に積み上げられた段ボール箱には、〈笠取町の本橋眞介《しんすけ》が心をこめて作りました〉という顔写真入りラベルが貼ってある。

用事はそれで済んだらしいが、お婆さんは立ち去らず、私たちの聞き込みに立ち会う。

「いや、もう、魂消《たまげ》ました。雑用を頼みに小郡さんのところに寄ったら、いくら呼んでも返事がない。あの人は七時半頃には朝飯すませてコーヒー飲んどるのが常やのに、珍しいことにまだ寝とるんかな、体の具合でも悪いんやないじゃろな、と思うて覗いてみたら電気も点《つ》いてて、寝室の戸が半分ほど開いとる。『船長、おるか？』と言いながら、ひょいと中を見たら……。ああ、恐ろしい」

街の感覚からすると、返事がないから家に入り込んで寝室まで覗くことに違和感があったが、それにはいささかの事情があった。

「返事がないからというて、寝室まで覗くもんかねぇ」

お婆さんに突っ込まれて、本橋は弁解を始める。

「わしは、前の晩にもあの人のところへ行ったんじゃ。その時もテーブルの上に酒を飲んだ跡があって。寝室の戸が半開き。電気も前の晩のまんまやったから、どうかしたんかな、と気になってな」

「そのことを警察に話しましたか？」

火村は、本橋に言葉をかぶせるように訊く。

「いや、話しとりません。刑事さんは今朝のことだけ訊きなさったから、今朝のことだけ答えました」

運がよいだけなのだが、自分たちが名刑事のような気がしてきた。火村は歯切れよく質問する。

「前の晩は、何時にどんな用事で小郡さんの家に行ったんですか？」

「九時過ぎ……十分ぐらいやったかな。椅子を持っていきました」

「籐の椅子ですね？」

「はい。軽いので片手に提げて」

「そんな時間に、どうして椅子を？」

「二、三日前に小郡さんに言われたんです。『秋らしくなってきたね。家の前で風に当たったり日向《ひなた》ぼっこしたりするのにいい椅子はないかな？』と。あの人、そんなふうに人に聞くことが多いんです。テレビやなんかも、もらい物でした。『豪華客船の甲板《かんぱん》にあるようなデッキチェアや揺り椅子はないけど、籐椅子なら余ってる』と言うと、『ぜひ欲しい』ということやったんで、ついでの時に持っていくことにしてました。九時過ぎてたから、遅いかな、とも思うたんですけど、さすがにベッドに入る時間でもないし、思い出した時に持っていこうというわけで」

ところが、行ってみると小郡に会えなかったので、籐椅子をテーブルの前に無造作に置いて帰ったのだとか。であるから、椅子とテーブルが少し離れていたのだ。

「宵の口からアルコールが回ってベッドに行ったんかな、とも思いました。それで、半開きの戸に『置いていくよ』とひと声かけたんですけど、返事はありませんでした」

そこで本橋の顔色が変わる。

「今、気がついたんですけど、もしかして……あの時、もう船長は殺されてたんでしょうか?」

火村は、落ち着いた声で答える。

「現時点では判りません。もし、すでに小郡さんが殺害されていたとしても、本橋さんには気づきようがなかったでしょう。——思い返して、何か引っ掛かることはありませんでしたか? 家の中の様子がいつもと違っている、とか」

「いや、ないな。寝てるんやったら起こしてしまうと悪いんで、さっさと出ましたから。……まだ生きてたんやないかなぁ。寝言が聞こえたような気もするんじゃが」

「どんな?」

「英語で号令をかけとったような……いや、これは自信がない。警察にはよう言いません」

とてもではないが、この証言には証拠能力がない。

「あの家で何かに触ったりしましたか?」

「指一本触れてません。椅子を置いて、すぐに帰りました。雑用を頼む件はまた明日にしよう、と」

「九時十分頃という時間は確かですか?」

「はい。うちを出る時に時計を見て、『九時になったけど、よかろう』と思うた記憶があります。船長の家までゆっくり歩いて十分ですから」

「つまらないことを伺います。小郡さんに市役所へ車で送ってもらおうとしたり、椅子を手に提げて運んだりなさっていますが、本橋さんはお仕事柄も自動車をお持ちなのでは？」

「もちろん。都会の真ん中に住んでるわけでなし、車は必需品です。女房も運転しますが、腰痛で今はハンドルが握れません。お恥ずかしいことに、わしは今月いっぱい免停なんですわ」

一瞬、火村は口をへの字に曲げた。

「よくあることですね。――小郡さんは、女性に人気があったそうですが」

話題が転換すると、本橋は苦笑いする。

「そのせいで、こんなことになったのかもしれません。もてるのも厄介……というより、どっちにも気を持たせながらの二股《ふたまた》というのはいけません。しかも。相手の一人は亭主持ちというのはいかん」

被害者自身にも責任の一端はある、と言いたげだが、私たちには何ともコメントできない。船長のふるまいに問題があったにせよ、殺されたのは理不尽だ。

「ああ」

傍らに立っていたお婆さんが、向こうからやってきた車に反応する。それは本橋ファームの前で停車して、黒い髪を緩くひっ詰めた小柄《こがら》な女性が降りてきた。年齢は五十歳前後。ほんのり下ぶくれの顔は輪郭《りんかく》こそ福々しいが、表情は暗くて、やつれた感じだ。もともとの撫《な》で肩《がた》が、さらにすとんと落ちたかのよう。

「ちょっとよろしいですか？　昨日のお代を持ってきたんですけれど」

私たちに気を遣いながら、遠慮がちに言った。

「わざわざすまんことで。いつでもよかったのに、急いできてくれたんやな。それも、こんな時に」

野菜の代金らしいものを受け取りながら、本橋は何故《なぜ》かしんみりとした声になっていた。「ショックやったね。大丈夫？」

お婆さんも労《いたわ》る。何となく見当をつけたとおり、この女性こそ槌井須美代だった。話を聞きたい相手が数珠つなぎで私たちの前に現われる。さながら関係者のリレーで、しかも火村と私が何者であるかを本橋が紹介してくれるので手間が省けてありがたい。

「犯罪学の先生ということは……テレビでコメンテーターでもなさっているんですか？」

警戒の色を見せながら訊かれて、火村はきっぱりと否定する。

「そういう者ではありません。マスコミの依頼で取材に飛んできたのではなく、研究調査の帰りに行き合わせただけです。現場を見にきた際によく知っている県警の捜査員と顔を合わせたので、少しばかり手伝いをしています」

説明としては明瞭《めいりょう》さを欠いているのに、落ち着いた口調と物腰で相手に一定の安心感を与えてしまう。丁寧に差し出した大学准教授の名刺の力もあるのだろうが。

「亡くなった小郡さんについて、お話を伺ってもかまいませんか？」

ためらってから、「はい」と応じてくれた。しかし、さすがに第三者の面前では抵抗があるようで、場所を変えたがる。私たちはお婆さん——名前を聞かずじまいだった——と本橋に礼を述べ、そのあたりを歩きながら話すことにした。

小郡晴雄とどれぐらい親密だったのか、ということから質問を始めると、彼女は言《い》い渋《しぶ》ることなく滑《なめ》らかに答えてくれる。

「子供時代に遠くから憧れているだけだった初恋の人が、三十何年も経《た》ってから思いがけず帰ってきた。しかも、昔の面影《おもかげ》を残しながら、堂々として頼もしげな男性になって。夢かと思いました。おずおずとご挨拶に行ってみると、彼が私のことを覚えていてくれたことに感激して、道で出会ったら立ち話をするようになったんです。女には手に余る作業をお願いすると、気持ちよく引き受けてくれました。恋心が再燃した？　はい、そういうことですね」

「そんな槌井さんに対して、小郡さんはどのように接してくれましたか？」

火村の問い方は乾いていて、さながらドクターの問診だ。

「心安い隣人の一人でしょう。幼馴染みというほどの間柄でもないし」

「そんな彼の態度を、もの足りなく思いましたか？」

「いいえ。仮に不満があったとしても、私がどうこうできることではありません」

淋しい気持ちがあった、と胸中を告白したのに等しい。

「小郡さんを慕《した》っていて、どちらも独り身とあれば、ぐっと距離を縮めたくなるのが自然に思います」

「私は、そういうのにまったく不慣れなんです。若い頃から親の介護や何やらで家に縛られて、男性とお付き合いした経験もろくにありませんから」

拗《す》ねたように言ってしまったことを即座に悔《く》いたのか、猫が照れ隠しのグルーミングをするように乱れてもいない髪を手で梳《す》く。

「ここは狭い地区ですから、私が何度か小郡さんのお宅に出入りしただけで、変な勘《かん》繰《ぐ》りをされたりします。あの人が殺されているのが見つかった後、すぐに『槌井という女が怪しい。船長と揉《も》めたんだろう』と警察にご注進した人がいるようですね。さっき刑事さんがうちにきて色々と訊かれたし、先生にも詮索《せんさく》されているところをみると」

「もう刑事の訪問を受けていたんですか。それは早いな」

「まっしぐらに私のところにきたんでしょう。漫画みたいに刑事臭い人に、あれこれ尋ねられました。『男女の仲ではなかったんですか？』なんて、単刀直入に。『そういう関係ではありません』と宣誓するように答えてあげました。真実なんですけれど、証明する方法がないし、信じてもらえなかったら仕方がありませんね」

「無実なら疑いはすぐに晴れますよ。小郡さんは女性の気を惹くタイプだったそうなので、同じように不愉快な質問をされている人が他にもいそうだ。――そうではありませんか？」

彼女は、きっと火村を見据えた。

「本橋さんから何か聞いたんですか？」

「誰から聞いたかは明かせませんが、橘美潮さんのことを少し」

「あの人は、小郡さんに言い寄っていたようですね。旦那さんが気の毒だ、とみんな陰で言っていました。夜分に小郡さんの家からこそこそ出てくるのを見た人が何人かいます。旦那さん、残業で帰りが十一時ぐらいになることもあるんです。そういえば、昨日もちょっと遅かったみたい」

彼女の家と橘夫妻宅は、あまり離れていないらしい。

「美潮さんが小郡さんとそういう関係でいることは、槌井さんにとっても不愉快なことでしたか？」

「私にとってどうこうではなく、優しい旦那さんを蔑《ないがし》ろにするのがひどい、と感じていました」

「小郡さんは、美潮さんが夜分にやってくるのを拒《こば》んでいなかったわけですね」

「さぁ、知りません。そうだとしたら、よその奥さんを遊び相手にする彼もよくないですね。――美潮さんのところにも刑事さんが行っているんですか？　そうでないと不公平なんですけれど」

「捜査の過程で、お話を聞かずにはいられないでしょう。ご主人の信武さんについても」

「信武さんが人を殺すとは思えません。体格が小郡さんとまるで違うから、襲う気もしないでしょうし」

「無防備に寝ていたら、ナイフで刺したくならないとも限りません」

愛した男がナイフで刺される情景を思い浮かべてしまったのか、彼女はつらそうな顔になった。火村はわずかな間を置いて、さらに尋ねる。

「昨夜の行動について、漫画のように刑事臭い刑事から訊かれましたか？」

「はい。ご興味がおありのようなので先生にもお話ししましょうか。私の家は、小郡さんの家から二百メートルほど東です。夕方六時過ぎに、隣町のスーパーに買い物に行って帰った後、独りで夕食を作って食べて、十時にお隣でお風呂を借りました。二日前に給湯器が故障して修理に時間がかかっているので、しまい湯を使わせてもらっているんです。お風呂から上がったら、そこのご夫婦が『息子が珍しいビールを送ってきた。明日は休みだし、飲もう』とおっしゃるので、三十分ほどお付き合いを」

すぐにバレる嘘はついていないだろう。証言どおりだとしても、死亡推定時刻は八時から十一時だから彼女のアリバイは不完全だ。

「私のアリバイは成立するんですか？　刑事さんは教えてくれませんでした」

火村が「残念ながら」と申し訳なさそうな顔を作ると、彼女は「そんな気がしていました」と硬い声で言った。

歩いていく前方に、黒っぽい紐《ひも》が落ちている。何だろうと思ったら、車に轢《ひ》かれた蛇の死骸《しがい》だと判り、私は「うひゃっ」と奇声を発してしまった。槌井須美代は、初めて歯を覗かせて笑う。

「お化けでも何でもありませんよ」

堪えていた激しい感情を抜くためか、不躾《ぶしつけ》な探偵たちをひるませて面白がるためか、彼女はそれを素手で拾い上げ、脇の叢《くさむら》にぽいと投げ捨てて見せる。

「毒のない青大将で、しかも死んで動かないのに、怖がることはありません」

怖がったのは私だけだから、そこが彼女としては当てはずれだったであろう。

「蛇を怖がる人は大勢いますよ。情けない声を出してしまいましたけれど、槌井さんにも苦手なものがおありのはずです」

「それは、まぁ」

彼女は、頭上に目をやる。コウノトリ但馬《たじま》空港に向かう飛行機が陽光を反射して輝いていた。

そこで私たちは踵《きびす》を返《かえ》して本橋ファームまで引き返し、彼女は車に乗って行ってしまう。火村が事務所に入ると、いつも心をこめて大蒜作りに勤《いそ》しんでいる本橋眞介はデスクワークの手を止めた。

「先生、どうでした？」

「槌井さんから色々なお話が聞けましたよ。蛇の死骸を素手で摑《つか》んで、怖いもの知らずなところも見せてもらいました」

「体はちんまりとしてるけど、ああ見えて肝が据わってるからな。とはいえ、怖いもの知らずというんでもない。高いところがからっきしで、飛行機に乗れんどころか、二階に上がっただけで窓の外を見んようにしとる。からかわれたら『私は地べたがお似合いなんです』」

火村は、雑談をするために本橋の仕事の邪魔をしたわけではない。

「しつこくて、すみません。一つお訊きするのを忘れていました」

「はい、何ですか？」

「昨夜、小郡さんのお宅に変わった様子はなかったと伺いましたが、今朝はどうでしょう。前の夜と違った点がありませんでしたか？」

「ああ、言われてみたら……」

彼は尋ねられたことには答えるが、それ以外に気がついたことがあっても自分からは話してくれない証人なのだ。

「やっぱり。それは、どういったことですか？」

6

その頃、漫画のように刑事臭い野上刑事は、所轄の若い捜査員とともに橘夫妻宅で聞き込みの最中だった。立ち入ったことまで訊かなくてはならないので、夫婦同時にというわけにはいかず、美潮、信武の順で個別に。

黙ってお茶を出した美潮は、そのまま野上たちの前の椅子に掛けた。ダイニングのテーブルでの面談だが、生活感が皆無なほどよく片づいていて、こぢんまりしたレストランにきているようだ、と野上は感心する。よその男にうつつを抜かしながら、家事には手を抜いていないらしい。根っから几帳面《きちょうめん》で整頓好きなのか、レースのカーテンやクロスなど自分の趣味で染め上げた家のカラーを守りたいのか。

「小郡晴雄さんについてお話を聞かせてください。親しくお付き合いしていたそうですが」

美潮は、艶《つや》のあるロングヘアを掻《か》き分《わ》けて、気怠《けだる》そうに首筋をゆっくり擦《さす》る。ふた重瞼《えまぶた》のぱっちりとした目をしていて美人の部類に属するだろうが、上目遣いになることが多いため三白眼《さんぱくがん》になってしまう。

「私のところへ早々に刑事さんがいらっしゃるとは。あの人の肉親でも何でもないので、詳しいことは話せませんよ」

その声は大学生のように若々しく、口調は突き放すようだ。私は機嫌が悪いのよ、と宣言しているのだろう。愛する男が不幸な死を遂《と》げたことに混乱して、感情の乱気流に揉まれているせいかもしれない。

「捜査のために聞いた内容は、よそに洩らしません。ご主人の耳に入れたくないことも隠さず話してもらいたい」

「私と小郡さんがどんな関係だったかなんて、捜査の役には立ちませんよ。わざわざプライバシーを明かしたくありません」

「ご想像にお任せします、というやつですか。そんな返事をすること自体、深い仲だったと言うてるも同然やないですかね」

「鋭い突っ込みのつもりですか？」

むくれる美潮だったが、拒むのも面倒になってきたのか、だんだん態度が軟化していき、小郡との不倫の間柄を認めた。この半年のうちに三度ばかり彼の家に忍んで行ったことがあったという。

「彼にとっては遊びでした。深い仲っていうのとも違うでしょう」

「奥さんにとっては遊びではなかったんですか？」

「うまく答えにくいですね。離婚して彼と一緒になりたかったわけでもないから、遊びだったんでしょう。よくないことをする刺激そのものを楽しんでいたところもあるし……」

いくつかの言葉を引き出していくうちに、いわゆる〈忘れていたときめき〉を取り戻せたことを楽しんでいたのだな、と野上は理解した。その一方で彼女は、夫に抱いているであろう不満を口にするのは慎重に避けている。野上が推察するに、夫婦関係が破綻《はたん》の危機に瀕《ひん》しているのではなさそうだ。小郡の死によって二人はやり直せるかもしれない。美潮が犯人ではなかったら、の話だが。

「小郡さんと喧嘩や諍《いさか》い？　そんなものはありませんでした。本当です」

これだけは信じてもらいたい、とばかりに彼女は言い切る。野上は絡んでみた。

「小郡さんは、あなた以外の女性とも仲がよかったんやないですか？　それが原因で喧嘩の一つぐらいはあってもおかしくない」

「あの人は私が独占している恋人でもなかったんです。他の女性といちゃついていたとしても、そんなことで怒るほど子供じゃありません」

「子供でなくても怒るでしょう。世間ではそれがもとになった事件がたくさん起きている」

「だから何です？　私はちゃんと答えたので、同じ返事は繰り返しません」

昨夜の午後八時から十一時の行動について訊かれた時は、臆《おく》せずにこう返してくる。

「ずっと家に。夫の帰りが遅くなるのを聞いていたから、独りで夕食を摂《と》った後、テレビを観ながら洗濯物にアイロンかけなど家事をしていました」

信武が帰宅したのは十時半だった。

「誰かと電話で話したとか、近所の人と顔を合わせたとか、何かありませんか？」

「なしです。私が家を出て、小郡さんの家に行っていたんじゃないかと疑うのなら、証拠か証人を探してみてください。いるわけありませんから。小郡さんの家の手前、坂道と分かれる角に防犯カメラが一つだけありますよ」

そのことは警察も承知していて、遠藤がビデオを調べている。もし彼女の姿が映っていないとしても、カメラの存在を知っていたから避けて通ることはできた。

「小郡さんのことを恨んでいる人やら彼と対立していた人はいませんでしたか？」

「思い当たりません。あの人は他人と浅くしか交わらないので。嫌う人がいないかわりに、友だちと言える人もいませんでした」

「昔の知り合いが訪ねてきた、といった話を小郡さんから聞いたことは？」

「ないし、そんなことがあったら『船長のとこに客がきとった』と噂になったはずです」

「残業から帰ったご主人にいつもと違ったところはありませんでしたか？」

「えっ、その質問の意味が判りません。夫が小郡さんを殺してから素知らぬ顔で帰宅した、とでも？　変わった点はなかったし、彼にそんな大胆な真似《まね》はできませんよ。羽虫も殺さず庭に追って出す人だから。それに、小郡さんはナイフで刺されていたそうですけれど、夫は刃物を見るだけで体が顫《ふる》える先端恐怖症です。犯人ではあり得ません」

どうだ参ったか、と言うように、顔に垂れてくる長い髪を美潮はバサリと払った。

「妻を奪われかけた夫が嫉妬のあまりやった、とお考えなんでしょうか？　私はそんなに短絡的でも粗暴でもありません。疑われるだけで不名誉です」

信武は、さして広くもない肩をそびやかして遺憾《いかん》の意を表す。不快感しかない状況への精一杯の抵抗という感じだった。いつも興奮した時にそうなるのか、小鼻がひくひくと動いている。彼がこんなところを人に見せるのは、めったにないことなのだろう。隠しようもないほど生真面目《きまじめ》で気が弱そうだが、そういう男が自制心を喪失し、大きな罪を犯すこともさほど珍しくないのを野上は知っている。

「今日は四十歳の誕生日だというのに……とんだ厄日《やくび》です」

年相応の外見だ。小郡ほどではないとしても、目許がすっきりとしていて顔立ちはいいのだが、小柄な体つきに比して顔が大きい。

ぼやくのを無視して、野上は陰気にくぐもった声で質問を続ける。妻と小郡の関係をどこまで把握《はあく》していたのか、そのことについてどんな感情を持っていたのか。

「大人の恋愛とかをテーマにしたドラマや小説に感化されて、火遊びの真似事をしていたようですね。あくまでも真似事で、渋みがかったいい男と恋愛したらどうなるか、という想像を楽しんでいたんでしょう。妻に悩みがない証拠とも言えます」

最後のひと言に、わずかな皮肉を込めたらしい。惚れた弱みと、勝ち気さにひるんで妻の前では言えないのだろうが。

「ご主人は冷静で、広い心をお持ちですね」野上は軽くおだてる。「そういう考えから、様子を見ていたわけですか」

「ええ、そんなところです」

「しかし、正直なところ小郡さんを責める気持ちはありませんでしたか？」

「ゼロではないかな。何かと経験が豊富なせいか、口が達者な人だな、とは思っていました。うちのがうれしそうに言っていましたよ。『美潮というお名前が素晴らしい。船乗りにとっては眩《まぶ》しいぐらいです』なんて言われたのだとか。よく素面《しらふ》で言えたものです」

ちくちくと小郡を腐《くさ》し、「そんな底の浅い男に——」と妻の不行状《ふぎょうじょう》についてもぼやく。

「うちのは小学生の頃に川で溺《おぼ》れて死にかけたそうで、極度の水嫌いなんです。海水浴なんてもってのほかだし、プールにも入らない。温泉の大浴場さえ怖がりかねないんですよ。そんなのが船長に心惹かれるなんて、まるで悪い冗談だ」

野上は、このタイミングで尋ねる。

「橘さん。あなたは水ではなく、尖《とが》ったものが嫌いだそうですね。さっき奥さんから伺いました」

「ああ……はい、そうです。恐怖症の域に達していますね。鋭利な刃物はもちろん、削りたての鉛筆も嫌。妻がアイライナーを使っているのを見るのも怖くて嫌。針みたいに先が尖った建造物を見るのも好きではありません」

「果物ナイフで林檎《りんご》の皮を剝《む》くなんていうことは——」

「想像しただけで鳥肌が立ちます」

　その事実が自分にとって有利であることに、本人も気づく。

「そんな私が、ナイフで人を刺せるわけがないんです。私の先端恐怖症は学生時代の友人たちもよく知っています。まさか遠い未来にしでかす事件に備えて、その頃から先端恐怖症のふりをしていたわけはないでしょう」

　先端恐怖症が事実かどうか調べてみる必要があるが、「同僚もよく知っています」ということなので、嘘ではなさそうだ。ただ、その症状がどれほどのものなのかは当人にしか判らず、ふだんから何倍も大袈裟《おおげさ》に吹聴《ふいちょう》していただけで、いざとなればナイフで人を刺すこともできたのかもしれない。

「有益な情報をいただきました。削りたての鉛筆が怖い人に、ナイフで人を刺せるはずがありませんね」

　相手を安心させたところで「調書に書かなくてはいけないので」と事件当夜のアリバイについて質すと、表情を和らげてさらさらと話してくれた。

「うちの会社、人件費の圧縮とかいって人を減らしすぎたせいで、社員にえらい皺寄せがきているんです。ろくに手当も出ないのに残業が常態になってしまって、閉口しています。昨日も遅くなるのがあらかじめ判っていたので、朝、うちのには『何時まで仕事か判らないけれど、夕食は会社の近所で済ませる』と言って家を出ています」

「車での通勤でしたね。ここまで何分ほどかかります？」

「通常は二十分です」

「昨日、お帰りになったのは十時半だそうですから、会社を出たのは十時十分頃？」

「いえ……もっと早くて、八時半でした。思っていたより仕事がてきぱき片づいたものので」

これは追及せねばならない。

「退社後、同僚と飲みにでも行ったんですか？」

「いえ、独りで晩飯を食べました」

「一時間半以上かけてフランス料理のフルコースでも？」

「味噌汁《みそしる》つきの焼き魚定食です」

「それにしては帰宅時間が遅い。まっすぐ帰らなかったんですか？」

訊かれたくなかったことらしく、信武は少し言いにくそうにする。

「この地区のはずれにある笠取神社にお詣りしていました。昔から私の願い事をよくかなえてくれるんです。何を願ったかは、刑事さんのご想像どおりですよ」

妻と小郡の縁が切れること以外にない。

「柏手《かしわで》を打って願い事をするだけで、一時間近くもかからんでしょう」

「ベンチに掛けて、自動販売機の缶コーヒーを飲んだからです。色々と考えながら」

残業している間に妻が何をしているのかと疑惑に苛《さいな》まれつつ、悶々《もんもん》としていたのかもしれない。自分が信武の立場だったら家に飛んで帰るがな、と野上は思った。

「実のところ」信武は言いにくそうに語る。「まっすぐ帰ったら、妻が誤解しそうな気がして時間潰しをしたんです。『残業なんて言っておいて早く帰ってきたのは、私を試しているんじゃない？』とか怒られそうで……」

野上にはない発想で、嘆息するしかなかった。

聞くべきことが尽きたところであることを思い出したので、信武に美潮を呼んできてもらって尋ねる。

「小郡さんの家に入った正面の壁に、何か貼ってあった跡があるんです。奥さん、何かご存じないですか？」

美潮は訝《いぶか》しげな顔になった。

「大きな帆船のポスターが貼ってありましたけど、それがないんですか？」

「どんなポスターだったのか、詳しく教えてください。あなたがそれを最後に見たのがいつかも」

これまでメモを取るのは同行した所轄の刑事に任せていたが、野上は自分の手帳を開いてボールペンをかまえた。

7

稲荷社から階段を上がり、現場に戻った私たちを待っていたのは、野上が橘夫妻から聞き込んだ情報である。仏頂面のままではあったが、彼はベンチシートにどっかと腰掛け、得たものを余すところなく吐き出してくれた。壁の空白が帆船のポスターを剥がした跡だということは、火村も本橋から聞き出していたが。

「大海原を行く立派な帆船の写真で、特に変わったところはない、ということでしたが……」職人気質の刑事は壁を見やって「なんで消えたんや？」

野上と火村は同じことをしていた。どんなポスターだったか、構図やら構成要素を詳細に聴き取って絵にしていたのだ。互いの手帳を突き合わせたら、当然ではあるが、ぴたりと一致している。構図の半分強を占めるのは白い帆を誇らしげに張った帆船で、舳先《へさき》が左斜め上にピンと向く。背後には抜けるような蒼天《そうてん》。下の二割ほどは群《ぐん》青色《じょう》の海で、船首が立てる波が白く跳ねていた。文字はいっさいなし。

元船長が壁に飾っていても何の不思議もないものだが、それが事件を境になくなっているのは意味深だ。

「どういうことなんや？」

丸太の椅子に座った火村に、籐椅子の私が尋ねる。椅子の高さが異なるので、私が彼をわずかに見上げる恰好《かっこう》だ。

「そう焦るな。まだ判らない」

野上が、くすんと鼻を鳴らした。

「言うのが遅れました。裏のドラム缶にあった燃え滓を調べさせたところ、当該ポスターのようです。ポスター類らしき紙質で、海がちょろっと写っていました」

野上が上着のポケットに突っ込んでいたペットボトルを出してお茶を呷《あお》ったので、私は本橋ファームで買った大蒜チップスを「よろしければ」と勧めた。

「こんなもん食べたら、よけい喉《のど》が渇くやないですか」と言いつつ、火村が袋を破るとひと切れつまむという謎のコンビネーションのよさが発揮される。三人でチップスを食べながらの捜査会議となった。

私が気になるのは、やはりポスターの謎だ。

「酔って寝てた船長が、本橋さんが帰った直後にむっくり起き上がって燃やしたとは思えん。本橋さんがきた時には殺されてた可能性すらある。ポスターは犯人が剝がして燃やしたんやろう。そんなことをした理由はさっぱり判らんけど」

犯行現場が寝室ではなくこの部屋だったら、空想を働かせる余地がある。たとえば、被害者が危険を察した時点でこっそり犯人の名前をポスターに書いたり、犯人が負傷してポスターに血が飛んだりしたので、犯人がそれを処分する必要が生じた、とか。

火村は「ポスター自体は、この家にきたことがある人間はみんな目にしていたから、秘密でも何でもなく、もとよりただの帆船の写真にすぎない」

野上は「蒐集家《しゅうしゅうか》にとって値打ちがある珍しいポスターやったんで、行きがけの駄賃に盗ったわけでもない。裏のドラム缶で燃やしてるんやから」

行き詰まりを打破すべく、私は仮説をぶち上げてみる。

「ポスターの表ではなく、裏に秘密があったんやないかな。そこに何か書いてあったのかも」

ただちに火村が言う。

「何かって、何だよ？」

「小郡が誰かの弱みを握って、恐喝めいたことをしてたとする。そのネタがポスターの裏に書かれてる、もしくは貼りつけられてることを犯人が知って、奪っていったということは？」

野上から反論がきた。

「小郡が誰かを強請《ゆす》ってたというのは憶測にしても根拠がないし、恐喝者やったとしてもそのネタをポスターの裏に書いたり貼ったりはせんでしょう。わざわざそんなことをするとは思えません。その事実を犯人がどうやって知ったのかも説明が欲しい」

「あきませんか。そしたら、ポスター自体に用があったわけではなく、壁をさらすことが目的やったんでは？」

今度は火村からの砲撃。

「板壁を剝き出しにしたら、どんなすごいトリックができるんだ？」

「朝日が差し込むと、陽の光が壁に反射して……。考えとくわ」

仮説なら、まだあるから凹《へこ》まない。

「仕切り直させてくれ。ポスター自体に用があったわけではなく――」

「またそのパターーンかよ」と火村。

「黙って聞けや。――ポスターをドラム缶で燃やすことが犯人の真の目的やった、というのはどうでしょうか？　煙で誰かに合図を送ったわけです」

野上に向けて言ってみたら、今度は私を責めなかった。そうする気力も湧《わ》かなかったのかもしれない。

「どうですかねぇ。犯行時刻を絞る参考にしようと、昨日の夜、この家の裏から上がる煙を目撃した者はいないかと聞き込みをかけたんですけれど、付近にはおりません」

「いなくて当たり前です。地区の住人すべてに訊いても、事件に関わってたら正直に答えませんよ」

火村はというと、モナ・リザよりも繊細な微笑を口許にたたえている。

「人工知能の研究が急速に進んでいる時代に狼煙《のろし》とはな。時と場合によっては現代でも有効な通信手段かもしれないけれど、ポスター一枚を燃やしてどれだけの煙が出るって言うんだ？　狼煙を上げたかったのなら、犯人はドラム缶にもっと盛大に可燃物を投下しただろう。——お前がどんなふうに発想してミステリを書いているのか、少し判った気がするよ」

会議が創造的なものであるよう仮説の提供を愚直に続けたのがよくなかったらしいので、問う側に回ってやろうではないか。

「なるほど、ポスターを一枚だけで狼煙はおかしいか。では、火村先生の見解を聞かせてもらうとしよか。何で燃やしてん？」

遠藤がやってきたのは、この時だった。大きな発見があったらしいのは、にやついた顔を見ただけで知れる。

「ガミさん、ここにおったんですか。早《はよ》う報告しようと捜しましたよ」

「どこ捜してたんや。ここがベースに決まってるやろ。勘が鈍《にぶ》いな」

遠藤は野上の隣に座り、タブレット端末をテーブルの上に置く。

「ここにネタが入っています。養父署の捜査本部に入った樺田さんには連絡しました。まぁ、これを見てください。防犯カメラが現場から立ち去る犯人を捉《とら》えてるんです。あんな淋しい三叉路《さんさろ》にカメラを設置した人間に感謝です」

「犯人が映ってるって……そしたら解決やないか」

「いやいや、そこまで甘くはない」

「どういうことや？」

百聞は一見に如《し》かずとばかり、遠藤はタブレットで問題の映像を呼び出した。防犯カメラの性能がよくないらしく、かなり粒子が粗《あら》い。この家から下った三叉路全体を撮影したものである。

「昨夜の映像です。時刻の表示を見ていてください。今、午後九時四十五分」

遠藤に促《うなが》されずとも、画面右下の数字にも注目していた。カウンターが四十六分になる前に、坂の上から何か青っぽい塊《かたまり》が下りてくる。正体不明のものの出現に、火村が「んっ？」と顔を突き出した。

それは十秒もしないうちに道路を横切り、南の方角に去って行く。遠藤が言ったことの意味が呑《の》み込めた。

「死亡推定時刻の八時から十一時までの間に坂の上に向かった者は一人もなく、下ってきたのがこいつだけ。今のが犯人なんですよ。ただし、顔も体つきもまったく判りません」

そいつはブルーシートをすっぽりと頭からかぶり、身を屈めて速足で歩いていた。シートの裾《すそ》をずるずると引きずりながら。防犯カメラに映る範囲を知っており、姿をさらしたくなかったのだ。三叉路の南の方へ消えて行ったが、もちろんその方角に犯人が住んでいるとは限らず、むしろ自宅とは別の方へ逃げるふりをしたと思える。

「これが犯人と断定はできんが……時間からしても怪しいな」

慎重な野上に、遠藤が説明を加える。

「断定できるんですよ。犯人は、何時何分かは不明ですがこの家の西側の稲荷社に続く階段を通ってここまでやってきて、ビデオに録画されたとおり東側の坂を下って逃走したんです。西からきたと断定できるのは、三叉路のある東からきていないから」

「ほな、なんで西へ帰れへんねん？　そっちへ逃げたらビデオに映らんで済むのに」

「犯人が通った後、稲荷社に居座った者がいたためです。近隣の二十歳の男二人で、バンドを組んでいます。二人やからユニットとか言うんかな。九時半ぐらいにきて境内のベンチに座り、ギターを弾《ひ》いたり歌ったり練習をしていたんやそうです。今後の音楽的方向性について話し合ったりも」

「一人前に何が音楽的方向性や。――何時までそこにおった？」

「彼らなりに真剣なんですよ。来年、笠取町が生んだスターになってるかもしれんでしょう」遠藤は優しい。「とかいうのは措《お》いといて、彼らは十一時過ぎまで境内に留まってました。いつもではなく時たま、そんなふうに練習やミーティングをしてるんやとか」

ビデオに録画された謎の人物と稲荷社の境内にいた男性ユニットの証言。この二つが捜査に寄与するところは甚大だ。後者のおかげで前者が犯人だということが確定するのだ。犯行が九時四十五分には完了していたことも。おそらく船長が襲われたのは九時半頃と推測できる。

だが、それをもってしても犯人の正体まではたどり着けない。槌井須美代、橘美潮、橘信武が有力な容疑者として捜査線上に浮上しているが、三人とも九時半から九時四十五分にかけての時間帯のアリバイがない。

大蒜チップスを一枚食した遠藤が「これ、いけますね」と評したところで誰かのスマートフォンが震えた。遠藤が迷わずに出たかと思うと、「そうか、よし」とだけ応答して切る。

「犯人がかぶっていたブルーシートが見つかりました。用水路の暗渠《あんきょ》に突っ込まれていたそうです。捜せばすぐに発見できると思っていました。水に浸かっていたようですし、犯人もアホではないでしょうから、指紋は期待できんかな」

遠藤と野上の掛け合いは続く。

「用済みになったブルーシートを犯人が捨てたんは判るが……」

「ガミさん、何がおかしいと思うんですか？」

「おかしいやないか。犯人は、未来のスター候補がギターを抱えてやってきたから、西側の道を通れんようになって、やむなく防犯カメラがある道から逃げることになったんやろ。なんでブルーシートが事前に用意できたんや？」

「犯人にとって不測の事態やったわけですから、準備してたはずはない。現場近辺にあったから利用しただけですよ」

「近辺のどこに？　ここらでは工事なんかしてへんぞ」

唇《くちびる》をそっとなぞっていた火村の人差し指が一閃《いっせん》して、食器棚の上をぴたりと指した。

「あの整理用ボックスに入っていたんですよ」

この場にいる全員の視線が、それに注がれる。四人の顔の動きが完全に同調していたせいで、劇的な瞬間に思えた。

「ぺらぺらの毛布の切れ端が入ってるだけの、あのボックスですか」遠藤が言う。「そら、ブルーシートを詰めるぐらいのスペースはありますけど、確かめてみないことには……」

火村から私に指令が飛んだ。

「アリス。本橋さんに電話で確認してみてくれ」

スマートフォンを取り出したはいいが、電話番号を知らない。本橋ファームの看板に書いてあったものを火村が周到に控《ひか》えているのかと思って「番号は？」と訊いたら、私の手許のチップスの袋を指差す。

「そこに書いてあるだろう」

「ああ、了解」

本橋はすぐに電話に出て、私の問いにこのように答えた。

「ブルーシートなぁ。あれも、わしがあげたもんです。『あったら役に立つこともあるから欲しい』と言うて。使うことがあったかどうか知らんけど、プラスチックのボックスに入れて食器棚の上にありましたね。半透明の箱やから見えてました」

籐椅子を持って行った時にもあったかを尋ねてみると――

「そんなことは覚えてませんよ。ポスターに加えてブルーシートもなくなってるんですか？」

言葉を濁《にご》し、大蒜チップスが美味であったことだけ伝えて通話を終えた。火村は、よしよしと言いたげだ。

「たとえ初めてこの家にきた者が犯人だったとしても、半透明の整理ボックスにブルーシートが入っていることは見れば判った。とっさの機転で、そいつをかぶって防犯カメラの下を突破することにしたんだな。機転というより苦肉の策か」

野上は、飢えた犬のように唸っている。

「あの映像のブルーシートを引き剝がしてやりたいが、画の中には入れんな。コンピュータで解析しても顔や体型が判りそうもない」

「もどかしいですね」

腕組みをした遠藤も残念そうだ。犯人がかぶっていたのがシーツやタオルケットなら体型の見当がついただろうが、それさえ割り出せないようにブルーシートを選んだのは間違いない。

私は、小声で火村に話しかける。

「フィールドワーク中はいつものことやけど、お前、また昼飯のことを忘れてるやろ。二時を過ぎてるぞ。それと、今晩も宿を取るんやったらぼちぼち決めといた方がええんやないか？」

友人は淀《よど》みなく答える。

「十分ほど戻ったあたりに赤い屋根のレストランがあった。あそこでランチにしよう。宿は昨日と同じロッジでいい。犯人を突き止めたからといって、事後処理もせず俺たちだけさっさと帰るわけにもいかないだろう。それを済ませたとしても、明日の午後には山田風太郎記念館に寄れるさ」

「まるで、今日中に犯人が指摘できると決めつけてるみたいやな」

「もう見えた」

彼はそう言いながら首を捻《ひね》り、背後の壁に目をやった。

8

実験に先立ち、火村英生は語った。

「事件当夜、あの家で何があったのか。われわれは概要をすでに把握しています。犯人は、九時四十五分までに稲荷社横の階段を通って船長宅へ行き、酔って寝ていた彼の胸を果物ナイフで刺して殺害。きた道を戻ろうとしたところ、具合の悪いことに二人のミュージシャンが居座っていた。事情が許したなら彼らが去るのを待っていればよかったのですが、三人の容疑者たちにそんな余裕はありませんでした。槌井須美代は十時に隣家の残り湯を借りることになっていたし、橘信武と美潮の場合は配偶者の不審を招いてしまうから、誰が犯人だったとしても早く家に戻りたかったはずです。そうしなかったら、事件発覚後に『あの夜のあの人の行動は怪しい』となることは必定」

野上は、ここで軽く頷いた。

「犯人は、やむなく東の下り坂を通るしかなくなった。しかし、その坂を下って行くと防犯カメラに映されてしまうのが難点です。さて、どうしようと思ったら、食器棚の上にいいものがある。あのブルーシートを頭からかぶり、背中を丸めて歩けば顔も体型もバレるおそれがない。犯人はそれを実行し、誰にも怪しまれないタイミングで家に帰ることができた。――ここまで異議はありませんね？」

遠藤が「はい」と答えた。

「今、火村先生がおっしゃった以外の解釈のしようがない状況です。問題は、それを実行したのは誰か、ということです。これまで集めた情報からすると、先端恐怖症の橘信武は果物ナイフで人を刺せなかったのではないか、と考えられますが、その症状がどれほどのものだったのかは本人にしか判らないことで、激しい憎しみの力を借りたら可能だったのかもしれません」

「ええ、彼の先端恐怖症という心理的要因をどう判断するかは、難しいところですね。ここは慎重を期し、できたかもしれない、と仮定して話を進めましょう」

誰からも異議は出ない。

「三人のうちの誰がやったのか、と問うても正解にはたどり着けません。できなかったのは誰か、と考えましょう。――おっと、何か言いたそうだな？」

私はそんな顔をしていたらしい。

「できなかったのは誰かって、誰でもできたやろ。アリバイは三人とも不成立や。時間的には誰にでもできた。物理的、心理的な条件を考えても、決め手になるものはない。眠り込んだ無防備な男の胸に、現場にあった果物ナイフを衝動的に突き立てた、というだけの事件なんやから」

「そこまでは全員に可能だよな。特殊な知識や技能は何も必要としないし、肉体的にも心理的にも犯人に要求される特段の条件はない。だけど、その後はどうだ？」

「は？　その後はというたら。ブルーシートをかぶって逃げただけやないか」

「諦《あきら》めがよすぎる。茶漬けみたいにあっさりしてるな。さっきはポスター消失の謎にあれだけ果敢にチャレンジしたのに。あの情熱を呼び起こせ」

あまりに大袈裟でクサい表現だったので野上はむすっと唇を結び、遠藤は笑うのをこらえている。

「えらい言われようやな。――ポスターの謎はずっと気になってる。あれだけは合点《がてん》がいかんから」

「俺もそうだった」

過去形かよ。

「あの帆船のポスターについてはっきりしているのは、それに金銭的な価値がほとんどなかったことぐらいです。本橋眞介氏の話したところによると、船長自身が格別に大事にしていた想い出の品でもないらしい。何故、犯人はそれを壁から剝いで焼却したのでしょうか？　私にも謎だったのですが、あれこそ犯人がやむなく行なったことで、事件を解く鍵でした」

「鍵と言われて火村先生からぽんと手渡されても、どう使ったらいいのか判りません」

遠藤は、刑事の面構えに戻っている。

「どこのものとも知れない鍵だけ手に入っても困りますね。しかし、鍵孔《かぎあな》が見つかればもう大丈夫。扉は開きます。鍵を鍵孔に差して、捻るだけ」

自分の言葉に合わせて解錠する仕草《しぐさ》。

「鍵孔って、どれや？」

私が答えを急《せ》かすと、おどけて大阪弁で「あれや」と火村が指差したのは、またしても整理ボックス。

「犯人は、あのボックスに入っていたブルーシートを取り出して使っている。な？　ポスターを燃やすしかなかったじゃないか」

わざと間を抜かすな。

明日の成功を夢見ながら二人の若者が歌い、ギターを奏《かな》でた稲荷社の境内。火村と私、二人の刑事は木立の陰に身を潜《ひそ》ませて、ある人物がやってくるのを待った。本物の刑事が二人交っているので、張り込みの醍醐味《だいごみ》がたっぷり味わえる。

待つこと十五分。その人物が予想どおりの方角から現われると、私たちは身じろぎするのもやめ、気配を消して観察に集中した。ごく単純な実験なのだが、餌《えさ》に食いついてくれるかどうかだけが気掛かりだ。

その人物の足取りは重く、一歩ずつ引きずるように運んでいる。警察にしつこく事情聴取されたせいなのか、犯した罪のせいなのかは窺い知れない。

ゆっくりと境内に入ってしばらく進んだところで、その足がぴたりと止まった。ベンチのすぐ後方の木立にある異物を発見したのだ。異物とは、嫌でも視線が行く方向を計算して私たちが仕掛けた餌。よく目立つ黄色い封筒を、木の幹にガムテープで貼りつけておいた。その表には極太の油性ペンで〈これを警察に届けてください・小郡晴雄の件〉と記してある。

そんなものを境内で見つけたら気味が悪いから無視するのも自然な反応だが、発見者が小郡殺害の犯人ならばどうか？　封筒に何が入っているのかが気になって看過するのは難しいだろう。ましてや表書きに〈これを警察に届けてください〉とあるのだから、手に取ったところを誰かに見られたとしても言い逃れが容易だ。警察に届けようとしました、で済む。

被験者が躊躇したのは、ものの五、六秒だった。決然とした足取りで境内の奥へと向かい、竹箒を手にして戻る。その人物が箒で封筒を叩き落としにかかる頃、私の緊張は頂点に達していた。ちょうどそこへ羽音とともに一匹の蜂《はち》が飛んできて、私の顔の前でホバリングを開始する。火村の方へでも行け、とばかりに右手で払おうとしたら顔めがけて突進してきたので大きくのけ反《ぞ》り、その拍子《ひょうし》に足許に落ちていた枝を踏み折ってしまった。バキリという音の派手だったこと。

「お約束どおり、やっちまったな」

火村に言われてしまったが、彼も刑事らも非難がましい目をしていないのは、すでに望んでいた実験の結果が得られたからだ。

槌井須美代がこちらを振り返った時、貼りつけてあった封筒が剝がれてベンチの裏に落ちた。竹箒を両手で握りしめたまま、彼女は大きな声を出す。

「誰ですか!?」

こうなっては隠れてもいられず、まず野上が、続いて火村が姿をさらした。遠藤と私も。

「人気《ひとけ》がない木陰《こかげ》で密談をしていたところです。びっくりさせて失礼しました」

野上が堂々と真顔でとぼける。

「張り込み中だったんですか？　それなら私こそ失礼しました」

咳払《せきばら》いを一つして、刑事は喜劇的なやりとりを打ち切る。その眼光の鋭さに気がついたのか、竹箒を手にした女は自分がただならぬ事態に陥《おちい》ったことを感じたようだ。

「……もしかして、張り込みの対象は私だったたんですか？　何もおかしなことはしていませんよ。お稲荷様に手を合わせるのは毎日、朝夕の日課です」

「ええ、知っています」火村が言った。「今日は特別な日で、午後からマスコミ関係者がこの地区にたくさん入ってきているので、彼らにつきまとわれるのを嫌ってお詣りにこないかもしれない、と思っていましたが、いらっしゃいましたね」

彼女は落ちた封筒を拾い上げて、表書きをこちらに向ける。

「私がくると知っていたから、こんなものを目立つところに貼りつけていたみたいですね。どういうことでしょうか？〈これを警察に届けてください〉と書いたものを、警察の方が私に回収させることの意味が判りません」

「とりあえず、それをいただきましょうか」

遠藤が歩み出て、封筒を受け取った。気を利かせて、こんなことを言う。

「何が入っているのか気になるでしょうね。大したものではありません」

嘘ではないことを示すため、中身が今日の朝刊であることを見せた。そんなことをされたら、彼女はますます混乱する。

「まさか……警察は私をからかっているんですか？　お稲荷様の境内ですが、狐につままれた気分です」

「抜き打ちの実験やったんです。もう終わりました」

野上がそんなふうに真相を明かした。適当なことを言ってごまかす必要もない、と考えたのだろう。当然ながら、いったい何の実験だったのかを彼女は尋ねる。二人の刑事は、この実験の提案者である火村に説明役を任せた。

「包み隠さず、すべてをお話ししましょう。そうすれば、あなたは反論することもできますからね」

槌井須美代の顔には光と影の斑模様《まだら》が描かれている。太陽が山《やま》の端《は》に近づきつつあるので、木漏れ日も昼間のように白くはなく黄金色をしていた。

日暮れが近づく境内で、火村は事件のあらましから語った。犯人でしかありえない人物がブルーシートをかぶって逃走したことを聞いても、彼女は怪訝そうにしている。しかし、それは内心の動揺を懸命に抑えているからではないのか？　私は、彼女の表情の微《かす》かな変化も見逃すまいと注視する。

「ビデオに犯人が映っているのに、警察はその映像から何も掴めないということですか。だとしたら捜査が進んだとは言えませんね、先生」

「であるかに思われましたが、そうでもない。現場にあったポスターがドラム缶で燃やされたことと突き合わせると、犯人を特定できそうです」ここでは相手に質問する間を与えない。「燃やすために壁から剝がしたとは考えられない。狼煙にもならず、無意味だから。ポスターを何かに使った後、そこに遺った痕跡などが警察の目に触れないようにするため、焼却処分をしたと見るしかないのですが、具体的にポスターを何に使ったのか？　寝室で小郡さんを殺害した犯人がなすべきことは、ただちに現場を離れることだけなのに。――いや、逃げる前に一つだけしなくてはならなかった」

「何ですか？」という問いに火村は答えず、別の質問を返す。

「槌井さん。あなたは小郡さんの家にいらしたことがあるから、ブルーシートがあったのをご存じでしょう？」

「さぁ。見たような気もしますけれど……」

「食器棚の上ですよ。プラスチック製で半透明の整理ボックスに入っていました。その存在を知らなかったとしても、あの部屋を見回せばすぐ目に留まります」

「誰でも見つけられたのなら、犯人は絞り込めませんね」

　火村は、立てた人差し指を振る。

「ところが、そうじゃない。ブルーシートを使うにはそれを食器棚の上から下ろさなくてはなりません。そう、『逃げる前に一つだけしなくてはならなかったこと』とは、長身の小郡さんによって食器棚の上に置かれたボックスからブルーシートを取り出すこと。誰にでもできるようで、上背のない人にはこれが困難です。女性としても小柄な槌井さんには無理だと思われます」

彼女はそう言われて安堵《あんど》するどころか、さらに警戒を強めていた。竹箒を握った両手に力がこもるのが見ていても判る。

「だが、もしも小柄な人間が犯人だと仮定すると、初めて理解できることがあります。ポスターの使い途《みち》ですよ。『一つだけしなくてはならなかったこと』を可能にしてくれるものが、あの部屋に一つだけあり、それがポスター。壁から剝がしてきつく筒状に丸めれば、こん棒とまではいかずともそれなりの強度を具《そな》えた棒になる。犯人は、それを使って食器棚の上のボックスを動かし、棚から落としたわけです。目的のブルーシートを取り出した後、軽くなったボックスは投げ上げればいい。何とか載ったら、またポスターで作った棒を用いて位置を調整できました。ポスターを筒状に丸めた痕跡はごまかしようがないため、ドラム缶で焼却した」

彼女は、かろうじて反論を試みる。

「だから背の低い人間が犯人だ、と言うんですか？　おかしな理屈です。家の中やまわりをよく探せば棒のようなものがあったかもしれないし、なかったとしても背が低い人間が犯人だとは限らないでしょう」

「棒がね、どの部屋にもないんですよ。そのへんの木の枝を折るなどすることも可能ではありますが、犯人はポスターを丸める方が手っ取り早いと判断したわけです。背の低い人間だからポスターを剝がしたんだ」

目を伏せる彼女に、犯罪学者は追い打ちをかける。

「黙ってしまうのは変だな。あなたは、私の推理をこのように否定できるのに。『ポスターを剝いで丸めるなんてことはせず、椅子に乗ればよかったではないか』と。そう言わないのは、ご自身が答えを知っているからだ。さっきの実験の意味もちゃんとお判りなんでしょう？　犯人は何故か椅子に乗ってボックスを下ろそうとしなかった。重たくて安定が悪そうな丸太の椅子はおろか、本橋さんが持ち込んだ籐椅子にも乗らず、ポスターを棒にすることを選んでいる。木に貼られた封筒を取る際、その前にあるベンチに乗らずにわざわざ離れた場所にある竹箒を取ってきて叩き落としたのと同じだ。船長の家では軽い籐椅子を持ち上げて背もたれや短い脚でボックスを落とそうと試みたかもしれませんが、それはうまくいかなかったらしい。あなたは、二階の窓辺にも寄れないほどの高所恐怖症だと聞きました。怖いのは二階の窓辺どころじゃない。転倒して床に倒れるのが怖くて、椅子にも乗れない人なんだ。そして、船長が死んだ夜、あの部屋のポスターを剝がしたのはそんな人間です。つまり、あなた」

こんな展開は野上や遠藤の予想外だろう。今この場で自供が得られずとも、彼女に的《まと》を絞って調べれば証拠は見つかる、と火村は確信しているかのようだ。

「私が馬鹿《ばか》な思い違いをしているのでなければ、そこのベンチの上に立ってみてください。極度の高所恐怖症でなければ簡単なことです」

槌井須美代は身じろぎもせず、立ち尽くしたままだ。

私たち五人が落とす影は、火村が話し始めた時よりだいぶ長くなっていた。野上が何か言おうとしたところで、彼女は口を開く。

「また電球が切れてしまって、彼に頼みに行きました。私は、怖くて脚立の三段目にも立てないから付け替えができないんです。『もしよければ、ちょっときてくれませんか』とお願いするために。訪ねて行ったのは、本橋さんと入れ違いだったようですね。呼びかけても返事がないので、そっと寝室を覗いてみたら、あの人は船長帽をかぶったまま、すやすや眠っていました。初めて寝顔を見たので、そのまましばらくベッドの横で眺めていたんです。そうしたら……」

船長が、もごもごと寝言を呟く。彼の秘密に触れる気がして、どんな夢を見ているのかしら、と耳を澄ましました。

——美潮……美潮。

二度、言った。

「それを聞いた瞬間、私は頭に全身の血が上って、悔《くや》しくて、憎くて、彼を殺したくなりました。キッチンから果物ナイフを取ってきて、振りかぶったところまで覚えています。そのまま刺したんですね。刺す真似だけでもよかったのに。言い訳になりますが……その後は、警察に捕まるのは嫌だ、という思いに支配されて体が勝手に動くようでした。きた道を戻ったら人がいて通れない。防犯カメラがある道を通らなくてはならなくなったので、ブルーシートを頭からかぶるしかなくて……」

あとは火村の推理をなぞるだけだった。

彼女は、過《あやま》ちのひと言で片づけられない大きな罪を犯してしまったが、何かが少し違っていればこんなことは起きなかった。彼女がそばにいる時に船長が「美潮」などという寝言を洩らさなかったら、彼女が寝室に入ろうとしなかったら、電球を替えてもらうのを翌日にしていたら、船長が彼女の心を奪うほど魅力的でなかったら、美潮がもっと貞淑であったら、船長が故郷に帰ってこなかったら……。

無数の「たら」が考えられる。私たち人間の航海は、かくも危ういのか。

「訊かれたことには何でも答えます。警察署に行く前に、一つだけお願いです。お稲荷様にお詣りさせてください」

彼女の頼みに野上が無言で頷く。

火村は、無表情のまま煙草をくわえた。

9

その事件から半年ばかり経ったある日。

私は部屋でソファに寝そべり、頭を休めるため仕事にまったく関係のない本を読んでいた。パニック小説風のサイファイ《SF》で、その冒頭、インド洋を航行していたギリシャ船籍の商船が巨大な未確認生物《UMA》と遭遇する。船長は衝突を回避すべく、航海士へ次々に指令を飛ばした。

——ハードアスターボード（面舵《おもかじ》いっぱい）！

——ステディ（そのまま）！

——ミジョップ（舵中央）！

事件の記憶は薄らいでいたのに、私の無意識は〈船長〉に反応していたのだろう。

そのせいか、かけ離れた二つの言葉が瞬時に重なり、一つの疑問が浮かぶ。

酔ってベッドで眠り込んだ小郡晴雄は、「美潮」ではなく「ミジョップ」と夢の中で呟いたのではないか、と。普通であれば取り違えないだろうが、恋する槌井須美代の心は大きく波打っていた。

九時十分頃に船長宅へ籐椅子を運んだ本橋の不確かな証言がある。

——英語で号令をかけとったような……。

もしそうなら、彼女はあまりにも悲劇的な聞き間違いをしたことになる。

「たら」が、また増えた。もし、美潮の名が美潮でなかったら、小郡は死なずにすんだのだろうか？

「ほんまのところは、どうなんやろうな」

思わず声に出していたが、ここに火村がいたとしても正解を知るはずもない。

あべこべの遺書

法月綸太郎

法月綸太郎

Norizuki Rintaro

1964年島根県生まれ。京都大学法学部卒業。'88年『密閉教室』でデビュー。2002年「都市伝説パズル」で第55回日本推理作家協会賞短編部門、'05年『生首に聞いてみろ』で第5回本格ミステリ大賞受賞。ミステリー評論でも高い評価を得ている。近著に『法月綸太郎の消息』『赤い部屋異聞』など。

1

「二人の人間が相次いで不審な死を遂げた。ひとりは転落死、もうひとりは服毒死だ。不可解なことに、それぞれの現場に手書きの遺書が残されていた」

「それのどこが不可解なんです？」

綸太郎《りんたろう》が首をかしげると、法月《のりづき》警視は気ぜわしそうな口ぶりで、

「自分のじゃない。双方の遺書が入れちがって、あべこべになっていたんだ。二人が死んだ場所もあべこべで、どちらも相手の自宅で死んでいるのが見つかった」

重複表現にうるさい校閲係が聞いたら、引きつけを起こしそうなことを言う。綸太郎は父親の説明を頭の中で整理して、

「要するに、二つの自殺現場で死体だけ入れ替わっていたわけですね」

「いや、そんな一言ですむような単純な話じゃない。少なくとも一件、マンションのベランダから転落死した方はすでに他殺と判明しているんだが――」

木曜の夜だった。もうじき日付が変わろうとしている。

その日、綸太郎は編集者との打ち合わせで家を空けていた。不定期連載中の連作短編がやっと折り返し地点を越えたので、中締めと今後のスケジュール確認を兼ねた慰労の席が設けられたのである。たらふく夕食をごちそうになって十一時過ぎに家に帰ると、一足先に帰宅した父親がひとりわびしく、カップ麺《めん》をすすっていた。

「なんだ。そう言ってくれたら、早めに切り上げて帰ってきたのに」

老いた父親のそんな姿を目の当たりにするのは、なかなか胸に来るものがある。ところが、今夜の警視は特に機嫌をそこねているふうもなく、

「俺もさっき帰ってきたところだよ。晩飯が早かったんで、小腹が空いてね」

「だけどお父さん、寝る前にそんなのを食べたら体に毒ですよ」

「まだ寝る時間じゃない」

と警視は反抗期の子供みたいなことを言って、

「それより、今日の打ち合わせはどうだった。原稿の方は一段落したのか？」

「まあどうにか。次の締め切りまで、そんなに日があるわけでもないですが」

「執行猶予中ってことだな。だったら少し、こっちの話に付き合ってくれ」

相変わらずのマイペースだ。綸太郎はとぼけ半分に、

「こっちの話というと？」

「わざわざ言わせるなよ。いま手がけている事件のことだ」

カップ麵もそのための腹ごしらえか。同情して損をした。

だがもちろん、綸太郎に否やはない。どんなに世知辛い世の中になっても、事件の話を聞いて真相を推理するのは、作家探偵のレゾンデートルだ。着替える暇も惜しんで食卓の定位置に着くと、すぐにディスカッションが始まった。法月警視の息子が捜査一課の非公式アドバイザーを務めていることは、警視庁内でも暗黙の了解事項になっている。捜査情報の取り扱いに関しても、上層部から特別のお目こぼしを受けているのだった。


「――他殺ということは、誰かに突き落とされたわけですね」

たしかに、そう単純な話ではなさそうだ。綸太郎はあご先に手の甲をあてがって、

「マンションのベランダというのは何階ですか」

「八階の部屋だ。港区《みなと》の分譲マンションで、さっき言った遺書は室内に残されていた。服毒死した方の遺書だ」

「その部屋の住人が書いたものですね。遺書の署名と筆跡は？　別々に見つかった二通とも、本人の自筆と確認されたんですか」

綸太郎が念を押すと、警視はタバコに火をつけてから、

「それはたしかだ。見つかった場所が入れちがっていただけで、どちらの遺書も署名した本人の筆跡と一致している。二通とも丁寧に折りたたんであって、文面に不自然な点はなかった」

「なるほど」

親父《おやじ》さんが不審がるのも無理はない。たとえ空振りに終わったとしても、犯行を自殺に偽装する意図があったなら、転落死した被害者が書いた遺書を置いていくのが自然な行動だ。他人の遺書ではかえって疑いを招くばかりである。

「二人は相次いで死んだそうですが、どっちが先ですか?」

「話した順番通りだ。死んだのは、毒を飲んだ方が半日ぐらい後だと思う。こっちの現場は墨田《すみだ》区のワンルームマンションで、発見時はドアも窓も中から施錠されていた」

法月警視はタバコの煙を洩《も》らしながら、字幕を読むような口調で言った。

妙に説明がふわふわしているのは、なるべく先入観を与えないで、息子の想像力に訴えようとしているからだろう。最初は気持ちだけ先走っているせいかと思ったが、どうもわざとそうしているようだ。言い換えれば、それだけ見通しの利《き》かない事件だということになる。厳密さより、ひらめきが求められているといってもいい。

「だとしたら、一種の無理心中でしょう。二人分の遺書があるから、一緒に死ぬ約束をしたのはたしかです。最初は港区マンションの八階の部屋で、二人とも毒を飲んで死を迎えるはずだった。ところが、いざという時に〈転落死した墨田区民〉が怖《お》じ気《け》づいたので、〈後から服毒死した港区民〉は逆上し、問答無用で相手の背中を押してしまう」

最初に浮かんだ考えを口にすると、警視はむっつりした表情で、

「背中を押したというのは、文字通りの意味だな」

「そうです。心中相手を転落死させた港区民は、パニックに陥《おちい》っていったんその場を離れますが、自分だけ生き残るつもりはなかった。自室のベランダから突き落としたのもけっして殺人ではない、双方合意のうえでの行為であることを強調するために、二通の遺書を交換し、あえて墨田区の心中相手のワンルームで毒を飲んだというわけです」

「待て。すぐ後を追うつもりなら、どうしてその場を離れる必要がある？」

「それはたぶん、高所恐怖症ですよ」

綸太郎は即興で想像をふくらませて、

「八階のベランダから飛び降りるのが怖くなったんでしょう。毒を飲んで安らかに死ぬはずだったのに、心中相手を突き落としてしまったせいで、大幅に予定が狂ってしまった。落ちる時に悲鳴を上げたか、地面にぶつかった音を聞きつけるかして、同じ

マンションの住人が騒ぎ始めたんでしょうね。救急車が呼ばれるのは目に見えているし、自室のベランダから落ちたこともじきにわかるにちがいない。だからその場で毒を飲んでも、まだ息があるうちに、駆けつけた救急隊員に発見・保護される可能性が高い。自分ひとり助かったら元も子もないので、確実に心中相手の後を追うため、とりあえず現場を離れるしかないと判断したのでは？」

「こじつけにもほどがあるな。仮に小説だとしても、俺なら没にする」

「ずいぶん手厳しいな」

「思いつきをそのまま口に出すからさ」

警視はにこりともせずに言った。綸太郎は頭を掻《か》いて、

「じゃあ、こういう筋書きはどうです。心中相手を自室のベランダから突き落とした加害者は、急に死ぬのが怖くなって港区のマンションから逃げ出した。その際、とっさに状況を自殺に偽装できると思いついたんでしょう。現場は自分の部屋ですが、心中相手の遺書だけそこに残しておけば、単独の飛び降り自殺として処理されて、刑事責任を問われないのではないか。そう高をくくって自分の遺書を持って逃げたつもりが、不測の事態で気が動転していたために、うっかり相手の遺書を持ち出してしまったんです」

「自分と相手の遺書を取りちがえたというのか」

「折りたたんであったせいですよ、きっと。現場を去ってから致命的なミスに気づいたものの、もはや後の祭りです。逃げきれないと観念した犯人の足は、一緒に死ぬはずだった被害者に招き寄せられるようにして、墨田区のワンルームへ向かった。犯行を告白するかわりに、自分が殺した相手の遺書を手元に置いて、一息に毒をあおったんでしょう」

「最初の筋書きよりはマシかもしれんが、的はずれなのは一緒だな。そもそも心中という見立てが無理なんだよ。死んだのは二人とも男だった」

「言葉を返すようですが、お父さん。男どうしだからといって、頭からそういう関係を否定するのは時代遅れですよ。それに無理心中といっても、色恋沙汰《ざた》とは限らない」

「二人とも男だと言ったのは、そういう意味じゃない」

綸太郎のクレームを一蹴《いっしゅう》してから、警視はひょいとあごをしゃくって、

「もっとも、動機には色恋沙汰がからんでいるようだけどな。生前の二人は俗に言う恋敵というやつで、お互いに憎み合っていたのがわかっている。命がけで決闘したとしてもおかしくはないが、双方合意のうえで一緒に自殺することなどありえない」

綸太郎はぽかんと口を開けた。見当ちがいも甚だしい。最初から何も埋まっていない地面をせっせと掘り返していたようなものである。

「なんだかさっぱり要領を得ませんね。お父さんにはお父さんの考えがあるかもしれませんが、せめてもうちょっと具体的に、一から事件の説明をしてくれませんか」

2

「今週の日曜日の未明、港区白金台《しろかねだい》の分譲マンション〈エバーライフ白金台〉の敷地《しきち》で、男性の転落死体が見つかった。一一〇番通報したのは同じマンションの一階の住人で、午前零時を回った頃、屋外からドスッという衝撃音が響いてきたという。不審に思って様子を見に出たところ、外構の土間コンクリートに人が倒れていた。その場の状況から、救急車を呼ぶまでもなく、明らかに死んでいるとわかったそうだ」

「見つけた住人は、週末の夜に災難でしたね」

綸太郎が口をはさむと、法月警視は渋い顔でうなずいて、

「暗かったとしても、あまり見て気持ちのいいものではないからな。通報から十二分後、所轄の高輪《たかなわ》署員が現場に到着して、転落者の死亡を確認。遺体の発見位置から直上に当たる部屋を戸別に当たって、どの階から落ちたのか突き止めた。問題の部屋は八階でインターホンを鳴らしても応答がなく、玄関のドアも施錠されていない状態だった」

「玄関が施錠されていなかった？」

「ああ。ベランダに面した掃き出し窓も開けっぱなしで、室内に住人のフルネームを署名した手書きの遺書が残されていたことから、高輪署員は飛び降り自殺と判断した。事件性はないと見て、高輪署の霊安室へ遺体を移送したんだ」

「監察医は呼ばずにか。まあ、その場では自然な対応だったのかもしれませんが」

と綸太郎は当たりさわりのないコメントをして、

「その部屋の住人というのは？」

「益田《ますだ》貴昭《たかあき》、三十二歳。未婚のひとり暮らしだった」

「白金台の分譲マンションだと、結構な値段でしょう。三十そこそこですでに自分の城を構えていたとすれば、かなり裕福だったことになりますが」

「その通り、肩書きは社長だからな。青年実業家というやつで、従業員二十名ほどのイベント企画会社を経営していた。出身は福岡で、大学入学時に上京。在学中はイベント系のサークル活動に熱心で、インカレのパーティーやクラブ関係者の間でも、かなり知られた存在だったらしい。卒業後、その経験と人脈を生かして自分の会社を設立した」

あまり縁のない世界である。綸太郎は斜に構えた口ぶりで、

「学生サークル発のイベント・コンサル会社ですか。ちょっと前まではよくそういう

話を聞きましたが、不景気が続いて最近はすっかり下火になっているのでは？　それとも益田という人物、よっぽど経営の才覚に恵まれていたんですか」

「本人の実力もあるだろうが、周りのスタッフが有能だったみたいでね。ツイッターが流行《はや》りだした頃からSNS連動型のイベントに目をつけて、その後もLINEを通じた集客や運営のノウハウを積み重ねてきたらしい。特に学生時代からつるんでいた里西京佳《さとにしきようか》という同期の才媛《さいえん》がいて、表向きの肩書きは社長秘書となっているけれど、実際は彼女が会社を回しているようなものだろう。ここ数年は自治体の婚活イベントや街《まち》コンの企画なんかで、けっこう繁盛していると聞いた」

「それなら、社長が死んでもやっていけそうだ」

　綸太郎は適当に相槌《あいづち》を打ってから、

「益田貴昭は福岡出身で、未婚のひとり暮らしでしたね。ということは、遺体の身元確認もその里西京佳という秘書が？」

「うん。都内に親族がいなかったから、会社のスタッフの連絡先を調べて、彼女に高輪署の霊安室までご足労願った。ところが、八階の高さからコンクリートの地面に墜落したせいで、遺体のとりわけ顔面の損傷が激しくてね。普段そういうものを見なれていない人間には、とても正視できない状態だった」

「すぐに別人とわからなかったんですか」

綸太郎がたずねると、警視は含みのある目つきをして、

「その場ではな。秘書の里西は子供みたいに床にしゃがみ込んで、身元確認どころじゃなかった。念のため益田社長の血液型を聞いてみたけれど、頭が真っ白になって何型かおぼつかないという。後から記録を調べてもらって、O型という回答を得たんだが、現場鑑識から遺体はB型であるとの報告が上がってきてね。あらためて益田の部屋から本人の指紋を採取し、遺体と突き合わせたところ、まったくの別人と判明したんだ」

「その時点で、遺体の身元に関する手がかりは？」

「特にめぼしいものはなかった。携帯や免許証といった身元のわかる品はもちろん、それ以外の所持品も身につけていなかったんだ。遺体の指紋が、警察庁のデータベースに登録されていなかったことは言うまでもない」

綸太郎はあごをなでた。物盗《ものと》りのしわざではないだろう。個人の特定につながる所持品を何者かが持ち去った可能性が高い。八階のベランダから突き落としたのも、飛び降り自殺に見せかけるだけでなく、遺体の顔を傷つけて身元をわかりにくくする意図があったのではないか。

「遺体が別人となると、飛び降り自殺という当初の判断にも疑問が生じる。事件性を否定できないということだ。あくる月曜日、故人の身元と死因を究明するために司法

解剖が行われ、新たな事実が判明した。細かい所見は省いて結論から言うと、ホトケさんは八階のベランダから転落した時点で、すでに心停止状態だった可能性が高い」

「被害者は転落死したのではなく、すでに死んだ状態でベランダから落とされたことになりますね。直接の死因が何であれ、他殺の疑いが濃くなったと」

「うん。この段階で本庁に要請があり、高輪署に捜査本部を設けることになった。ところが解剖後の生化学検査でもうひとつ、妙なシロモノが出てきてね。遺体の肝臓から、キシロカインの代謝物が検出されたんだ」

「――キシロカイン？」

どこかで聞いた覚えがある。綸太郎は記憶の糸をたぐり寄せて、

「麻酔薬か何かでしたっけ」

「それだ。キシロカインというのは商品名で、正式には塩酸リドカイン。歯医者で抜歯する時とか、尿道にカテーテルを通す時なんかに、局所麻酔薬として使われるそうだが」

「そういえば、キシロカイン・ショックというのを聞いたことがあります。アレルギー体質だとアナフィラキシー反応を引き起こして、場合によっては死に至ることもある。ひょっとして、それが死因ですか？」

「いや、ショック死ではなかった」

「麻酔で体の自由を奪って、ベランダから突き落としたのかも」

「解剖医の所見では、それもちがうようだな。頭部の損傷がひどいので断定は避けていたが、転落時のものと思われる頭蓋骨《ずがいこつ》骨折や脳挫傷《のうざしょう》とは別に、脳と脊髄《せきずい》をつなぐ脳《のう》幹《かん》の部分に強い打撃を受けた痕跡《こんせき》が認められるそうだ。後頭部を殴られるかなんかして、脳幹の生命維持機能がストップし、呼吸困難から心停止を招いた可能性があるらしい」

「なんだかピンと来ませんね」

倫太郎は腕組みしながら、ちょっと口をすぼめて、

「他殺の疑いが濃かったら、遺体の身元が不明でも、通常の捜査を進めていけばいいんじゃないですか。〈エバーライフ白金台〉の防犯カメラとか」

水を向けると、警視の顔つきがとたんに渋くなった。

「それがさっぱり役に立たなくてな」

「おかしなことを言いますね。セレブ青年実業家が住むような今時のマンションなら、防犯カメラがないってことはないでしょう」

「いや、防犯システムは完備していたんだよ。もともとは管理会社が提携している防犯機器メーカーと五年間のレンタルリース契約を結んで、ちょうど事件の二ヵ月前、その更新期限を迎えたところだった。ところが、マンション管理組合の理事長がリー

ス費用が高すぎる、管理会社がキックバックを受け取ってるんじゃないかとケチをつけた。その理事長というのがワンマンというか、ひとりで暴走したみたいでね。あの手この手で組合員の住民を丸め込んで、別の業者に乗り換える合意を取りつけると、修繕積立金《つみたて》から購入費用を捻出《ねんしゅつ》して、新たな防犯カメラ一式を割安な価格で買い取った」

「その新しい防犯カメラが問題ありだったと？」

「その通り。稼働開始から一ヵ月もたたないうちに、あちこちで不具合が発生し、アフターケアを求めても梨《なし》のつぶてだった。新規契約したのがろくでもない業者で、粗悪な海外製品を売りつけて、そのまま夜逃げしてしまったらしい。さらに悪いことに、責任を問われた理事長が逆ギレして、管理組合そのものが機能停止状態に陥った。管理会社の方でも対応に窮して、だましだましシステムを稼働し続けているが、防犯カメラがまともに使えない状態で、すでに一ヵ月以上が経過していたことになる。ハードディスクレコーダーも横流しされた中古品で、満足に動画を再生することすらできない。鑑識で録画データの復元に努めているが、期待しないでくれと言われたよ」

「管理組合のトラブルが原因とは、とんだしわ寄せですね」

同情の念を口にすると、警視はつくづくとため息をついて、

「最近、よくそういう話を耳にするようになったがね。コスト削減も考えものだな。せっかく大層な設備を用意しても、いざという時に役に立たないんじゃ、住人だってたまったもんじゃない」

「だけどお父さん、防犯カメラの不調も偶然とは言いきれませんよ」

綸太郎はあえて注意を促した。警視はぴくりと眉を動かして、

「何だと？　管理組合の理事長がわざとカメラを使えなくしたというのか」

「そういう意味じゃありません。ぼくが言いたいのは逆で、たまたまマンションの防犯システムに不備があることを嗅《か》ぎつけた犯人が、それを好機と見て、再導入が決まる前に犯行に踏みきった可能性もあるんじゃないでしょうか」

「それはあるかもしれんな。防犯カメラが不調だからといって、わざわざそれを大っぴらにするわけにもいかない。録画しているという見せかけだけでも、犯罪の抑止効果はゼロではないからな。だとすれば犯人は、マンションの住人ないし関係者から、防犯カメラの現状に関する情報をあらかじめ得ていた可能性はある」

「あるいは、益田貴昭がその機会を利用したのかも」

と綸太郎は言った。

3

段取りを進める合図のように、法月警視は新しいタバコに火をつけた。

「防犯カメラや身元不明の遺体の件は別にしても、部屋の主《あるじ》である益田自身が事件に深く関与しているのはまちがいない。手書きの遺書が見つかったことから、ほかの場所で自殺を図った可能性も捨てきれなかった」

「行方を突き止めるのに、だいぶ時間がかかったようですね」

聞き方が癪にさわったのか、警視は肩をすくめるようなしぐさをして、

「土曜日の夜から携帯の電源が切られていたし、秘書の里西も立ち回り先には心当たりがないと言っていた。ただ、霊安室での芝居じみた態度も含めて、彼女の言動にはちょっと怪しいところがあってね」

「というと？　遺体の身元確認に消極的だったからですか」

「いや、それだけならよくあることだけどな」

警視は切れ切れに煙を洩らしながら、もったいぶった口ぶりで、

「益田の遺書を見せた時の反応が嘘っぽかった。罫線《けいせん》の入った便箋《びんせん》一枚に、ボールペンでしたためたもので、『すべての責任は私の未熟さにあり、死をもってその過ちを

償う』という文章が綴《つづ》られていたんだがね。高輪署員が自殺の理由について里西に事情を聞いたところ、何も思い当たるふしはないと答えたそうだ」

「でも、それは霊安室に呼ばれた直後でしょう。頭が真っ白になって、正常な判断力を失っていたんじゃないですか」

「対応した高輪署員の話だと、本人が言うほど度を失っていたわけでもないらしい。具体的な心当たりがあるのに、わざと口をつぐんでいる感じだった。無理に問い詰めなかったのは、その時点ではまだ、益田が自殺したと思われていたせいだ」

「そうか。マークが厳しくなったのは、遺体が別人だと判明してからですね」

「ああ。益田が連絡してくるかもしれないので、里西はしばらく泳がせて様子を見ることにした。遺書の内容についても、彼女の返事は当てにならない。『死をもってその過ちを償う』という文句は、黙って見過ごせないからな。最近、社長の身の回りで不祥事やトラブルがなかったか、ほかの社員に話を聞いてみると、プライベートで厄介な問題を抱《かか》えていたことがわかった。結婚を前提に交際していた女性をめぐって、別の男性と三角関係が生じていたという」

やっと本丸が見えてきた。綸太郎は膝《ひざ》を乗り出して、

「結婚を前提に交際していた女性というのは？」

「津村《つむら》あかり、二十七歳。家柄のいい資産家のひとり娘で、ミッション系の女子大を

出た後、NPO法人の動物愛護団体で役員と事務局職員を兼務していた。去年、益田の会社が啓蒙《けいもう》イベントの企画を請け負ったのが知り合ったきっかけだが、イベント担当者によると、社長の益田が彼女に一目惚《ひとめぼ》れして、猛烈にアタックを開始したらしい。清楚《せいそ》で志の高い新恋人との関係は、社内でも注目の的になっていた」

「動物愛護団体のNPO役員か。資産家のお嬢様の道楽ですか？」

綸太郎が皮肉っぽく言うと、警視はタバコの先を左右に振って、

「そう馬鹿にしたもんでもないぞ。まっとうな活動をしている優良団体で、着実に実績を積み重ねている。育ちのよさが幸いして、資金管理や運営もしっかりしていたようだ。学生サークルから成り上がった益田のような男にしてみれば、津村あかりという女性は、高貴なマドンナみたいに見えたんだろう」

「ちょっと待ってください」

綸太郎は父親の古風な物言いをさえぎって、

「社長秘書だった里西は、益田と男女の関係はなかったんですか」

「それはまあ、推して知るべしだな。社内の声を聞いた感じだと、彼女は益田社長と津村あかりの交際を快《こころよ》く思っていなかったようだ。学生時代からの密な関係をないがしろにして、ほかの女に夢中になるのが許せなかったのか、それとも津村あかりの人柄に感化されて、益田のビジネス感覚が鈍《にぶ》るのを嫌ったのか、どっちとも言いきれ

ないが」

「仮に前者だとすると、益田の遺書について思い当たるふしがないと言ったのは、嫉《しっ》妬《と》がからんでいたせいかもしれませんね」

「まあ、そう先走るなよ。まだ話していないことがあるんだが、物事には順番というものがあるからな」

思わせぶりな言い方だったが、綸太郎は父親のペースに任せて、

「ごもっとも。益田貴昭の恋敵というのは、どんな人物ですか？」

「市ノ瀬《いちのせ》篤紀《あつのり》という二十九歳の薬剤師だ。こっちは茨城の出身で、都内の薬科大学を卒業後、薬剤師資格を得て、墨田区の調剤薬局に勤めていた」

「津村あかりと知り合ったきっかけは？」

「それも動物愛護団体がらみでね。市ノ瀬は学生時代から、製薬会社の動物実験に関心があったらしい。津村あかりのＮＰＯは、無制限な動物実験に反対する講演会を定期的に開いていた。たまたまその講演会に参加した市ノ瀬は、彼女が動物の権利保護を訴える姿を目の当たりにして、熱烈な信奉者になってしまったのさ。ボランティアとしてＮＰＯの活動を手伝いながら、津村の勧めで動物薬剤師の勉強を始めた。大学付属の動物病院の求人を探しては、せっせと応募していたらしい」

動物好きのマドンナをめぐって、イベント企画会社の社長と薬局勤めの薬剤師が競

い合う。まるで往年のトレンディドラマみたいな構図である。

「その三角関係が深刻なトラブルに発展したわけですか」

「トラブルどころか、取り返しのつかない破局だよ。津村あかりは二人の男の板ばさみになって悩んだあげく、今から二ヵ月ほど前、発作的に首吊《くびつ》り自殺《じさつ》を図った」

倫太郎は思わず息を呑《の》んで、

「首吊り自殺を？　亡くなったんですか」

「一命は取りとめた。ただ脳のダメージが大きくてね。かろうじて意識はあるようだが、混濁がひどくて、ほとんど意思疎通できない半植物状態が続いているそうだ」

倫太郎はかぶりを振った。見方によっては、死ぬより辛《つら》い結果かもしれない。

「自殺を図った直接のきっかけは？」

「遺書がなかったので、直接のきっかけが何だったかはわからない。ミッション系の出身だと言ったが、クリスチャンではなかった。もともと思い詰めやすいタイプだったようで、高校時代にはリストカットの経験があるらしい。だとしても、それに先立つ数週間のふさぎ込んだ様子から、益田と市ノ瀬のどちらか、あるいは両方が原因になったのはまちがいないだろう。家族や親しい友人、NPOの関係者も口をそろえてそう言っている。特に後から事情を知った両親が激怒してね。どんなに頭を下げても、絶対におまえたちを許さない。見舞いに来るなどもってのほかだし、容態が好転

して も、二度と娘には会わせないと、さんざん二人を罵倒《ばとう》した」

「二人とも同じ扱いか。益田と市ノ瀬は、それで納得したんですか」

「するわけがないだろう」

警視はあごで指すようなしぐさをして、

「周囲の人間にあらためて確認したところ、津村あかりが自殺を図った原因はお互いのせいだと非難し合って、二人とも譲らなかったそうだ。直接のきっかけがはっきりしなかったせいで、責任転嫁合戦がエスカレートしたんだろう。命がけで決闘してもおかしくないほど憎み合っていたというのも、けっして誇張《こちょう》ではないんだ」

「なるほど。お父さんの話を整理すると、〈エバーライフ白金台〉の八階から突き落とされた遺体の身元は、市ノ瀬篤紀だったことになりますが――」

「整理するも何も、最初にそう言わなかったか」

涼しい顔でそう告げると、警視は軽く咳払《せきばら》いしてから、

「初動で後れを取ったが、市ノ瀬との確執が浮上したので、彼が住んでいる〈メゾンオークラ〉にも捜査員を送ることにした。こっちは墨田区押上《おしあげ》にある築二十五年の賃貸マンションで、防犯カメラやオートロック等《など》の設備はない」

「押上というと、東京スカイツリーのお膝元ですか」

「だな。ただし市ノ瀬の住所は、押上駅をはさんでスカイツリーの反対側、古くから

の住宅地になる。向島警察署の管内でわりと治安のいいところだが、新しくできたソラマチに客が流れて、地元の商店街なんかはすっかり寂《さび》れた感がある」

「灯台もと暗しというやつですね」

と綸太郎は合いの手をはさんで、

「捜査員が〈メゾンオークラ〉を訪ねたのはいつですか？」

「月曜日の夕方だ。市ノ瀬の部屋はマンションの二階で、玄関のドアは施錠された状態だった。ブザーを鳴らしても応答がないので、マンションを管理している不動産業者に鍵《かぎ》を開けてもらって、捜査員が踏み込むとワンルームの居室で男が死んでいた。遺体のそばに飲みかけの緑茶ペットボトルとコップ、それに市ノ瀬篤紀と署名された手書きの遺書が残されていたが、死んだ男の顔は益田の手配写真と同じだった」

市ノ瀬の部屋は密室状態で、誰かと争ったり遺体に手が加えられたりした形跡はなかった。二つの現場から採取された生活指紋を比較照合した結果、〈メゾンオークラ〉の遺体は行方不明だった益田貴昭、〈エバーライフ白金台〉の転落死体が市ノ瀬篤紀であることがあらためて確認されたという。

「益田は服毒死したんですよね。緑茶の中に毒物が？」

「うん。死因は急性ヒ素中毒で、ペットボトルとコップの両方から相当量のヒ素化合物が検出された。死亡推定時刻は、日曜日の昼十二時から午後四時までの間。ずっと前に製造中止になった殺鼠剤《さっそざい》が使われたようで、入手先の特定はむずかしい」

「ペットボトルとコップの両方というのは？」

「殺鼠剤は粉末タイプでね。益田は毒を溶かすため、先にペットボトルに入れてよく振ったんじゃないかと思う。それをコップに注いで飲んだので、ペットボトルの残りからも毒が検出されたんだ」

「どうしてそんな二度手間を？　ペットボトルから飲めばいいのに」

綸太郎が首をかしげると、警視は見てきたようなしたり顔で、

「後からわかったことだが、益田はかなりの潔癖症だったらしい。一度でも他人の口が触れたボトルには、けっして口をつけなかったそうだ。ペットボトルの緑茶は、市ノ瀬が栓を開けて飲んだ残りを冷蔵庫に入れておいたものと見られ、ほかに飲料はなかった。益田はじかに口をつけたくなかったから、水道水で洗ったコップに移し替えたんだろう」

「潔癖症か」

それなら仕方ない。たとえ死を覚悟していても、身に染《し》みついた習慣はそう簡単に変えられないものだ。見方を変えると、わざわざコップに移し替えたことが、益田自身の意志で毒入り緑茶を飲んだことの裏付けになっている。

「市ノ瀬の遺書の内容は？」

「文章にちがいはあるが、内容は益田の遺書とほぼ同じ。『すべての責任は私の未熟さにあり、死をもってその過ちを償う』云々《うんぬん》というやつだ。具体的な名前は伏せているが、関係者が読めば、津村あかりの自殺未遂のことだとわかる。筆跡鑑定でも市ノ瀬の自筆と認められたし、不審な細工や偽造の跡も見当たらなかった」

警視が話し終えると、綸太郎はフーッとため息をついた。やたらと情報が錯綜《さくそう》しているけれど、一歩引いて見れば、振り出しに戻ったのとそう変わらない。

「時系列から考えて、土曜日の夜、白金台のマンションの一室で、二人の男が命がけの決闘をしたのはまちがいなさそうですね。だとすると、最初に思いついた心中シナリオ二号の改訂版が使えるかもしれない」

「改訂版というと？」

「益田と市ノ瀬は二人とも、津村あかりが自殺を図った原因が自分ではなく、相手の側にあると確信していた。ですが彼女の話が聞けない以上、二人の主張はどこまで行っても水掛け論にしかなりません。そこで彼らは、究極の解決法に手を出した。二人それぞれが自分の非を認める遺書を用意したうえで、命がけの決闘に臨んだわけです。果たし合いの結果、市ノ瀬が敗れた――仇敵《きゅうてき》の死体をベランダから突き落として、益田は意気揚々と自宅マンションを後にする」

警視が不満そうに鼻を鳴らしたが、綸太郎は聞こえないふりをして、

「現場は自分の部屋ですが、市ノ瀬の遺書だけそこに残しておけば、単独の飛び降り自殺として処理されるだろう。そう高をくって自分の遺書を持って逃げたつもりが、仇敵を打ち負かした気の緩《ゆる》みから、うっかり市ノ瀬の遺書を持ち出してしまった。現場を離れてから致命的なミスに気づいたものの、騒ぎになっている自宅へはもう戻れない。絶望に打ちひしがれた益田は、死に場所を求めて市ノ瀬の自宅へ向かう。犯行を告白するかわりに、自分が殺した相手の遺書を傍《かたわ》らに置いて毒をあおった、というわけです」

綸太郎が言葉を切ると、警視は話にならないという顔をして、

「よっぽどその筋書きに未練があるようだが、さっきも的はずれだと言ったはずだ。益田が毒を持ち歩いていた理由がわからんし、そもそも相手を自殺に見せかけるつもりなら、わざわざ自分の部屋を対決の場に選ぶわけがない」

「毒は市ノ瀬に飲ませるために用意したのでは？　それに対決の場を選んだのは、市ノ瀬の方だったかもしれませんよ。ちょうど防犯カメラが不調だったわけですし」

「だとしても、益田が簡単に首を縦に振るものか。それだけじゃない。まだ話には続きがあって、近隣住民への聞き込みから新たに判明した事実がある。おまえのポンコツな筋書きでは、その新事実に説明がつかないんだよ」

父親から理不尽にポンコツ呼ばわりされても、綸太郎はぐっと我慢して、

「新たに判明した事実というと？」

「防犯カメラが役に立たなかったから、〈エバーライフ白金台〉周辺の近隣住民にも二人の顔写真を見せて、犯行当夜の目撃証言を募《つの》ったんだ。市ノ瀬に関しては、特にめぼしい証言は得られなかったが、益田の行動について思いがけない当たりを引いた。日曜日の朝七時過ぎ、警察の現場検証が終わって、マンション前の路上に集まっていた野次馬が散り始めた頃、益田貴昭と見られる人物が付近に現れていたらしい」

「益田が？　犯行の七時間後に？」

「ある近隣住民の証言によれば、たまたま通りかかった男に、何か事件でもあったんですかと聞かれたので、何とかいう青年実業家が飛び降り自殺したらしい、と聞きかじりの返事をしたそうだ。するとその男は急にうろたえて、周りの目を気にしながら、早足にその場を立ち去ってしまったというんだ」

「急にうろたえて、その場を立ち去った！」

綸太郎は目をみはりながら、思わず早口になって、

「だとすると益田らしき人物は、市ノ瀬が死んだのを知らなかったことになる。それどころか、土曜の夜から翌朝にかけて、自宅近くにいなかった可能性も――」

「だろうな。普通に考えれば、そういうことになる」

「待ってください。さすがにそれは怪しすぎる。証言は信用できますか」

ダメ元で食い下がってみたけれど、警視は自信たっぷりに、

「その場に居合わせた別の住民にも確認して裏を取った。証言は動かないよ」

「益田の芝居という可能性は？　犯行に関与していない印象を与えるため、面識のない第三者の前で、わざとうろたえたふりをしたんじゃないですか」

警視は眉間《みけん》にしわを寄せながら、嚙《か》んで含めるような口ぶりで、

「絶対にないとは言わないが、そんな芝居をする元気があるなら、押上のワンルームへ行って毒を飲んだりしないだろう。おまえのポンコツな筋書きじゃないけれど、市ノ瀬殺しを認めるのと変わらない行動なんだから」

「言われてみればそうですね。せめて犯行当夜の益田の足取りがわかるといいんですが。〈エバーライフ白金台〉の防犯カメラが役に立たないのは痛いな。近所のコンビニかどこかの防犯カメラに、益田の姿が映ってませんかねえ」

綸太郎がぼやくと、警視はすかさず目を光らせて、

「まさにそれだ。捜査本部でもおまえと同じ意見が出てね。現場付近のコンビニや駐車場をしらみつぶしに回って、土曜の夜から日曜の朝にかけての防犯カメラ映像を提供してもらったんだ」

「その中に日曜の朝、益田が自宅マンションへ向かう映像が？」

「あいにく、それらしい姿はなかった。周辺の道路をすべてカバーしているわけじゃ

ないから、その気になれば監視の目をかいくぐることはできる。益田も人目につかないコースを選んだんだろう。それでも無駄骨折りにはならなかった。あるコインパーキングの防犯カメラ映像を精査したところ、もっと興味深い人物が映っていたんだ」

「もっと興味深い人物？　誰ですか」

「益田の秘書の里西京佳だよ」

警視はにやりとしながら、勝ち誇ったような声で、

「しかも、映っていた時間帯が重要だ。日曜日の午前零時十五分頃、〈エバーライフ白金台〉から白金高輪駅方面へ向かう路上を、急ぎ足で歩いていく姿が記録されていた」

綸太郎はごくりと唾《つば》を呑んだ。

「午前零時十五分頃？　それは市ノ瀬が突き落とされた直後じゃないですか！」

4

「――ここらへんで一息入れて、熱いコーヒーでも飲みたいところだな」

悠然とタバコを吹かしながら、法月警視が言った。

話の続きが気になって、居ても立ってもいられない気分だが、ここで父親に逆《さか》らっ

ても始まらない。綸太郎は黙って席を立ち、コーヒーを沸かす支度《したく》に取りかかった。

「どうぞ」

できたてのコーヒーをカップに注ぐと、警視はブラックのまま口をつけて、

「ん？　なんだかいつもより苦くないか」

「途中で眠くならないように、濃いめにしたんですが」

「もしかして、おまえの推理をポンコツ呼ばわりしたのを根に持ってないか」

「それはいいんですけどね。大事な情報を出し惜しみする方が問題ですよ」

「そうへそを曲げるなって。まどろっこしいかもしれないが、おまえの当て推量を頼りにしてるんだ。先入観に引きずられて、何か見落としているような気がするんでな」

ごまかされたような気もするが、綸太郎は大目に見ることにして、

「里西京佳は、市ノ瀬の死に関与していることを認めたんですか？」

単刀直入にたずねると、警視はコーヒーの苦みをニコチンで中和するみたいに、たっぷり吸い込んだ煙をちびちびと吐きながら、

「そうせっつくな。彼女が現場付近の防犯カメラに映っているとわかったのは、昨日遅くなってからのことだ。さっそく今朝一番に呼び出して、任意で事情を聞いた。最初は身に覚えのないふりをしていたが、防犯カメラの画像を見せたらやっと観念して

ね。土曜日の夜、白金台のマンションに足を運んだことを認めたよ」

「どうして彼の部屋に？」

「ほかでもない、益田本人からそうするように頼まれたというんだ」

「それはいつのことです」

「土曜日の午前中、業務連絡でオフィスに顔を出した際、益田から口頭で指示されたそうだ。その日の午後十一時までに、なるべく人目につかないようにして、白金台の彼の部屋まで来てくれと。自分も後から合流するので、それまでの間、部屋の灯《あか》りを消して静かに待機するように、と命じられたという。その時、本人からスペアキーを預かった」

「解《げ》せませんね。何のためにそんな指示を？」

「今は理由を明かせないが、後からきちんと説明すると言われたらしい。会社と自分の地位を守るために、どうしても必要な措置なのだとも。こんなことを頼めるのは、ずっと一緒にやってきたきみしかいないと懇願《こんがん》されて、里西も断れなかった」

　倫太郎は脳細胞を刺激するため、自分もコーヒーをすすってから、

「妙な頼みですね。アリバイ工作が目的なら、部屋が無人であるかのように装って待機させても意味がない。益田は後から合流すると、彼女に言い含めたんですよね。キシロカインで眠らせた市ノ瀬を、二人がかりでどこかへ運ぼうとしていたのかな」

警視はあまり気乗りのしないため息をついて、

「それはどうかわからん。ともかく里西は社長の言いつけ通り、午後十一時に〈エバーライフ白金台〉に忍び込み、暗い室内でじっと息をひそめて、益田の帰りを待った」

「それから？」

「動きがあったのは四十分後。玄関ドアを開ける音がしたので、やっと社長が来たと思い、里西はすぐ迎えに出た。ところが入ってきた人物は、室内に誰かいるとは思ってなかったらしい。一瞬立ちすくんだように見えたが、次の瞬間、無言で襲いかかってきたという。何がなんだかわからず、暗闇の中、里西は死に物狂いで侵入者に抵抗した。真っ暗な部屋で待機していたのが幸いしたんだろう。暗さに目が慣れていたのと、どこに何があるか漠然と把握していたおかげで、相手より有利に立ち回れたみたいでね。ローテーブルに向こうずねをぶつけて、片足立ちになった侵入者に向かって、思いきり体当たりしたそうだ。相手はバランスを失って後ろ向きに倒れ、受け身も取れずに後頭部を強打した」

綸太郎は市ノ瀬篤紀の解剖所見を思い出して、

「転落時の損傷とは別に、脳幹に強い打撃を受けた痕跡が認められる——それが市ノ瀬の死因になったわけですか」

警視は灰皿にタバコの灰を落としながら、目でうなずいて、

「今のところはそうだな」

「彼女の話が本当なら正当防衛を主張できそうですが、まだ何とも言えませんね。侵入者を返り討ちにした後の行動について、里西京佳はどんな供述を？」

「どうにか身の危険を脱して、ほっとしたのもつかの間、自分を襲った男が息をしていないのに気がついて、いっぺんに恐怖がぶり返したらしい。最初は見ず知らずの相手かと思ったが、倒れている男の顔に見覚えがある。自殺を図った津村あかりをめぐって、益田と激しく対立していた人物の名前を思い出すのに、時間はかからなかった」

「ちょっと待って。彼女は市ノ瀬と面識があったんですか？」

綸太郎が口をはさむと、警視は先を越されたような顔で、

「面識というか、市ノ瀬のことは前から知っていた。まだ津村あかりが元気だった頃、益田から彼の身辺調査みたいなことを頼まれていたらしい」

「身辺調査か」

綸太郎は目をすがめながら、かぶりを振って、

「秘書を使って、ライバルを蹴落《けお》とす弱みを探ろうとしたんでしょうか」

「具体的な理由については口を濁《にご》していたが、たぶんそういうことだろう。侵入者の

正体を知った里西は、状況を報告して益田の指示を仰ぐため、彼の携帯にかけてみたけれど、電源が切られているようで連絡がつかない。その時は怖《おそ》ろしさが先立って、警察を呼ぼうとは考えもしなかったそうだ」

「本当にそうかな。真っ先に益田の指示を仰ごうとしたのは、どうして彼の部屋に市ノ瀬が現れたのか、彼女なりに思い当たることがあったからでは？」

態度を決めかねていると、警視はしかつめらしい顔をして、

「いや。何が起こっているのか、想像もつかなかったというんだがね。人を死なせてしまったショックで、ほかのことに頭が回らなかったと弁解している。ただ、口で言うほど冷静さを失っていたわけでもないらしい」

「というと？」

「部屋の灯りは消したまま、スマートフォンのライトを頼りに、死んだ男の着衣と所持品を調べたそうだ。ピンチを脱する手がかりがあるんじゃないかと期待して、腫《は》れ物《もの》に触るように市ノ瀬の 懐《ふところ》 を探ったところ、益田貴昭の署名が入った手書きの遺書が見つかった」

少しずつ事実が明らかになっていく。綸太郎はこめかみを指で押さえながら、

「市ノ瀬が書いた方の遺書は？」

「そっちはなかった。益田の遺書だけだ。もちろん里西京佳がそう言ってるだけだ

が、今のところそれを覆す根拠もない」

「それはそうだ。益田の遺書を見つけて、彼女はどんな反応を？」

矢継ぎ早に問うと、警視はおもむろに新しいタバコに手を伸ばし、

「社長のトラブルに巻き込まれたとしても、本人と連絡が取れないので、対処のしようがない。益田の心配をするより、市ノ瀬の死体をどうにかする方が先だと思った。不可抗力とはいえ、自分のしたことが明るみに出れば、社会的制裁を免れないからな。せっかく遺書があるのだから、自殺に見せかけられるんじゃないかとひらめいた」

「それはつまり、死体の身元すり替えをもくろんだということですか」

警視は微妙な顔をした。返事を引き延ばすように、ひとしきりタバコを吹かしてから、ためらいがちに首を横に振って、

「その気があったのはたしかだが、とっさの思いつきでしたことで、あまり深い考えはなかったようだ。八階の高さから突き落とせば死体の頭がつぶれて、本当の死因は見過ごされるだろう。遺書は益田のものだから、死体の身元がわかる品は残しておかない方がいい。一度そう決めてしまうと、乱れた気持ちがふっきれたと」

「うーん。だとしても、手口がずさんすぎやしませんか」

「それはそうだが、状況が状況だからな。その時はどうにかなりそうな気がしたらし

い。市ノ瀬の所持品をはぎ取って死体をベランダまで引きずっていくと、頭を下に向けて地面に突き落とした。それが深夜零時を回った頃で、里西は市ノ瀬の所持品を持って、現場から逃げ出したというわけだ。転落死体が見つかったどさくさにまぎれて、マンション住人に目撃されなかったのは、たまたま運がよかったからにすぎない」

「部屋を去る時、玄関ドアの錠をかけなかったのは？」

「ドアをロックしたら、益田からスペアキーを預かったことがばれてしまうと思ったらしい。まあ、それも筋の通らない考え方なんだが」

いつも以上に「らしい」を連発しているのは、それだけ供述の裏取りに苦労しているということだろう。綸太郎ももどかしさを共有しながら、

「その後の彼女の足取りは？」

「マンションから白金高輪駅まで徒歩で移動し、東京メトロの終電で奥沢《おくさわ》の自宅まで戻った。駅までの移動中に、コインパーキングの防犯カメラに映ってしまったわけだ」

「市ノ瀬の所持品は？　どこかで処分したんですか」

「いや、途中で捨てようにも捨てられず、自宅まで持ち帰っていた。事情聴取の後、とりあえず死体遺棄容疑で逮捕、令状を取って奥沢の自宅マンションを捜索したら、

彼女の供述通り、市ノ瀬の所持品が見つかったよ」

「市ノ瀬は益田の部屋のスペアキーを所持していたはずですが」

綸太郎が念を押すと、警視は自明のことのようにうなずいて、

「もちろん、スペアキーも押収した。どうやって入手したか、未《いま》だに不明だが」

「わからないことだらけですね。益田は毒を飲むより先に、面倒な役回りを押しつけた里西に連絡して、事態を収拾しようとしなかったんでしょうか？」

「いや。結局、土曜日の午前中、オフィスで話をして以降、二人は一度も連絡を取り合ってない。里西も彼が自殺するとは思っていなかったようだ。月曜日の夜、遺体の身元確認を徹底するため、もう一度彼女を呼び出したんだがね。俺もその場に立ち会って、最低限の事実を伝えたら、『まさか彼がそんなことを。よっぽど切羽《せっぱ》詰まっていたのね』と声を詰まらせていたよ」

「ひょっとして、その台詞《せりふ》も芝居だったのでは？」

「あれは本心だと思うけどな。何か引っかかることでもあるのか」

綸太郎は所在なく、テーブルの上に人さし指で丸を描きながら、

「引っかかるというか、彼女の言動があまりにも支離滅裂なので。高輪署に呼ばれて身元確認を求められた際、里西は社長の死体とは言わなかった。嘘の返事をしておけば、別人と疑われることもなく、そのまま自殺として処理されたかもしれないのに」

警視はちょっと顔をしかめると、どこか他人事みたいな口ぶりで、

「呼ばれた時点で、死体の身元偽装は無理だと見切りをつけたのかもしれないぞ。血液型も一致しないし、虚偽の証言をして後からそれがばれたら、かえって自分が不利になる。彼女の供述通りなら、益田と市ノ瀬の不可解な行動に振り回され、理不尽な目に遭わされた被害者という見方もできるだろう。そんな立場に追い込まれた人間が、首尾一貫した行動を取れるわけがないじゃないか」

「そうかもしれません。彼女の供述を真に受けるなら」

ぶっきらぼうに付け足すと、警視はがらりと表情を変えて、

「おまえは里西京佳の供述が信じられないと言うんだな。揉《も》み合《あ》ったはずみで市ノ瀬を殺したというのも、彼女の作り話だと？」

綸太郎はぎくしゃくとかぶりを振って、

「全部が嘘だとは言いません。ただ、彼女の話は肝心なところをごまかしているような気がする。お父さんもそう思ったから、ぼくに事件の話をしたんでしょう？」

警視はフンと鼻を鳴らすと、お手上げみたいなポーズをして、

「おまえの言う通りだよ。あまりにもあやふやなところが多すぎる。死人に口なしで、益田と市ノ瀬から話を聞くこともできない。里西の主張を突き崩そうにも、どこから手をつけたらいいかわからないんだ」

　綸太郎は目をつぶってうなだれた。

　親父さんの言う通り、どこから手をつけたらいいのかわからない。そもそも二人の死者がどうしてあべこべの遺書を所持していたのか、その理由すらおぼつかなかった。

5

　――いや、ちょっと待てよ。

　ひとつ見落としていたことがある。市ノ瀬篤紀の肝臓から、局所麻酔に用いられるキシロカインの代謝物が検出されたことだ。アナフィラキシー反応の可能性は否定されているけれど、たしかアレルギーを持たない患者でも、使い方によっては中毒症状を起こすことがあるのではないか？

　綸太郎はぱっと目を開けると、バネ足人形のように立ち上がった。

「おい、どうした？」

「ちょっと調べたいことが」

　それだけ言い残して、あっけに取られている父親を尻目《しりめ》に自分の書斎に引っ込んだ。

仕事用のパソコンを起動し、ウェブブラウザを開く。検索窓に「キシロカイン」と打ち込んで、医療用医薬品のデータベースにアクセスした。出てきた画面をスクロールして、キシロカインの「副作用（過量投与）」に関する情報に目を走らせる。

【過量投与】

局所麻酔剤の血中濃度の上昇に伴い、中毒が発現する。特に誤って血管内に投与した場合には、数分以内に発現することがある。その症状は、主に中枢神経系及び心血管系の症状としてあらわれる。

【徴候、症状】

・中枢神経系の症状：初期症状として不安、興奮、多弁、口周囲の知覚麻痺《まひ》、舌のしびれ、ふらつき、聴覚過敏、耳鳴、視覚障害、振戦等があらわれる。症状が進行すると意識消失、全身痙攣《けいれん》があらわれ、これらの症状に伴い低酸素血症、高炭酸ガス血症が生じるおそれがある。より重篤な場合には呼吸停止を来《きた》すこともある。

・心血管系の症状：血圧低下、徐脈、心筋収縮力低下、心拍出量低下、刺激伝導系の抑制、心室性頻脈及び心室細動等の心室性不整脈、循環虚脱、心停止等があらわれる。

綸太郎は父親向けにそのページをプリントアウトすると、ささやかな自己満足のために書棚の本の一節を暗記してから、意気揚々とダイニングに戻った。法月警視はうんざりしたような顔で、盛大にタバコの煙を吹かしていた。

「まったくおまえときたら。何の説明もなく、いきなり出ていくやつがあるか」

「まあ、そういきり立たないで。とりあえず、この説明書きを読んでください」

プリントアウトした紙を渡すと、警視はのけぞるような格好で目をこらしながら、

「頼むから印刷する時は、もっと大きな字にしてくれないか」

とこぼすと、きょろきょろとテーブルの上を見回す。綸太郎は夕刊の下に隠れていた老眼鏡を見つけて、恭《うやうや》しく父親に差し出した。

「おお、すまんな」

親父さんがキシロカインの医薬品情報に目を通している間に、コーヒーをいれ直すことにした。今度はさっきほど濃くしないで、ミルクと砂糖を加えた。そろそろ脳細胞に糖分補給が必要な頃合いだ。

「――意識消失、全身痙攣か」

説明書きに目を通した警視は、甘くしたコーヒーに舌鼓を打ちながら、

「これを読んで思い出したが、警務部の知り合いが以前、歯医者の麻酔で気を失ったことがあると言ってたな。急に気分が悪くなって、めまいを起こし、十五分かそこら

意識をなくしていたそうだ。医者の説明によると、アレルギー性のキシロカイン・ショックではなく、歯茎の傷から血管に麻酔が入って中毒を起こしたらしい」

「なんだ。先にその話をしてくれたら、わざわざ調べなくてもすんだのに」

綸太郎がぼやくと、警視は老眼鏡をはずしてこっちをにらみつけ、

「その症状が市ノ瀬の行動と関係があるのか」

「大ありですよ。市ノ瀬は薬剤師だったんですから」

「じゃあ、キシロカインは彼が自分で服用したものだと？」

綸太郎はうなずいた。警視はまだ半信半疑の表情で、

「さっきみたいな思いつきでなく、ちゃんと根拠のある話だろうな」

「思いつきにはちがいありませんが、根拠ならありますよ。ただその話をする前に、ひとつ確認しておきたいことがある」

「言ってみろ」

「里西京佳の自宅マンションから押収した市ノ瀬の所持品ですけど、その中に〈メゾンオークラ〉の部屋の鍵はありましたか」

質問が的を射ていたのだろう。警視はぎょろりと目をむいて、

「たしかに市ノ瀬の部屋の鍵はなかった。あったのは、益田の部屋のスペアキーだけだ。どうして〈メゾンオークラ〉の鍵がないとわかった？」

「その鍵が益田の手に渡っていたからです。そうでないと、市ノ瀬の部屋に入れない」

単純明快な説明に、警視は目が覚めたような顔をして、

「言われてみればそうだ。しかし、ならどうしてその鍵が益田の手に？」

「市ノ瀬から盗んだんでしょう」

「ちょっと待て。言うのは簡単だが、いつどこでそんな機会が？」

「どこで盗んだかはわかりません。でも、盗む機会は十分にあった。市ノ瀬が自らキシロカインを服用して、意識を失っていた間です」

法月警視はじれったそうに手を上下させて、

「おまえがいったい何を言いたいのか、俺にはさっぱりわからん。にやついてないで、もっと意味がわかるように説明してくれ」

「命をかけた決闘ですよ。ただし、銃や剣を使うものじゃない。江戸《えど》川乱歩《がわらんぽ》の『吸血鬼』に出てくるような毒薬決闘です。ワインを注いだ二つの〈死のグラス〉の片方に致死量の毒が混ぜてある。二人の決闘者は、いずれかのグラスを選んでワインを飲み干さなければならない。乱歩先生は次のように書いています――〈彼らはめいめい『自殺』の遺言状をチャンとふところに用意して、杯を飲みほしたならば、そのまま部屋に帰って蒲団の中へもぐりこみ、しずかに勝敗を待つ約束であった。遺言状はお

たがいに見せあって、一点の欺瞞《ぎまん》もないことがたしかめられていた〉」

「――めいめいが遺書を用意したうえでの毒薬決闘か」

法月警視はそうつぶやいたものの、まったく腑《ふ》に落ちない表情で、

「だが、それはさっき俺がダメ出しした心中シナリオの改訂版と同じじゃないか。里西京佳の供述はもちろん、益田貴昭の生前の行動から見ても、二人が〈エバーライフ白金台〉で命がけの決闘をした可能性はないに等しい」

「ええ。対決の場に選ばれたのは、白金台のマンションではありません」

「じゃあ、二人の決闘は〈メゾンオークラ〉の市ノ瀬の部屋で行われた？」

「それもちがいます」

綸太郎はきっぱりと首を横に振って、

「もし二人が本気で毒薬決闘を行うつもりだったら、どちらが死ぬかわからない以上、双方の自宅を対決の場に選びはしないでしょう。決闘はいずれの自宅でもない、第三の場所で行われたはずです」

「その第三の場所とは？」

「今の段階では、津村あかりと縁のある、どこか人目につかない場所としか言えません。ただ、その場所を選んだのは市ノ瀬の方だと思います。毒薬決闘を持ちかけた張

本人は、市ノ瀬だったとしか考えられない。その決闘は仕組まれた罠《わな》で、本当の狙《ねら》いは益田に〈一点の欺瞞もない〉自筆の遺書を書かせることだからです」

「自筆の遺書を？　どういうことだ」

「自殺に見せかけて益田を殺害するつもりだったんです。自筆の遺書さえあれば、偽装は容易ですから。遺書を手に入れるために、市ノ瀬は手のこんだシナリオを書いた。毒薬決闘という名目で益田に自筆の遺書を書かせ、何らかの方法で自分の遺書とすり替える。その後、彼を自殺に偽装して殺すというのが、市ノ瀬のもくろみだったわけです」

　警視は寄り目がちの思案顔になったが、じきにいがらっぽい声で、

「おまえの言いたいことはわからんでもないが、そんな回りくどいことをするより、最初から一か八かで、本物の毒薬決闘を挑めばよかったのでは？」

「市ノ瀬もそこまで腹をくくれなかったんでしょう。それ以上に彼は、益田のことを信じていなかった。正々堂々と毒薬決闘を挑んでも、益田は何かインチキをして生き延びようとするにちがいない。その裏をかいて、確実に仇敵を葬る策を練ったと思います」

「具体的には？」

「毒薬決闘を持ちかけたのが市ノ瀬なら、グラスを選ぶ権利は益田の方にある。なの

で、決闘に用いられた〈死のグラス〉は両方とも無毒だったと思います。先にグラスを飲み干したのは市ノ瀬の方でしょう。中身自体に害はありませんが、その際、市ノ瀬はキシロカイン入りのカプセルを口に含んでいた。グラスを空けるのと同時に、そのカプセルを嚙みつぶし、あらかじめ口腔《こうこう》内につけておいた傷からキシロカインが血管に混入して、中毒症状が起こるのを待ったんです」

「そうか。致死量の毒を飲んだように見せかけたのか」

「市ノ瀬は薬剤師ですから、事前に何度も実験を重ねていたと思います。キシロカインの濃度や量を調整して、狙い通りの副作用が生じるように準備していた。数分以内に血圧が低下して顔が青ざめ、顔面のしびれや手足の震えが現れる。益田は医薬品に関しては素人です。心拍数の低下、意識消失、全身痙攣といった症状を目の当たりにすれば、市ノ瀬が本当に致死量の毒を飲んだと見誤るでしょう。芝居ではなく、本当に意識を失っているのですから、見分けがつくはずがありません」

「一時的な仮死状態と本当に死んだ状態なら、区別はつくんじゃないか」

父親の異議申し立てに、綸太郎は思慮深くかぶりを振って、

「益田に確認する余裕があったとは思えない。目の前で毒を飲んだ人間が、今にも死にかけているんですから。それだけではありません。毒薬決闘の最大のメリットは、敗者がひとりで毒を飲んで死んだように見えることです。不用意に相手の体に触れた

り、現場に手を加えたりして、自分がその場にいた痕跡を残すわけにはいかない。益田もそのことは承知で、なるべく早くその場から立ち去ろうと努めたはずです」

「その時、うっかり市ノ瀬の遺書を持ち出してしまったのか」

「うっかりではないですよ。具体的な手口はわかりませんが、市ノ瀬がそうなるように仕組んでいたのはまちがいない。儀式的な手順に乗じてお互いの遺書をすり替え、益田が書いた方を手に入れることが、毒薬決闘の目的だったのですから」

「フム。すり替えの手口が絞れないのは減点対象だが、二通とも丁寧に折りたたんであったから、封筒のトリックでも使ったのかもしれんな。決闘を行った場所の特定も含めて、こっちで脈のありそうなところを当たってみるか」

太っ腹なところを見せてから、警視は小鼻をふくらませて、

「だが、まだ解せないことがある。おまえの説によれば、益田は自殺現場に居合わせたと気づかれないよう、仇敵の死亡確認もしないで、一刻も早くその場を去る必要があった。にもかかわらず、彼は意識を失った市ノ瀬の着衣を探って〈メゾンオークラ〉の鍵を盗んだことになる。どうしてそんな余計なことをしたんだ？」

「市ノ瀬の部屋を調べて、自分の不利になりそうな証拠を処分するためです。毒薬決闘を挑んだ相手の名前を書き残しているのではないか、と危惧《きぐ》していたんでしょう。懸念材料を放置するより、自殺した男の鍵を一本拝借する方がリスクは小さい」

「なるほど。そうすると益田は決闘の場から、〈メゾンオークラ〉へ直行したんだな」

「でしょうね」

と応じて、綸太郎はすっかりぬるくなった自分のコーヒーに口をつけた。綱渡りみたいな仮説が先行し、客観的な証拠に乏《とぼ》しいことは認めざるをえない。机上の論理がどこまで実際に起こった出来事に迫れるか、ここが一番きわどいところだ。

そんな息子の心中を見越したように、警視は口調を少しやわらげて、

「益田が〈メゾンオークラ〉の鍵を盗んだのも、市ノ瀬の作戦通りだったのか」

「それはちがうと思います。その間、彼は本当に意識を失っていたので、自宅の鍵が盗まれたことにも気がつかなかった可能性が高い」

「それなら市ノ瀬は、益田が次にどう動くと予想していたんだ？」

「白金台のマンションに帰ると踏んでいたはずです。気持ちを落ち着かせるには、自分の部屋でひとりになるのが一番ですから。さらに市ノ瀬の計画では、遺書のすり替えに気づかれないうちに、なるべく早く益田の息の根を止めるつもりだった」

警視は泳ぐような目つきをしたが、話の行方を見失ってはいなかった。驚きに理解が追いつくのを、一語ずつ口に出して確かめるみたいに、

「だが〈エバーライフ白金台〉の益田の部屋には、秘書の里西が待ち伏せていた。彼女は社長の指示で部屋にひそんでいたと供述したが、もしおまえの推測通りだとする

と、本当に手を組んでいた相手は――」

綸太郎はゆっくりとうなずいて、

「ええ。里西を待機させたのは、市ノ瀬だったと思います」

6

「ここからはぼくの想像にすぎませんが」

と前置きして、綸太郎は説明を続けた。

「里西京佳は周りが思う以上に、益田貴昭と津村あかりの交際に反感を抱いていた。お父さんが言うように、学生時代からの密な付き合いをないがしろにされて、心中穏《おだ》やかではなかったんでしょう。社内での発言力が低下するのを危ぶんでいたかもしれませんが、やはり嫉妬の方が上回っていたと思います。だとすると、益田から恋敵の身辺調査を命じられた際にも、唯々諾々として従ったとは限らない」

法月警視はタバコの残り本数を目で数えながら、懲《こ》りずに新しいのをくわえて、

「社長の命令に従うどころか、逆に市ノ瀬にすり寄って、ライバルの益田からマドンナを奪ってしまえと発破をかけた可能性もあるということか」

「そこまで露骨にふるまったかどうかは別として、市ノ瀬が彼女の本音を見透かすの

は、時間の問題だったでしょうね。二ヵ月前、津村あかりが自殺を図って半植物状態になってから、市ノ瀬は益田への遺恨を晴らそうと誓ったわけですが、その時点で里西を自分の味方につけようと考えても不自然じゃない」

「かわいさ余って憎さ百倍というやつか。だが市ノ瀬の復讐《ふくしゅう》に手を貸すとなると、話は別だ。里西だって、そう簡単に殺人の共犯を引き受けるだろうか」

警視はタバコの煙越しに、いぶかしそうな視線をこちらへ向けた。綸太郎はせわしなく両手の指を組んだりほどいたりしながら、

「そこらへんは男女の機微がからむところですから、憶測《おくそく》になりますが。津村あかりが半植物状態になって、里西はつい油断したのではないでしょうか。これで益田も迷いから覚めて、自分にふさわしいパートナーが誰か思い出してくれるはず。そんな胸の内をうっかり本人の前で明かしてしまったのかもしれません。それが益田の逆鱗《げきりん》に触れた」

「ひょっとしたら、自殺未遂にも一役買っていたかもな」

唇《くちびる》にタバコの吸い口をくっつけたまま、警視がぼそっとつぶやいた。思いがけない指摘に、綸太郎は目をしばたたいて、

「何か思い当たるふしでも？」

「おまえと同じ、当て推量の部類だがね。津村あかりは高校時代にリストカットの経

験がある。部活の顧問をしていた女性教師に、何かキツいことを言われたのが原因らしい。里西がそれよりもっと陰湿な仕打ちをして、結果的に津村が自殺を図ったとしよう。そのことを益田に知られたら、もう今までのような二人三脚は不可能だ。彼は里西を許さないだろう」

「そうなったら彼女は一巻の終わりです。もう後がない」

　綸太郎は首を切るポーズをしてから、

「もしそうなら、市ノ瀬も彼女の弱みを探って、そこに付け入ることができたはずです。もちろん里西のしたことを許す気はなかったでしょうが、それよりも益田に対する憎しみが先立って、彼女への恨みは一時的に棚上げされた。里西京佳の協力を得ることで、毒薬決闘の筋書きを利用した復讐殺人が可能になるからです」

「ちょっと待て。遺書のすり替えに成功すれば、復讐殺人を自殺に偽装するのはたやすいはずだ。わざわざ里西の手を借りる必要がどこにある？」

「キシロカインのせいですよ」

　と綸太郎は言った。

「毒薬決闘の場で、自分が死んだと益田に思い込ませるには、最低でも十五分程度は仮死状態になっている必要がある。意識を回復した後も、キシロカインの影響でしばらくは体の自由が利かないでしょう」

「それはそうだな」

「ですが、益田を殺害するのにあまり時間の猶予はありません。市ノ瀬の計画通り、益田が白金台のマンションにまっすぐ帰ったとしても、帰宅した時点で遺書のすり替えがばれるのは目に見えているからです。あべこべの遺書をつかまされたと知れば、毒薬決闘の真の狙いがどこにあったか、益田もじきに思い当たるでしょう」

「死んだふりをして仇敵の遺書を手に入れ、自殺に見せかけて殺すことだな」

「そうとわかれば、益田は身を守るために最大限の備えをするにちがいない。市ノ瀬にとっては、どうしても避けたい状況です。だからこそ一刻も早く、遺書のすり替えに気づかれる前に、益田を不意打ちしなければなりません。ところが、いま言ったようにキシロカインの影響で、市ノ瀬の行動はどうしても時間的な遅れを強《し》いられる。〈エバーライフ白金台〉に先回りして、益田を待ち伏せすることはできないんです」

「なるほどな」

　警視は胸のつかえが取れたようなため息をついて、

「だから里西に指示して、あらかじめ部屋で待機させたのか」

「もちろん市ノ瀬は、彼女に益田を殺させるつもりはなかった。帰宅したところを不意打ちして、気を失わせる程度に収める予定だったと思います。一方、キシロカインによる失神状態から回復した市ノ瀬は、毒薬決闘が行われた未詳の現場の後始末をしてから、益田の遺書を携えて〈エバーライフ白金台〉に駆けつける。その間、三十分程度のタイムラグを想定していたのではないでしょうか。マンションの防犯カメラの不具合について、里西から事前に情報を仕入れていたことは言うまでもありません」

「益田の部屋のスペアキーは？」

「前から彼女が持っていたにちがいない。二人が単なるビジネスパートナー以上の関係だったとすれば、そう考えるのが自然です。土曜日に益田本人からスペアキーを預かったと供述したのは、鍵を持ってないと印象づけるためのフェイクでしょう。市ノ瀬が秘書の里西と手を組んだのも、部屋の鍵をコピーできるメリットがあったからではないか。当然、スペアキーも二つ存在していたことになりますね」

「二つ？　後から市ノ瀬が合流するためか」

「オートロックだし、夜中にインターホンを鳴らすと響きますから。益田の部屋で合流した市ノ瀬と里西は、用がすんだ市ノ瀬の遺書を回収し、気絶した益田の体をベランダへ運んで、八階の高さから突き落とす。市ノ瀬が持参した益田の遺書を部屋に残し、玄関ドアはロックしないで、二人とも現場から姿を消す——そういう手はずになっていたと思います」

何度も相槌を打ちながら、警視はうなり声を洩らして、

「だが、市ノ瀬篤紀の目算は大きく狂った。〈エバーライフ白金台〉へ直行すると読

んでいた益田貴昭が、押上の〈メゾンオークラ〉へ向かったせいで」

「目算が狂ったのは、里西京佳も同じです。彼女は灯りを消した部屋にひそんで、益田が帰宅するのを今か今かと待っていた。市ノ瀬との打ち合わせで、最初に部屋に入ってきた人物を問答無用で襲うよう、言い含められていたからです。ところが、事前に見込んでいた待ち時間を過ぎても、益田は現れない。かなり焦っていたんでしょう。三十分ほど遅れて、市ノ瀬が玄関ドアを開けた時、里西はそれが益田だと誤認してしまった。襲う方も襲われる方も事態が把握できないまま、真っ暗な室内で揉み合いになったと思われます。市ノ瀬は市ノ瀬で、まだキシロカインの影響が残っていたにちがいない。ローテーブルに向こうずねをぶつけて、片足立ちになった相手に体当たりしたという里西の供述は、実際にそうだった可能性が高いでしょうね。後ろ向きに倒れた市ノ瀬が後頭部を強打して、そのまま死に至ったというのも、あながち嘘ではないのでは？」

「そうかもしれん」

と警視が言った。綸太郎はそれを同意の返事と受け止めて、

「われに返った里西は、倒れているのが市ノ瀬だと気づいて、激しく動揺したはずです。まだ息があれば事情はちがったかもしれませんが、もはや手の施しようがないことは一目瞭然《いちもくりようぜん》だった。その後の行動が支離滅裂に見えるのも、ある程度はやむをえな

いでしょう。もとより、ベランダから死体を突き落として飛び降り自殺に偽装するというのは、当初の計画通りだったはずです。着衣から身元を示す品をはぎ取って、部屋に自筆の遺書を置いていったのも、あらかじめ市ノ瀬と打ち合わせていた段取りそのままだった——飛び降り自殺者は、できるだけ身軽な状態で身を投げるとされていますから」

「だとしても、遺書は益田のものしかない。自殺に偽装するのは苦しいぞ」

「たしかにそこは苦しいんですけどね」

綸太郎は頼りなく頭を掻いて、

「彼女が冷静さを失っていたことは否定できない。それにもうひとつ、見過ごせないのは益田貴昭の存在です。殺害には失敗したものの、本来の標的だった益田は、犯行計画に自分の秘書が関わっていることを知りません。毒薬決闘を挑んだ市ノ瀬が〈エバーライフ白金台〉から転落死したうえに、現場に自分の手書きの遺書が残されていたと知ったら、後ろ暗いところのある益田は身動きが取りにくくなるでしょう。警察の追及をかわすためなら、一度袂《たもと》を分かった相手であっても、里西京佳に頭を下げて助けを乞《こ》うかもしれません。もしそうなれば、あらためて益田の口を封じる絶好のチャンスになる。彼女がとっさにそこまで考えた可能性を、頭から拭《ぬぐ》い去れないんです」

「ものは言いようだな」

眉《まゆ》を八の字にしながら、警視は釘《くぎ》を刺すように、

「おまえの話は想像ばかりで、具体的な証拠となるとからっきしだ。なにしろ益田と市ノ瀬がどこで毒薬決闘を行ったのか、その手がかりすらないんだから」

「それがネックなのは、ぼくも認めます」

率直に応じると、警視はフフッと笑って、

「それでも里西京佳の供述を突き崩す取っかかりになりそうだ。今の線に沿って、明日から彼女を追及してみよう。だがその前にもうひとつ、埋めておかねばならない穴がある。どうして益田は〈メゾンオークラ〉の市ノ瀬の部屋で服毒死したんだ？　おまえの想像通りだとしたら、益田はあえて自殺するほど追いつめられていたとは思えないんだが」

綸太郎は唇をなめると、今まで以上に慎重な口ぶりで、

「――自殺ではないでしょう。益田も殺されたんだと思います」

「どうやって？　現場は完全な密室で、無理に毒を飲まされた形跡もなかったんだぞ」

「うーん、なかなかその問いに答えるのはむずかしい。これから話すことは、ぼくの小説だと思って聞いてくれませんか」

「それならいつものことだ。そのつもりで聞いてやるから、言ってみろ」

ふんぞり返った父親に目でうなずいてから、綸太郎はまことしやかに、

「仮死状態の市ノ瀬から鍵を盗んで、毒薬決闘の場から立ち去った益田は、移動中に手元の遺書を確認し、それが市ノ瀬のものだと知って仰天したのではないか。あわてて決闘現場にとんぼ返りして、遺書を取り替えようとしたけれど、そこに市ノ瀬の死体はありません。その時点で仇敵に一杯食わされたことに気づいたんでしょう。市ノ瀬の真の目的を悟った益田は、相手の裏をかくため〈メゾンオークラ〉に先回りして、部屋の主の帰りを待った。ところが、市ノ瀬はいつまでたっても姿を見せません。待ちくたびれた益田は、夜が明ける頃に白金台のマンションへ向かい、しばらく様子を見ることにした」

「日曜日の朝七時過ぎ、近隣住民に話しかけたのは偵察のためか」

「そうです。住民の口から事件を知った益田は、何が起こっているのかよくわからないまま、とりあえず身を隠す目的で〈メゾンオークラ〉に戻った。自分の置かれた状況を整理しようにも、徹夜明けで頭がうまく働かないので、やむをえず仮眠を取ることにしたんでしょう。昼過ぎに目が覚めて、猛烈な喉《のど》の渇きを覚えたにちがいない。益田は冷蔵庫の中を漁《あさ》って、ペットボトルの緑茶を見つけた」

「市ノ瀬が栓を開けた飲みかけのやつだな」

「毒薬決闘の後は、満足に水分補給もできなかったと思います。潔癖症だった益田は、普段なら他人の飲みさしには目もくれなかったはずですが、非常事態でよっぽど切羽詰まっていたんでしょう。中身をコップに移し替えて、ごくごく飲んだ」

「毒が入っていると知らずに飲んだというのか？」

　綸太郎がうなずくと、警視は目を白黒させて、

「何でそんなものが冷蔵庫に？　まさか、市ノ瀬が益田の行動を先読みして、彼の息の根を止めるために毒を混ぜておいたとでも」

「それはないでしょう。〈メゾンオークラ〉に益田がやってきたのは、市ノ瀬の計画が破綻《はたん》したからで、行動を先読みした結果ではありません。キシロカインの影響で意識を失っていたため、自宅の鍵を盗まれたことにも気づいていなかったはずです。それに混入されていたヒ素化合物は、古い殺鼠剤に由来するものだった。薬剤師の市ノ瀬なら、もっとちがう種類の毒物を手軽に用意できたと思います」

「市ノ瀬でなければ、ほかの誰がペットボトルに毒を？」

「それも里西京佳ですよ」

　と綸太郎は言った。

「お父さんが示唆《しさ》したように、彼女は津村あかりの自殺未遂に一役買っていた可能性がある。市ノ瀬篤紀がその弱みにつけ込んで、里西京佳を復讐殺人の共犯に選んだと

すれば、いずれ市ノ瀬の殺意が彼女に向かう可能性もゼロではないでしょう。里西にとっては、市ノ瀬も信頼できるパートナーではなかった。それどころか、できるだけ早く口を封じておきたい危険人物だったということです。思うに二人は、犯行計画を実行に移す直前、最終的な打ち合わせを〈メゾンオークラ〉の市ノ瀬の部屋で行ったにちがいない。その際、里西は共犯者の目を盗んで、冷蔵庫の飲みかけのペットボトルに殺鼠剤の粉末を仕込んでおいたんでしょう。市ノ瀬が自筆の遺書を処分しないで持ち帰ってくれたら、と当てにしていたふしもある。ところが、彼女自身にも思いがけない巡り合わせで、その毒を益田貴昭が飲んでしまった。動きの読めない益田が勝手に頓死《とんし》してくれたのは、里西京佳にとって刑事責任を最小限にとどめる起死回生のチャンスだったことになりますが」

「死人に口なしというやつか」

ため息まじりにそう洩らすと、警視は頭を抱えるようなしぐさをして、

「言いたいことはわからんでもないが、いくらおまえの小説でも、それはちょっとご都合主義にすぎやしないか。せめて彼女が一度でも〈メゾンオークラ〉を訪れたという根拠があれば、耳を貸してやってもいいんだが」

「根拠ならありますよ。月曜日の夜、益田の死を告げられた際に、彼女は『まさか彼がそんなことを。よっぽど切羽詰まっていたのね』と答えたそうですが」

「それがどうした？　あの反応は芝居ではなかったと思うけどな」

父親のつれない返事に、綸太郎は真顔でかぶりを振って、

「まさかと思った理由がちがうんです。お父さんは最低限の事実しか伝えなかったんでしょう？　益田が服毒死したと聞かされて、彼女は飲みかけのペットボトルからじかに緑茶を飲んだと早合点《はやがてん》してしまった。それで『まさか（潔癖症だった）彼がそんなことを』と口走ったんですよ。言い換えれば、彼女は益田の命を奪った毒物が飲みかけのペットボトルの中に入っていたことを知っていた。市ノ瀬の部屋を訪れて、実際に冷蔵庫の中を見ていなければ、そういう反応は出てこないはずです」

警視はぽかんと口を開けて、綸太郎を見つめた。

じきにその口元がほころんだかと思うと、警視はやおら立ち上がってこちらへ歩み寄った。やに下がった笑みを浮かべながら、せがれの肩に手を置いて、

「でかしたな。もう遅いから俺は寝るが、明日からの取り調べが楽しみだ。おまえの推理がどれぐらい当たっているか、里西京佳に聞いて確かめてやろう」

天才少年の見た夢は

歌野晶午

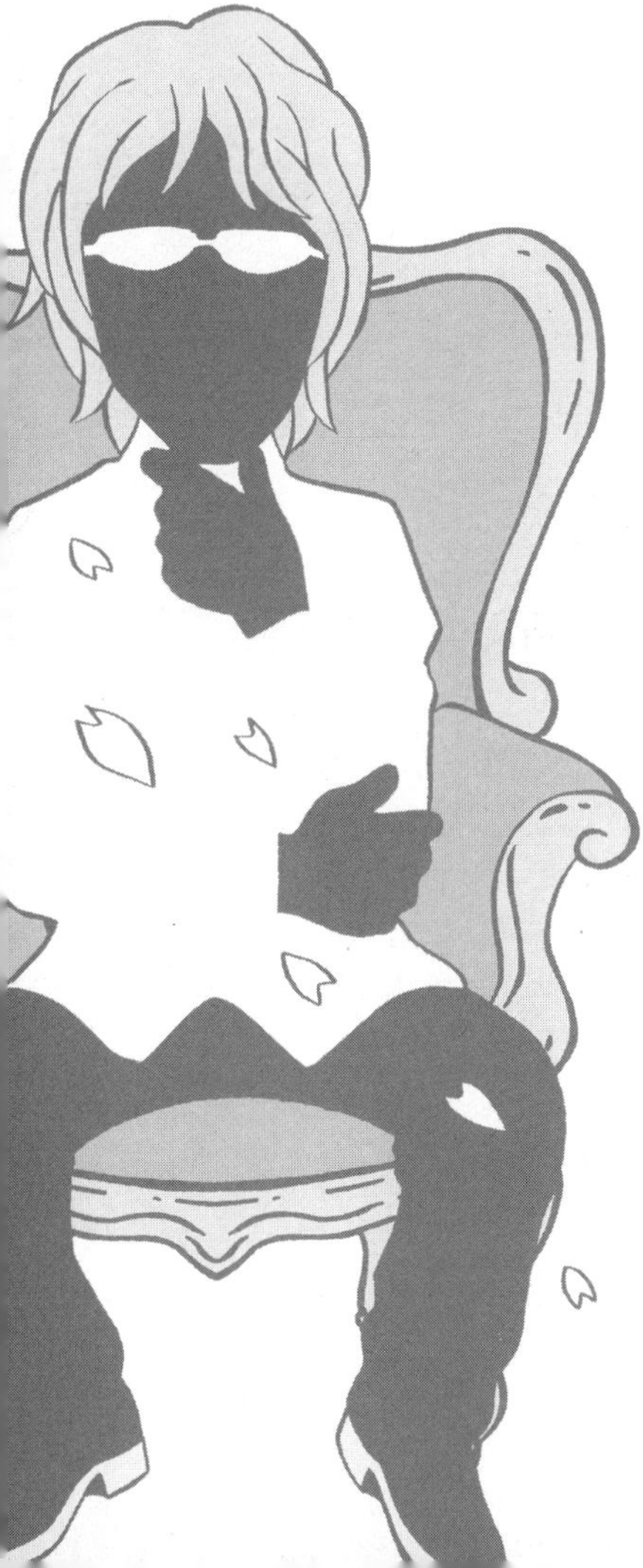

歌野晶午

Utano Shogo

１９８８年『長い家の殺人』でデビュー。２００４年『葉桜の季節に君を想うということ』で第57回日本推理作家協会賞、第４回本格ミステリ大賞をダブル受賞。'10年『密室殺人ゲーム2.0』で第10回本格ミステリ大賞をふたたび受賞。近著に『Dの殺人事件、まことに恐ろしきは』『間宵《まよい》の母』など。

1

戦争がはじまった。

わが国には戦争の永久放棄を掲げた最高法規があるから永久に平和なんだよと大村《おおむら》先生は言っていたのに、外は火の海、瓦礫《がれき》の山だ。先生の嘘つき詐欺《さぎ》師お花畑と怒りをぶつけようにも、大村先生は十月二十日の潜水艦誘導弾攻撃で死んでしまった。

母さん、怖いよ。

何人死んだとか何棟が倒壊したとか無人機《ドローン》の何機編隊が飛来したとか何時何分に着弾したとか、ニュースはそればかりだ。数字を見たり聞いたりするだけで息が詰まる。平穏だった時代にこの世を去れて、母さんはしあわせだったと思う。もちろん、病に倒れたのは無念で、最後の三か月は想像を絶する苦しさとの闘いだったろうけど、今のこの絶望的な毎日のほうがよっぽど地獄だ。

あした、ぼくは目覚めるのだろうか。

一〇二〇ではアカデミーの大勢が犠牲となった。楽しい思い出になるはずの研修旅行が、どうしてだよ。体調を崩して寄宿舎で留守番だったぼくは巻き込まれずにすんだけれど、それを運がよかったと喜ぶべきなのか。政治の中枢でも軍事や基幹産業の要衝でもないリゾートが狙《ねら》われたのだ。彼らはこの国の人間を根絶やしにするつもりでいる。

今日、新型大量破壊兵器搭載の中距離弾道誘導弾が発射された。

ルームメイトがいなくなってしまった部屋でうとうとしていたら、遠山《とおやま》君避難するよと、月夜《つくよ》さんに叩《たた》き起こされた。八塚祐平《やつかゆうへい》が、ディープ・ウェブで見つけた文書から、バレンタイン作戦の存在を暗号解析したという。実行予定とされている時刻まで三十分を切っていた。ぼくらは着の身着のままで地下室に逃げ込んだ。

「もうだめ。みんな死ぬ。世界は滅びる」

水上真凜《みなかみまりん》はぎゅっと目を閉じ、頭を抱えた。

「この部屋は、現在の科学で考えうるどんな攻撃にも耐えられるよう設計してあるし、外部の環境が落ち着くまで居続けられる十分な備えがある」

月夜さんは、ゆっくりとした、実に冷静な口調で言った。しかし真凜には届かない。

「もうだめ。みんな死ぬ。世界は滅びる」

激しく首を振る。

「静かに」

白咲結唯《しらさきゆい》は床に脚を投げ出し、目を閉じた顔の前に両手を立てている。

「ガセに一万ゴールド。軍事上の機密がネットに落ちてる？　ないない」

桝元大暉《ますもとだいき》がスマホ片手に笑う。

「昨年世界を震撼《しんかん》させた、彼の国とテロ組織の密約文書がさらされていたサイトなのだが」

八塚君はラップトップのキーボードを忙しく叩く。

「はずれたら、『攻撃がなくてよかった』と喜べばいいじゃん」

ぼくは、会話に加わるというより、自分に言い聞かせるようにつぶやいたのだけど、桝元君が反応した。

「まあそうだね。思うに、種《しゆ》というものは、強者ではなく、弱者が生き残る。臆病で慎重な行動をすることで生きながらえ、結果として子孫を残す」

ぼくの目の前では、鹿撃ち帽を目深にかぶった鷺宮藍《さぎのみやあい》が無言で腕組みをしている。

姫野《ひめの》ことりちゃんは月夜さんの腰にしがみついてふるえている。

その昔、ぼくが生まれるずっと前、このアカデミーは福祉シェルターだった。不登校の子供を自由に出入りさせ、ゲームでもおしゃべりでも飲食でも、犯罪でなければ何をやっても自由で、学ぶ意志のある子には、ボランティアの大学生を講師として、外国語やプログラミングを教えた。その後正規のフリースクールになり、三代目の主宰が、天才を発掘するためのプロジェクトを起《た》ちあげた。曰《いわ》く、一般社会になじめないのは、一般の尺度では測りきれない、つまり特別の才能を有しているからであり、その能力を正しく掘り出してやれば、彼らはやがて国の主導的立場となる。

この地下室も、そもそもは生徒たちの才能を開花させるために作られた。防音にすぐれているため、昼夜を問わず、楽器やダンスの練習ができる。抑えきれない感情を、泣いて叫んで発散させる場として使う生徒もいた。

創造のための空間は、世情がきな臭くなると、有事に備え、別の意味でのシェルターとして改装された。中心に鉛の板を挟んだ三十センチ厚のコンクリート壁、耐爆風耐火気のドア、室内の気圧を高めて汚染物質の自然流入を防ぐ装置、取り込む外気から核物質や細菌、神経ガスを除去する清浄機、二つの居室には二段ベッドが二基ずつ据えられ、それプラス寝袋が十二用意され、二十人が二週間は生き延びられるだけの水と食料が蓄えられ、無線機と非常用電源も備えられた。

けれど、本当に戦略上のシェルターとして使われることを、主宰は想像していただろうか。尋ねてみようにも、彼も戦禍で命を落としている。

「もうだめ。みんな死ぬ。世界は滅びる」

水上真凜は大柄な体を縮こめて、そればかり繰り返す。十二か国語を操る才女から言葉を奪ったのは誰なのか。

「黙れ」

白咲結唯は口を開くが、目は開かない。両手は波動でも送り出すように顔の前に立てている。

「わが国には地対空迎撃誘導弾がある。上空で木《こ》っ端《ぱ》微《み》塵《じん》にしてくれよう」

月夜さんはほほえんで真凜を抱き寄せる。

森尾《もりお》月夜さんはアカデミーの生徒の中では最年長で（と言っても二十歳だけど）、アカデミーが事実上崩壊したあと、行き場がなく寄宿舎に残っていた生徒たちを、姉のように引っ張り、時には母のようにあたたかく支えてくれている。アカデミーが機能していた時には、しばしば、先生と生徒、あるいは生徒同士の間に入り、双方の意思の疎通をはかってくれたものだ。ＩＱが百五十あるわけでも百メートルを十一秒三で走れるわけでもない彼女がアカデミーの特待生であり続けたのは、このリーダーシップやコミュニケーション能力を買われてのことである。

「破片が温室に降ってこなければいいけど」

桝元君は真剣にその心配をしているように見える。その証拠に、スマホでやっていたゲームの手を休めてしまい、敵にやられたような悲しい効果音が鳴り響いた。彼は

『牧野日本植物図鑑』を絵本として育った植物オタクで、アカデミーの敷地内に勝手に温室を作り、毒々しい色をした花や発光するキノコを育てている。

「攻撃情報はSNSに流したんだけど、あんまり信じられていないのだ。いいとこ二割？　『風説の流布』呼ばわりしている輩《やから》は彼の国の工作員なのか？」

八塚君はラップトップの画面を睨《にら》みつける。こちらは植物図鑑ではなくパソコンのキーボードをガラガラ代わりに持たされていたといい、いわゆるハッカーに成長した。八塚君は堅牢《けんろう》なセキュリティを破ってトップシークレットを覗《のぞ》くことに快感をおぼえているが、データの改竄《かいざん》や破壊、漏洩《ろうえい》はしない。その信条を破ってバレンタイン作戦の情報をネットに流したのだから、彼としては情報の信憑《しんぴょう》性に相当な自信を持っていると思われる。

「アイちゃんは？　アイちゃんも一緒に来た？」

月夜さんの腰にしがみついたことりちゃんが顔を左右に振った。

「いるよ。こっち」

ぼくは手を叩いて答え、

「何か？」

鷺宮藍が腕組みを解き、鹿撃ち帽の狭い鍔《つば》を指先でちょいとあげた。左がグレー、右がヘーゼルの双眸《そうぼう》が深い泉のような輝きを放っている。アイちゃんと呼ばれると女の子のように聞こえるが、鷺宮藍と漢字で表記すると、俄然《がぜん》男っぽい印象になる。

ことりちゃんは声の方に顔を向けた。彼女の両方の瞼《まぶた》は閉じている。姫野ことりちゃんは幼い時分に両目の視力を失っていた。それが原因で両親が離婚し、アカデミーの前に置き去りにされていたのを保護された。彼女の味覚は並はずれていて、ミネラルウォーターの味を聞き分けることができる。

アカデミーにはほかに、新聞記事でも小説でも文字列からメロディーが浮かぶ共感覚者、通った道の様子をドライブレコーダーのように精確に記憶できる少女、碁盤での将棋を発案した少年、十四歳の相場師、天文博士など多士済々だったが、その多くが一〇二〇の犠牲となり、一命を取り留めた者も、一人また一人とアカデミーを去っていき、年を越して残ったのは、親がいないなどの理由で行き場のなかった子で、それが今この地下シェルターに集まっている面々である。

ぼくのルームメイトだった中山隼人《なかやまはやと》君もここにはいない。彼はプログラマーだった。世界を変えようとしていた逸材《いつざい》だった。中山君のことを思い出すたびに、ぼくのような絵がちょっとうまい程度の人間が生き残ってしまい、申し訳なさで胸がいっぱいになる。

「アイちゃんは名探偵なんだよね？」

ことりちゃんは鷺宮藍に尋ねる。

「その質問に私が『イエス』と答えることはない。『名』という冠は他人の評価によるものだから」

鷺宮藍はにこりともせず言う。

「十歳の子なんだから、もっとわかりやすい受け答えをしろよ」

ぼくはツッコミを入れる。

「検討する」

アイドルのような顔立ちと、偏屈オヤジのような口調のギャップが、鷺宮藍のスタイルである。

「アイちゃんはたくさんの事件を解決してきたんだよね？」

ことりちゃんは尋ねる。

「七件を『たくさん』と評価できるものだろうか」

鷺宮藍は決してペースを崩さない。

「この戦争も解決して」

無垢《むく》な願いに驚き、ぼくは月夜さんと顔を見合わせた。

「私に依頼するのは筋違いである」

鷺宮藍には心づかいというものがない。

「アイちゃん、警察がお手あげだった十年前の事件を、たった一日で解決したんでしよう？」

「私は探偵だ」

「うん、名探偵。だからお願いしてるの。この戦争も解決して」

「探偵とは、地中の破片を集めて土器を再生する考古学者のようなものだ。事物を観察し、過去のある時点の姿を取り戻す作業を行なう。

繰り返し言う、過去の姿を提示することが探偵の目的である。

目的とはゴールであるから、その先はない。土器に値をつけるのは私ではない。すなわち、過去の姿について評価するのは探偵の仕事ではない。刑罰の程度を決めることはもちろん、情動により糾弾することもゆるされない。

私は探偵であるから、この戦争を観察し、すでに行なわれた作戦行動の実態をつまびらかにし、隠された被害の実情を可視化して示すことはできる。しかし私は探偵であるから、かかわれるのはそこまでだ。未来についての提案をする権限はない」

鷺宮藍はオッドアイを隠すように鹿撃ち帽の鍔を下げる。どこまで理解できたのかはわからないが、ことりちゃんは悲しげな表情をしている。

「冷徹？　冷酷？」

桝元君が首をすくめる。

「感情に流されないから『名』の称号を得られたのだ」

八塚君が言う。キーボードを叩く指はひとときも休まない。

鷺宮藍という探偵を世に送り出したことが、このアカデミー最大の成果であろう。友引連続通り魔事件や屋形船船長消失事件、それから、未解決のまま映画にもなった、崖観音の首なし死体事件も解決に導いたのだから、「名」の冠は相応である。ただし、どの事件も表向きは、管轄の警察が解決したことになっている。

天才少年はマスコミの恰好《かっこう》のネタである。寄ってたかって祭りあげられ、もっと伸びるはずの才能を潰《つぶ》されてしまった過去の事例は枚挙にいとまがない。だから鷺宮藍の存在は、捜査関係者の間でも、ごく一部にしか知られていなかった。

十分成長してからデビューさせる計画になっていた。しかしアカデミーは崩壊した。そうでなくても、民間の事件の解決などどうでもいい世情になってしまった。鷺宮藍は、その探偵能力を世に知らしめる機会を永久に失ったのだ。

「もうだめ。みんな死ぬ。世界は滅びる」

水上真凜が足を踏み鳴らしてわめき散らす。

「黙れって！　集中できないだろっ、デブ！」

白咲結唯が目を開き、真凜に指を突きつけた。しばしそのまま睨みつけたあと、目を閉じ、両手を顔の前に立てたポーズに戻る。

彼女はサイキッカー。ゼナーカード、俗に言うＥＳＰカードの透視を七割的中させせる。今は、敵国最高司令官が弾道弾の発射ボタンを押さないよう、念を送っているのだという。

しかしボタンは押された。

複数弾頭搭載の弾道弾が五発同時に発射されたことを、同盟国のサーバーに侵入していた八塚君が確認した。携帯端末に届くはずのわが国の警報システムは作動しなかった。

ぼくらは身をかがめて体を寄せ合い、頭の上から毛布をかぶった。その体勢で水上真凜は「もうだめ。みんな死ぬ。世界は滅びる」を繰り返し、白咲結唯は、今度は弾道弾の軌道をずらすべく念を送り続けた。ぼくは鷺宮藍の横で膝《ひざ》を抱え、今か今かと、デジタル時計の数字が進んでいくのを見つめていた。だから、その時刻はしっかり記憶に刻みつけられた。

二月十四日午後五時四十八分二十秒、新型爆弾が落ちた。

三十センチ厚のコンクリート壁に囲まれた部屋が揺れた。かつて震度六強の地震を体験したことがあったけど、あの時とは揺れ方が全然違った。地面が揺れるのではなく、天井がきしみ、空気が塊《かたまり》となって押し寄せてきた。通り過ぎたと思ったら、また塊となってぶつかってきた。

同時に天井の電灯が消えた。八塚君のラップトップや桝元君のスマホなど、バッテリーで駆動する端末が使われていたため、ディスプレイの明かりにより完全な闇《やみ》にはならなかったけれど、予告なしの停電は、恐怖を二倍にも三倍にも増幅させた。

暗闇の中、金切り声や咆哮《ほうこう》が交錯した。水上真凜だけでなく、全員が、声にならぬ声を口にしていた。

ずいぶん経《た》って（実際には二分くらいだったらしい）、弱々しい光が部屋全体に満ちた。部屋の揺れはおさまっている。

「非常用電源が作動したわ」

月夜さんが上を向いて言った。手を伸ばせば届くほど低い天井に埋め込まれたベースライトが灯っていた。停電前と較《くら》べ、ずいぶん暗く感じられる。

「おい!?」

その大声に視線を下げると、桝元君が水上真凜の顔を覗き込んでいた。真凜は体育坐《ずわ》りのまま、ごろんと横に倒れたような恰好をしていた。目は閉じている。

「死んだ？」

白咲結唯が真凜の肩に手をかける。

「動かさないで」

結唯を押しやり、月夜さんは真凜の耳元で、水上さん、真凜ちゃんと呼びかけた。

返事はなかった。血の気が感じられないのは明かりが乏《とぼ》しいからではないようだった。月夜さんは真凜の顔に耳を近づける。

「息はあるわ」

舌を嚙《か》んでいないか確かめるためか、月夜さんは真凜の唇を開いた。それから瞼を開いたり、手をさわったりしていたのだが、その最中にぼくが別の異変に気づいた。

「藍!?」

鷺宮藍が目を閉じていた。

「おい。藍。鷺宮藍」

呼びかけて揺するが返事をしない。

「どうしたんだよ。何か言えよ。手を動かせ。藍、藍、鷺宮藍」

顔を軽く叩いても反応しない。

「アイちゃん、病気？」

ことりちゃんが表情を曇らす。

「死んだ」

結唯が言う。

「アイちゃん、死んじゃったの？」

ことりちゃんが顔をゆがめる。

「変なこと言うなよ」

桝元君が結唯を小突く。

「眠ってるだけよ。アイちゃん、難しい事件を解くのに頭を使い続けたから、その疲れが出たのね。しばらく休めば元気になるわ」

月夜さんはことりちゃんを抱き寄せる。

「藍、藍、藍、藍、藍——」

ぼくは狂ったように呼びかけることしかできない。


「電力消費を抑えるため、非常用電源に切り替わったら光度が下がるようになってるの。空気清浄機と調圧装置も正常に動いている。これらの機器を使うだけなら、非常用電源は十日間はもつから安心して。万が一電源喪失状態に陥《おちい》っても、空気清浄機はハンドルを手で回して動かせる」

月夜さんは壁を背に立ち、歳下の子たちに向かって語りかける。横には、昔の白黒映画で見たことのある石炭ストーブのような形をした空気清浄装置が据えられており、丸太のようなパイプが壁の中に伸びている。

「人数も定員以下だから、水と食料の心配もない」

各人の前には、保管庫から出してきたチョコレート味の栄養調整食品とペットボトルの水が並んでいる。これが今日の夕食だ。

「でも……」

ぼくはかたわらの鷺宮藍に目をやる。瞼は閉じられたままだ。ときどき揺すったり声をかけたりしているが、顔の筋ひとつ動かさず、うめき声も漏らさない。

「医者、呼べないしなあ」

八塚君が振り返る。蚕棚のような二段ベッドの下の段で水上真凜が横たわっている。

「ただの気絶でしょ。あの子、ずっと怖がってたから」

白咲結唯が冷たく言い放ち、スティック状の非常食にかじりつく。

「そう決めつけていいものか。月夜さんはさっき、『現在の科学で考えうるどんな攻撃にも耐えられるよう設計してある』と言ったよね？」

桝元君の問いに、そうよと月夜さんがうなずく。

「でも、いま落ちた弾道弾の弾頭の中身は不明なんだよね？　核でもサリンでもない。だから新型爆弾と言われているわけで。未知の物質なら、ここの空気清浄機のフィルターは対応できない可能性がある。あるいは、コンクリートや鉛も透過できる物質なのかもしれない」

「だとしたら、全員が倒れてるんじゃないの？」

月夜さんはほほえんで応対する。

「未知の物質なら、医者を呼べても、手の施しようがないじゃん」

白咲結唯が身も蓋《ふた》もないことを言った。ぼくはものすごく不愉快な気分になり、彼女の姿を見ることさえ耐えられなかったので、顔をそむけたところ、水上真凜がもぞもぞ体を動かしているのが目に入った。真凜はやがて、おもむろに上半身を起こした。

「寝てなさい」

月夜さんが寄っていったが、真凜は彼女を押し戻すように手を立ててベッドを降り、おぼつかない足取りで部屋を横切り、そのまま出ていった。音楽スタジオにあるようなレバーを押し下げ、厚さ十センチものドアを押し開けられたのだから、体力的には問題ないと思われた。心配して、月夜さんがあとを追った。

「未知の物質は入ってきていないようだね」

桝元君がふうと息をつく。

水上真凜は息を吹き返した。しかし鷺宮藍はまだ目覚めない。

「一番の問題は、医者に診せる診せないではなく、医者を呼べない環境下にあることなのだ」

八塚君が両手で髪を掻《か》きむしる。

「あー、まだアンテナが立たない」

結唯がスマホの画面を見て眉《まゆ》を寄せた。八塚君のラップトップも、正常に動いてはいるが、オフライン状態である。

三波対応のラジオも、電池は交換したばかりなのに、一局も入らない。無線機も非常用電源により起動するが、マイクに呼びかけても応答がない。

この地下シェルターは分厚いコンクリートと鉛の板に囲まれており、電波は遮蔽《しゃへい》される。そのため、屋外に立てたアンテナからケーブルを引き、ラジオ、無線機、フェムトセルと有線接続することで、電波の利用を確保していた。フェムトセルというのは移動体通信回線の中継装置で、外部アンテナから有線で引っ張ってきた移動体通信事業者の電波を地下室内で飛ばし、各種携帯端末の利用を可能とする。Ｗｉ－Ｆｉルーターのようなものだ。

しかし爆弾が落ちたあと、あらゆる電波が途絶えた。電気は非常用電源に切り替わったが、電波は回復しなかった。

「あの衝撃を考えると、爆心はかなり近い。アンテナが破壊されたんだろうなあ」

桝元君が言う。

「壊れたのはアンテナだけじゃないよね」

ぼくはうなだれてつぶやく。

「もちろん窓ガラスも爆風でやられただろう」

「見渡すかぎりの焼け野原になってるかもしれないよね。ううん、街一つがなくなってるかも。ラジオが入らないのはアンテナのせいじゃなく、ラジオ局が放送できなくなったからなのかも。ケータイがつながらないのは基地局が全部吹っ飛ばされたからなのかも」

「さすがに、それはない」

「だって、正体不明の爆弾なんでしょう？　威力も、どれだけ大きいかわからない」

「まあそうだけど。どう？　つながらない？」

桝元君は八塚君の方を向く。

「全然だめなのだ」

ラップトップとラジオを交互にいじっていた八塚君は髪を掻きむしる。

「誰か、外の様子を見てきてよ」

結唯が言った。

「無茶な」

と、ぼく。

「攻撃は終わったんじゃん。ずっと静かだし。食べないの？　食べないと力が出ないよ。でも食べないのなら、食べたげる」

結唯はぼくの前の未開封の非常食を奪う。

「被害状況がわかるまでは待機なのだ。地上はどんな物質で汚染されているかわからないのだ」

八塚君はラジオのチューニングダイヤルを少しずつ回転させる。ホワイトノイズも入らない。

「つか、おまえ、超能力で外の様子を見ろよ」

桝元君が結唯に向かって顎《あご》をしゃくる。

「さっきやってみたけど見えなかった」

彼女は首をすくめる。

「何だよ。発射ボタンを押すのを止められず、軌道も変えられず、全然サイキッカーじゃないじゃん」

「あたしの専門は透視だから」

「じゃあ外の様子が見えるはずだろ」

「たぶん鉛がじゃましているのだと思う」

「はっ！　言い訳だけは一流だな、このいかさまサイキッカーが」

「本物だと教えてやる」

結唯はパーカのポケットからカードを取り出し、桝元君に突き出す。カードには丸や星や十字が印刷されている。

「裏に目印がついてるんだろ」

　桝元君がESPカードをはたき落とし、摑み合いの喧嘩がはじまりそうになったところに、月夜さんが一人で戻ってきた。

「水上さんは？」

ぼくは尋ねた。

「隣の部屋のベッドで寝てる。安定剤を飲ませたからだいじょうぶ」

しかし朝が来て、水上真凜は死んでいた。

地下シェルターはいくつかの区画に分かれている。一つの区画が汚染されても、そこを封鎖し、ほかの区画で助けを待つことができるようにだ。

出入り口はアカデミー本館の一階にある。厚さ二十センチのドアを開けると階段になっており、下りきったところに厚さ十センチのドアがある。この部分も一つの区画で、階段のデッドスペースに食料の一部が備蓄してある。

階段をおりたところのドアを開けると、ドアに対して横方向の廊下になっており、向かい側に二つドアがある。それぞれのドアの向こうがシェルターのメインルームだ。広さはいずれも十五平米ほどで、いずれにも二段ベッドが二基備えつけられ、空気清浄装置があり、食料保管庫がある。互いの部屋を直接つなぐドアはなく、行き来するにはいったん廊下に出なければならない。

廊下の突き当たりは洗面所とトイレ、逆の端《はし》は非常用のハッチになっている。建物の倒壊などでメインの出入り口が塞《ふさ》がれてしまった場合の脱出口で、アカデミーの庭に通じている。

一部屋で全員が寝るにはベッドが足りないので、男女に分かれた。水上真凜が先に部屋を替えて休んでいたため、そちらを女子が使うこととし、月夜さん、ことりちゃん、白咲結唯の三人が移っていった。

八塚君はラップトップで何か作業をしながら、時々ラジオや無線機の状態を確かめていた。桝元君はスマホでゲームをしているようだった。インターネットへの接続ができなくても、通信を必要としないアプリは使うことができる。

ぼくもスマホやタブレットを持って避難してきていたけれど、ゲームをするのはもちろん、イラストを描く気にもなれなかった。地上の状態が気がかりでならなかった。そして、依然として死んだように眠っている鷺宮藍のことも。

まんじりともしないで蒲団《ふとん》にくるまって夜を明かし、眠るのはもうあきらめてベッドを出ようとした午前六時、男子部屋のドアが開いた。月夜さんだった。ちょっと来てと言う。八塚君は鼾《いびき》をかいて寝ていたので、桝元君とぼくの二人が月夜さんにしたがった。

廊下に出た月夜さんは、正面のドアを開け、壁のスイッチを入れて階段をのぼっていった。非常用電源のため、ここの照明も常夜灯のように暗い。

階段には踊り場があり、そこで体の向きを百八十度変えることになる。そして目に飛び込んできたのが水上真凜の死体だった。

頭を上、つまり出入り口のドアの方に、足を下、踊り場の方に向け、階段の上に仰向けで横たわっていた。結構急な勾配《こうばい》なのにその体勢で滑《すべ》り落《お》ちないのは、彼女の首とドアのハンドルがロープでつながれているからだ。ロープは二メートルほどぴんと張り詰めている。

水上真凜はドアのハンドルに結びつけたロープで首を吊《つ》っていた。自分の体重と階段の勾配を利用しての首吊りだった。ぼくが驚いたのは、もちろんそうやって首を吊っていたこともだけど、彼女の首がものすごく長くなっていたことだった。人間の首はあんなに伸びるものなのか。

「引きあげようとしたんだけど、私一人ではできなくて」

桝元君とぼくは月夜さんに加勢し、七、八十キロはあろうかという肉体を持ちあげて、ドアにもたせかけるようにして坐らせた。

「死んでるんだよね？」

桝元君が真凜の手首を取る。

「脈、ないでしょう？　さっきの状態でしばらく胸を押してみたけど、心臓の動きは戻らなかった。心得のある人がやったら、違ったのかもしれないけど」

月夜さんは懐中電灯を点《つ》け、真凜の顔を照らした。昨日気絶した時、血の気のない肌をしていたが、それとも違う印象だった。顔の筋肉に緊張がない。生気がないというのは、こういう状態を言うのだろうか。首には、ロープが埋もれるほど深く食い込んでいた。

「しょうがないよ、救命士も医者も呼べないのだから」

桝元君は首のロープに指をかける。結び目がきつく締まっており、ほどけそうにない。切るものを持ってくると、彼は階段を降りていった。

「自殺？」

ぼくは独《ひと》り言《ごと》のように口にした。

「パニックになっていたからね。もっと包み込んであげられれば……」

月夜さんは自分を責めるように溜《た》め息《いき》をつく。二人は階段に並んで腰をおろしている。こうして坐っていれば、遺体が目に入らずにすむ。

桝元君が八塚君を連れて戻ってきた。一人が真凜の体を押さえ、一人がアーミーナイフを使い、ロープを切断した。ロープをのけると、圧迫された跡が赤い蚯蚓《みみず》腫《ば》れのようになっていた。

「これ、部屋にあったものだよね？」

桝元君がロープの先端を振り子のように揺らした。ロープはサバイバルの役に立つからと、切断に使ったアーミーナイフや月夜さんが手にしている懐中電灯と一緒に部屋に置かれていた。

「水上のことは、いま見つけたの？」

八塚君が月夜さんに尋ねた。

「そう。お手洗いに行こうとしてベッドを出たら、真凜ちゃんのベッドが空だったの。彼女もお手洗いかと、戻ってくるのを待ってたんだけど、十五分経っても戻ってこない。心配になってお手洗いを覗いてみたところ、彼女はいなかった。それで私、勝手に外に出ていったのかと思ったのね」

「外に探しにいこうと階段をのぼってきて、見つけた」

「ううん、私は外に出るつもりはなかったわ。状況が何もわからないのだから危険すぎる。真凜ちゃんが出ていったかどうかを、とりあえず把握しておきたかった。ここのドアは内側からしかロックできないでしょう？　だから外に出たとしたらロックが解除されている。解除されていなければ、外には出ていっていないことになる。まずはそれを確かめようとやってきたの」

「なるほど。さすが月夜さん、賢明なのだ」

「何が賢明よ。守ってあげられなかったのに」

月夜さんは両手で顔をおおう。

「死体、どうするの？　このまま？」

桝元君が言った。死体には違いないのだが、その言葉の響きにぼくはショックを受けた。

「そうね、下のベッドに寝かせるわけにはいかないから。出ていく時まで、このドアも階段も使わないのだから、ここに安置しておきましょう」

「冬場だし、密閉されてて虫も入ってこないから、腐敗の進行は遅いしね」

桝元君はさらりと言って階段を降りていく。

白咲結唯とことりちゃんには月夜さんが伝えた。結唯はひどい悪態をつき、ことりちゃんは嗚咽《おえつ》した。いつまでも泣きやまない少女がたまらなくいとおしく、ぼくは彼女をぎゅっと抱きしめてやりたかったのだけど、小さな子供や女子との身体的な接触は小児性愛やセクハラと受け止められかねないので慎《つつし》むようにとアカデミーで厳しく教育されていたので、ただ見守るしかなかった。

女子部屋で男子も一緒に、生命を維持するだけの朝食をとったあと、月夜さんが口を開いた。

「昔々、私たちが生まれるずっと前にもこの国で戦争があり、地方の軍都が核兵器の攻撃を受けた。爆心地から半径二キロ以内は焼失、見渡すかぎり焼け野原となった。当然、インフラも壊滅状態となったわけだけど、上水道はわずか数時間で復旧した。電気は徹夜で復旧にあたり、翌日から徐々に送電をはじめ、ラジオ放送も翌日に、バスと路面電車の運行も三日後に再開している。これってすごくない？」

「人間は逆境にもめげないと」

桝元君が言い、

「時間が解決してくれるのだ」

八塚君が言う。月夜さんはうなずいて、

「爆弾が落ちたのはいつ？　きのうの夕方よ、半日前。何も焦ることはないわ。今、地上では、懸命な復旧作業が行なわれている。ここには十分な備えがあるのだし、落ち着いて待ちましょう」

たしかに、新型爆弾が落ちて、まだ一日も経っていない。言われてみると、ちょっとした驚きだった。もう一週間もこのシェルターで避難生活を送っているような気分でいた。窓がなくて陽の高さがわからず、インターネットやラジオからの情報もいっさい得られず、時間の感覚が失われていた。

しかし、その事実を認識できたからといって、心が静まるわけではない。いっさいの情報が遮断されているこの状態は、蠟燭《ろうそく》を与えられず、手探りも禁じられた闇夜のような恐ろしさだった。

今回使われたのはいにしえの核爆弾ではない。新型の、スペックが未知の爆弾なのだ。焼失範囲は半径二キロですむのか？　半径十キロが焼きつくされたら、一日二日でインフラはどうにもならないだろう。百キロだったら？　都市がいくつなくなる。復興など永久に無理だ。

一発で一つの都市を壊滅させられるほど強力でないとしても、それを等間隔に十発落とせばどうなる。昨日午後五時四十八分二十秒の衝撃波のあと、シェルターは静まりかえっている。それを、敵の攻撃が終わったと判断していいのか。この近くへの攻撃が行なわれていないだけで、離れたところへは、今も爆弾が落とされているのではないのか。

事実は何一つ伝わってこず、負の想像ばかりがぼくの中でブラックホールのように質量を増していく。

頭を上、つまり出入り口のドアの方に、足を下、踊り場の方に向け、彼女は階段の上に仰向けで横たわっていた。結構急な勾配なのにその体勢で滑り落ちないのは、その首とドアのハンドルがロープでつながれているからだ。ロープは二メートルほどぴんと張り詰めている。

彼女は水上真凜ではない。真凜が首を吊っていたのは一日前のことだ。

水上真凜の死体は隣にある。大きな背中をドアの半分、蝶番《ちょうつがい》側にもたせかけ、クマのぬいぐるみのように坐っている。

その隣で首吊り状態にあるのは月夜さんだった。

避難三日目の朝、男子部屋で朝食をとっていると、白咲結唯がやってきた。月夜さんが来ていないかと言う。見てのとおり来ていないと答えると、起きたら彼女がいなかった、戻ってきたら朝食にしようと待っていてもいっこうに戻ってこず、トイレにもいない、だから男子部屋に来ているのかと覗いてみたと言う。

男子部屋、女子部屋、トイレにいなかったら、残るは階段区画しかない。そして、そこに用があるとしたら、真凜の遺体だろう。通夜の夜伽《よとぎ》で付き添っている。八塚君がそう言うと、なるほどと結唯は出ていった。すぐに戻ってきて、月夜さんが首を吊っていると告げた。

ドアのハンドルにロープを結びつけ、階段の勾配を利用しての首吊りは、丸一日前に見たのと同じ光景だった。ロープも、真凜が首吊りに使ったものだった。昨日、真凜の首にからんだロープをナイフで切断したが、ハンドルからははずしておらず、長いまま放置していた。それがそのまま再利用された形だ。

月夜さんの体は男子の手で引きあげられ、首のロープを切断したあと、真凜の遺体と並んでドアにもたせかけた。

「あの子が自殺したのはわかるけど、月夜さんが、どうして？」

結唯も少なからずショックを受けている様子だった。

「他人が嘔吐するのを見て、自分も吐いちゃう子がいるよね」

桝元君が言った。

「もらい自殺？　んな、バカな」

八塚君が言う。

「水上さんの自殺を止められなかったことに責任を感じてた……」

二十四時間前、二人で階段に並んで話したことをぼくは思い出した。

「リーダーとして責任は感じていただろうけど、後追い自殺するほど自分を責めていたようには見えなかったのだ。それに、面倒見がいいあの人が、僕らを残していってしまうとは……」

八塚君は首をかしげる。

「書き置きがないか確かめてみる」

結唯が階段を降りていく。男子三人もあとに続いて女子部屋に入った。

「どうしたの？　何があったの？」

ベッドに坐ったことりちゃんが不安そうに言った。男子が視線をさまよわせて口ごもっていると、結唯がど真ん中にストレートを放った。

「月夜さんが死んじゃった」

驚きが大きすぎたのか、事実を受け止められないのか、ことりちゃんは、声ひとつあげず、一筋の涙も流さなかった。

月夜さんのデイパックとベッドを調べたが、遺書らしきものは見つからなかった。

「遺体に語りかけて、何で自殺したのか訊《き》き出せないのか？」

桝元君が結唯に言う。

「いたこじゃないし」

「やっぱ、いんちきなんじゃん」

「専門が違うんだって」

結唯はESPカードを取り出す。

「遠山君、ちょっといい？　気になることがあるのだ」

八塚君にささやかれ、諍《いさか》いを続ける二人を残して、彼とぼくは女子部屋を出た。八塚君は階段を昇っていく。踊り場を通り越し、ドアの前まで達すると、

「失礼しますよ」

と手を合わせ、二つの遺体の間に自分の体を入れた。

「ここ、見て」

八塚君は水上真凜の首に懐中電灯の明かりを当てた。

「ロープの跡がくっきり残っているよね」

喉仏《のどぼとけ》の上からうなじにかけて、顎の線に沿うように斜めに走っている。

「次に、こっち」

光の輪が月夜さんの首に移動する。

「同じようにロープの跡がある。それとは別に、広い範囲で痣《あざ》になっているよね？」

首の側面が左右対称に変色している。

「これ、手で絞めた跡ではない？」

「えっ？」

「喉仏の左右に、半島のようにぴょこんと突き出した痣があるよね。これ、親指の跡のように見えるのだ。この手の跡は、水上の首にはついていない」

八塚君は二人の首を交互に照らす。

「首を手で絞めて自殺？」

ぼくは自分の首に両手を持っていく。

「それは無理と思うのだ。自分で自分の首を絞めたら、意識が遠のくところまではいくけど、すると力が緩《ゆる》んで意識を取り戻すから、死にきれない」

「じゃあ、手で首を絞めて死にきれなかったから、ロープで首を吊ることにした？」

「人に首を絞められた時と、自分で首を絞めようとする場合とでは、手の向きが百八十度違うのだ」

八塚君はぼくの首の方に両手を伸ばす。親指が上を向いている。続いてその手を自分の首を絞めるように持っていく。肘《ひじ》が畳まれて逆手《さかて》になり、親指が下を向く。月夜さんの喉仏の左右にある半島のような痣は、突起した部分が上を向いている。

「逆手にしなくても、自分の首は絞められる」

ぼくは指を上に向けた状態で両手を自分の首に持っていく。

「そうやって自分の首を絞めたら、両手を重ねることになり、両手の親指と人さし指の間が、ちょうど喉仏にかかるようになるよね？　けれど月夜さんの首を見ると——」

喉仏の縦のラインには圧迫された跡がない。

「他者の首を絞める時には両手が重ならないから。その代わり、人さし指から小指までが首の真後ろまで回り、その跡が残る。月夜さんにも残っているよね？　自分で自分の首を順手で絞めた場合には、人さし指から小指はそんな後ろまで届かないのだ」

「じゃあ……」

ぼくは息を呑んだ。

「月夜さんは誰かに手で首を絞められたのではないのかと。そして死んだあと、ロープを巻かれて首吊り状態にされた」

「待ってよ。他殺だと言ってるの？」

「僕にはそう見えるのだけど。もっとも素人の見立てだからね。本来なら名探偵氏に判断を仰ぐところなのだけど、あんな状態だから。もしかして、目覚めた？　ちょっと見てくるのだ」

八塚君は階段を駆け降りていき、一分後、一人で戻ってきた。

「戦時下に名探偵は用なしと思ってたけど、こういう事態になったら、必要性を感じますねえ」

「あのさ、頭を整理していい？」

ぼくは言う。どうぞと八塚君。

「水上さんの首には手の跡がない」

「ない。ロープの跡だけ」

八塚君は真凜の首を懐中電灯で照らす。

「水上さんは自殺」

「彼女の場合は自殺する動機もあるのだ」

「月夜さんの首には手で絞められた跡がある」

「自分で絞めたのではなく、他者に絞められた跡が」

光の輪が隣の首に移る。

「月夜さんは誰かに絞め殺され、そのあと吊るされた。自殺に見せかけた他殺」

「月夜さんには自殺の動機もないのだ」

「じゃあ誰が月夜さんを？　ぼくらの誰が？」

ぼくは眦《まなじり》を決して八塚君に詰め寄った。

「そうとは言ってないのだ」

「言ってる。シェルターにはぼくらしかいないんだぞ」

「外部から入ってきたのかもしれないのだ」

「外から？」

「常識的には入ってこられるわけはないのだけれど」

八塚君は懐中電灯の光を移動させる。ドアの上、中、下の三か所についたスライド式のロックは、現在、いずれもロック状態にある。

このドアロックは内側からしか操作できないので、外部からの侵入はありえない。仮に、一昨日の夕方ここに避難した際にロックするのを忘れたのなら、そのあと外部から人が入ってくることは可能である。みな動転していたので、ロックするのを忘れたことは十分ありうる。

しかし、月夜さんを殺したあとはどうする？　シェルターを出ていき、外からドアをロックすることはできない。シェルターという特殊な施設のドアなので、蜘蛛《くも》の糸が通るような隙間《すきま》もない。厚さが二十センチもあるので、外から磁石で動かすこともできない。

殺害実行後もシェルター内にとどまっていれば、ドアロックの問題は考えなくていい。しかしどこにとどまっているというのだ。男子部屋、女子部屋、トイレ、その前の通路、階段区画——不審人物がいればすぐにわかるし、身を隠すことができるロッカーのような設備もない。

「僕にあれこれ要求するのは勘弁してほしいのだ。抜け道というかトリックというか、そういうのを推理により導き出すのは名探偵氏なのだから」

八塚君はどこかの名探偵のように髪を掻きむしる。

「じゃあ、外から来た犯人は、何らかの方法で、殺害後、外に出たあとドアをロックしたとしよう。でもそいつはなんだって、月夜さんを殺さなければならなかったの？」

「弾道弾が落ちたあと、助けを求めて入ってきて、月夜さんと鉢合わせになり、野獣のような強面《こわもて》だったものだから、月夜さんに絶叫されたり棒を振り回されたりした、あるいは、ドアを開けたら汚染物質が入ってくるじゃないと厳しくとがめられ、カッとなって殺した」

「うん、今の状況だと、そういう動機が妥当かと思う。突発的に殺した。この非常時に、親子三代の恨みとか金銭トラブルとかで殺すことはないよね。けど、この非常時に、殺してシェルターを出ていったあと、普通はできない施錠を、トリックを使ってまでしようとする？」

「なるほど。そういうトリックを弄《ろう》する理由は、自分に嫌疑がかからないようにするためなのだが、この非常時に人を殺したところで警察の捜査がまともに行なわれるわけはないのだから、手間のかかるトリックなど弄さず、とっとと逃げるのが筋だと」

「犯人の心理としてね。そう考えると、他殺はないんじゃないの？　やっぱり、責任を感じての後追い自殺」

「しかし、首に残った手の跡は、他人に絞められたことを物語っている。これは物的証拠であり、想像による犯人の心理状態より、ずっと説得力があると思うのだ」

敗北を認め、ぼくは黙ってうなずいた。

「それに、遺書がないのも気にかかるのだ」

「この異常な状況下で几帳面《きちょうめん》に遺書をしたためるほうがむしろ変だと思うけど。水上さんは遺《のこ》書を遺《のこ》してないじゃん。それとも、遺書がないから水上さんも他殺？　手じゃなくてロープで首を絞めて殺したあと、自殺に見せかけるためにドアから吊るした」

「いや、だから、僕は名探偵氏ではないのだから、そうやって責めるのはよしとくれ」

八塚君はぶつくさ言いながら階段を降りていく。しかし不在の探偵の代理を務める意思はあるらしく、ドアを開けて廊下に出ると、非常口の状態を確認した。ここのロックも内側からしかかけられないタイプのもので、三つともしっかりかかっていた。ドアの隙間も、もちろん認められない。

トイレも確認した。窓はない。換気口もない。そして誰もいなかった。棚の扉を開けてもトイレットペーパーとウェットティッシュしかなかった。

トイレを出ると八塚君は、報告のために女子部屋に戻ろうとしたが、ちょっと待ってとぼくが止めた。

「このトイレは水洗ではないよね。レバーを踏めば水は流れるけど、それは便器の汚れを落とすためで、下水に流しているわけではない。排泄物は地中に埋められた浄化槽に溜まる。水洗式になっていないのはたぶん、一つは貴重な水を節約するためで、もう一つは、下水とつながっていたら汚染物質が逆流してくるおそれがあるからじゃないかな。汲み取り式とすることで外界を切り離した。で、浄化槽というのは巨大なタンクだ。人が余裕で入れるほどの」

「えっ？」

「なんてことはないか、さすがに。便壺に隠れようだなんて、どれだけの覚悟が必要か。ほとんど命がけ」

ぼくは照れ笑いでごまかしたが、八塚君は真顔で応えた。

「人を殺すのにもどれだけの覚悟が必要か。そのハードルを越えた者にとっては、臭いや汚れなどは取るに足らない問題なのかもしれない」

そして彼はトイレに戻り、便器の蓋を開けた。

「覚悟があっても無理だね」

ぼくは苦笑した。浄化槽に通じる便器の穴が直径十五センチほどしかなく、幼児があやまって落ちる心配もなさそうだった。

八塚君はかがみ込み、便器の縁を両手で握りしめ、左右に回した。両足を踏ん張り、便器を持ちあげにかかった。結局便器はびくともしなかったのだが、食事中もベッドの中でもパソコンを放さない彼の意外な一面を見た気がした。

女子部屋に戻ると、桝元君が興奮気味に話しかけてきた。

「こいつ、すごいぞ。八割当たる。いったいどういうトリックなんだ」

二枚のＥＳＰカードの裏面を見較べる。

「トリックじゃないって」

結唯が眉を寄せる。

「外の様子を透視できないのは鉛がじゃましているからだっけ？」

八塚君が彼女に尋ねる。

「そうだと思う」

「じゃあ、シェルター内部の透視はできるのだね？」

「内部の壁に鉛が使われていなければ。何で？」

「誰かが隠れていないか透視してほしいのだ」

「誰か？」

「ぼくら以外の誰か。不審人物」

月夜さんの死に他殺の可能性があることを八塚君は説明して、

「ということで、透視をお願いしたいのだ」

「いいよ、やってみる。集中したいから、一人にしてくれる？　あ、待って。殺人鬼がいるのなら、一人になっちゃヤバいじゃん。出ていかないで、静かにしてて」

結唯はドアの前に坐り、目を閉じて顔の前に両手を立てた。ぼくらは部屋の隅で黙って成り行きを見守った。

十分ほどして、結唯が立ちあがった。

「あたしたちのほかにはいない」

「本当に見えたのかよ」

桝元君が鼻を鳴らす。

「だから誰も見えなかったたって」

「そういう意味じゃなくて、その透視、信じていいのかよ」

「信じられないのなら、最初から頼まないで」

結唯はぷいと顔をそむける。

「誰も隠れていないのなら、他殺ではなく自殺じゃん。脅かすなよ」

桝元君が大きく息をつく。

「けど、人に絞められた跡がくっきり残っているわけで。その目で確かめてくるといいのだ」

と八塚君。

「え？　じゃあ何よ、嘘でしょ」

結唯が両手を口に当てた。ことりちゃんが続きを言った。

「この中の誰かが月夜おねえちゃんを殺したの？」

「いやいやいや」

桝元君が大仰に手を振る。

「誰なの？　名乗り出なさい！」

結唯が一同を見回す。

「学級会かよ」

桝元君が溜め息をつく。

「正直に打ち明けて。誰？　あんた？　そっち？」

結唯は男子を一人一人指さす。

「そう言うおまえじゃねえの？」

「何ですって？」

「月夜さんと同じ部屋にいたんだから、殺す機会にめぐまれていた」

「同じ部屋にいたのはあたし一人じゃないでしょ」

「おまえなあ、自分が疑われたくないからって、それ言っちゃう？　いくらなんでも無理だろ」

ことりちゃんは意味がわかっていないのか、それとも疑われて困惑しているのか、無表情で黙っている。その彼女に八塚君が尋ねた。

「言い争うような声や、変な物音を聞いていない？」

ことりちゃんは黙って首を左右に振る。

「どうしてあたしには訊かないのよ。聞いてないわ。犯行現場は廊下じゃないの？　無理やり連れ出したのではなくて、トイレの行き帰りを狙ったのなら、この部屋に押し入る必要はないから、男子だって怪しい。力は男子のほうがあるんだし」

　結唯はむくれてまくしたてる。それを受けて桝元君が、

「いつ出てくるのかわからないのを待つより、同じ部屋から連れ出すほうが確実だし」

　と言い、二人はまた一触即発状態になる。

「早とちりしないで。八塚君は、ぼくらの中に犯人がいると主張しているのではないから。他殺の可能性があると言ってるだけで」

　何とか穏便にすませられないかと、ぼくは割って入る。

「不審者が隠れていないのなら、あたしたちの誰かってことじゃん。それとも、他殺っぽく見えるけど自殺でしたって落ち？」

　結唯の矛先がこちらに向く。

「真相は案外そうなのかも。難しく考えすぎて、普通なら無視する横道に迷い込んでしまっているような気がしてならない。でも、首についた手の角度が決定的だよなあ」

「遠山、何ぶつぶつ言ってんのよ」

「ええと、何の話だっけ、そうそう、現在不審者がシェルター内にいないからといって、ぼくらの中に犯人がいるとはかぎらないって。犯人はすでにシェルターを去っているんだよ」

「内側からしかかけられない鍵ががっちりかかってるって言ったじゃん」

「外からかける方法があるかもしれない」

「どうやって?」

「それは……、ぼくには見当もつかないけど……」

「あんたさあ、名探偵のアシスタントのようなことをやってんでしょ。少しはましな推理をしなさいよ」

「ごめん……」

「で、名探偵はどんな感じなの?」

その問いに、ぼくは力なくかぶりを振る。

「肝腎《かんじん》な時に、あの役立たずが。なにが名探偵よ」

結唯はいーっと歯を剝《む》いて顔をしかめる。

「名探偵不在の間に殺人が発生するという故事をしっかり踏襲しているのが、なんとも。言い換えれば、不在の間に殺人を許した鷺宮藍は、名探偵と呼ばれるにふさわしいかと」

八塚君が妙な感心をして溜め息をつく。

「アイちゃん、やっぱり死んじゃったの?」

ことりちゃんがぽつりと言った。

「そんなことないよ。これまでの疲れがどっと出ただけ。もうそろそろ起きてくるかな」

ぼくは笑いかけるが、少女の表情は強張《こわば》ったままだ。

「別の角度から見ればわかるかも」

桝元君が指を鳴らした。

「手品も、客席からだと、消えたように見えてびっくりなんだけど、真後ろから見たら、テーブルの陰《かげ》に隠してただけだと、タネがバレバレってことあるじゃん」

「何が言いたいのよ」

結唯がいらつく。

「ドアのロックだよ。内部から見るかぎりでは、どうやって外からかけるのか見当もつかないけど、外側から見たら、仕掛けが見えるかもしれない。そのものズバリ、使われた道具が残されているかもしれないし」

「バカ？　外に出られないのに、どうやって外側から見るのよ」

「ちょっと見てこようかなって思ってたりして」

「はい？」

「外の様子が気になって気になって仕方ないんだよ。ドアロックのトリックはおいといても」

「僕は力ずくでも止めるぞ。外は高濃度の放射性物質や神経ガスや致死性ウイルスで汚染されてるかもしれないのだ」

　八塚君が両腕を前に突き出す。

「汚染されているかもしれないから、見てみたいんだよ」

「はあ？」

「今回の爆発が、それにともなう汚染が、植物にどういう影響を与えたのか？　一瞬で枯れてしまったものもあれば、かえって生長したものもあるかもしれず、突然変異が発生した可能性も。今この時はね、またとない研究の機会なんだよ。本当なら、爆発直後から二十四時間態勢で観察するところなんだよ。ああ、論文がいくつ書ける？ちくしょう、死ね、死ね！」

　桝元君は頭を掻きむしりながら地団駄を踏む。

「何、この人」

　結唯が顔をそむけて一歩下がる。

「植物が一瞬で枯れてしまうなら、動物も一瞬で死ぬよね。人間も」

　ぼくは絶望的な光景しか思い浮かばない。

　シェルターに避難した翌日、水上真凜が死んだ。

その翌日、森尾月夜さんが死んだ。

そして四日目の未明、白咲結唯が死んだ。桝元大暉が死んだ。八塚祐平が死んだ。姫野ことりちゃんも、その短い生涯の幕を閉じた。

夜が明けて、昼になり、夜になり、けれど時計の針は動くものの窓のない部屋では時間の感覚がなく、地上の情報は途絶えたままで、ああ次はぼくの番なのだなと覚悟を決めていたら、鷺宮藍が復活した。

「みんな死んだよ」

ぼくがそう伝えると、

「君は生きているように見えるが」

鷺宮藍はこちらを指さした。

「ぼく以外のみんなということ。ほら」

体を開き、ベッドの下段を鷺宮藍に見せる。八塚君と桝元君が折り重なるように倒れている。白いシーツが赤黒く染まっている。

「二人しかいないが」

「白咲結唯は廊下、ことりちゃんは隣の女子部屋。水上真凜と月夜さんの死体は階段の上にある。見る？」

「必要であれば」

「見たから生き返るわけでもないし、べつにいいか。重要なのは、密室の中で七人のうち六人が死に、一人だけ生き残っているという事実。誰が犯人であるのかは、六歳の子でもわかる。名探偵の出番がなくて残念だったね」

そう言うのに、ぼくはかなり勇気がいったのだけど、鷺宮藍の調子は相変わらずだった。

「六人が病気や事故で命を落としたのなら、犯人は存在しない。重篤な疾病や負傷を放置して死にいたらしめたのなら、『犯人』という表現ができなくもないが、シェルターに避難している状況下では責任は問われない」

「水上さんは自殺だけど、ほかは病気でも事故でもないよ」

ぼくは懐中電灯を点け、うつぶせ状態にある桝元君の頭部を照らした。首の真後ろから左横にかけて、ぱっくりと裂けている。ここを自分で傷つけるのは難しい。ためらい傷も見られない。

「7−6＝1ではなく、7−6＋（1−1）＝1の可能性がある」

「（1−1）というのは、外部からの侵入者があり、出ていったということ？」

「そのとおり」

「外部犯はありえないよ。十四日の夕方避難してきた時にドアをロックしている。非常口ともども、そのロックは内側からしか操作できない。ぼくら以外出入りは不可能」

「外部の者による犯行は不可能であると断ずるには不備がありすぎる。一、避難後ただちにドアはロックされたのか？　誰がロックした？　ロック状態を確認した者はいるのか？　その確認が取れないのなら、外部からの侵入の可能性はゼロではない。二、ドアロックの機構やドア本体の構造によれば、外部からの開閉操作が可能かもしれない。この検証が不十分。三、――」

「確認も検証も必要ないよ。百パーセント、何のトリックも使われていない。水上さんを除いて、殺したのはぼくなのだから。と、殺した当人が言っている」

ここも相当覚悟がいったのだが、鷺宮藍に人情の機微は伝わらない。

「自白は絶対ではない。それを裏づける証拠がなければ裁判で効力を発さない」

「いや、裁判なんてするつもりないから。君は疲れ知らずだからいいけど、こっちはもう神経が痩せ細ってて、とても議論する元気がない。ただ、君には伝えておきたいことがあるから、聞いてもらえると嬉しい。いいと言うまで、いっさい口を挟まないで」

「承知した」

鷺宮藍は時代がかった口調で返事をすると、鹿撃ち帽の鍔をぐいと下げて腕組みをした。ぼくは一瞬苦笑して、すぐに表情を戻して語りはじめた。

「水上さんは、この戦争で親しい人がみんな死んでしまうのではないか、国が滅んでしまうのではないか、強力すぎる兵器で地球が消滅してしまうのではないかと恐れ、その不安に耐えきれずに自ら命を絶った。その気持ち、ぼくにはよくわかった。ぼくもこの戦争がはじまってから、いつドローンの攻撃機が飛んでくるか、モールに買物に行ったら工作員による毒ガステロに巻き込まれるのではないかと、気が気でなかった。一〇二〇でたくさんの仲間が失われてからは恐怖と絶望に拍車がかかり、泣くことさえ億劫《おっくう》になった。

そして三日前、噂されていた最終兵器が発射され、衝撃波が届くほど近くに落ち、ラジオも無線機もネットもダウンして、外界から隔絶されてしまった。水上さんは自分に正直な人だった。怖ければ怖いと口にし、希望がないなら生きていてもしょうがないと、自ら命を絶った。

ぼくは、男だから泣いたりわめいたりするのはかっこ悪いと、変なプライドによってぐっとこらえてたけど、心臓はずっと、全力疾走したあとのようなドキドキ状態で、これが何日も続いたら、オーバーヒートで死んでしまいそうだった。ベッドに横になってもまんじりともしない。八塚君や桝元君が高鼾をかいているのが信じられなかった。不安は胃腸の調子も狂わせ、何度もトイレに行った。

吐けそうで吐けなくて、便器を抱えて生唾《なまつば》だけ吐き捨ててたら、月夜さんが入ってきた。鍵をかけていなかったから、誰もいないと思って開けてしまったらしい。月夜さんは、心配ないから、地上では夜を日に継いで復旧作業が行なわれているからと、ぼくの背中をやさしくなでてくれたけど、それが口先だけの言葉であると、ぼくにはわかってしまっていた。

戦争を放棄している国に戦争は起きないと教えられて安心していたのに、この戦渦だ。

リゾートは攻撃対象にならないと旅行に行ったら、みんな帰ってこなかった。

新型爆弾が発射されても迎撃態勢は万全だから、上空で破壊できるはずではなかったの？

丸一日が過ぎても地上とは切り離されたまま、復旧作業中と言うけれど、その証拠は？ インフラにかかわる人たち全員が死んでしまったかもしれないのに。

大人は嘘つきだ。根拠もなく安心安全と繰り返す。安心安全でありたいという願望を、さも事実のように口にしているだけなんじゃん。その願望が叶《かな》わなかった時、どれだけの絶望に打ちのめされるかわかってんの？

ぼくはもうそんなのに耐えられない。

だから月夜さんの首を絞めた。

聞いてほしいのはここからだ。トイレで月夜さんを殺したぼくは、死体を背負って階段をのぼり、前日水上さんが使ったロープを死体の首に巻きつけた。自殺に見せかけるためだ。自殺に見せかけるとはすなわち、他殺であることを隠すため、自分が殺したと知られたくないからだよね。笑っちゃうだろう？

ぼくは絶望してたんだよ。地上は破壊しつくされ、生存者はほとんどおらず、今は無傷のぼくたちも、食料が尽きて地上に出たら生き延びることはできない――そう信じていたからこそ、希望をささやく月夜さんに我慢がならなかった。死ぬのは時間の問題だと覚悟していたんだよ。だったら、ぼくが殺したと知られようが関係ないじゃん。なのにわざわざ隠蔽《いんぺい》工作をしている。不思議だよね。

自殺の偽装は八塚君によって見抜かれた。そして彼を言いくるめられないと判断すると、今度は、侵入者による犯行の方向に誘導しようとはかった。これも自分が疑われたくないからにほかならない。いったい何を恐れていたのだろう。

月夜さんを殺したあとの行動原理は保身だ。ところが、一日経ったら、ぼくは別人格になったような行動を取る。ぼく以外の四人を殺した。順番は、八塚君、桝元君、白咲結唯、ことりちゃん。桝元君が夜中にトイレに行ったあと、ベッドで寝ていた八塚君の顔に枕を押しつけ、のしかかり、窒息させた。戻ってきた桝元君がベッドの上段にのぼろうとして下段の異状に気づき、覗き込んだところをナイフで切りつけた。そのあと廊下で待機し、女子部屋から出てきた白咲結唯を襲い、最後にことりちゃんも殺した。

前日の行動を考えると、月夜さん殺しを疑われたから殺した、あるいは疑いをかけられる前に手を打った、と思うだろう？　それが違うんだな。

ぼくは、この世界に未来はないと確信していた。なのにみんなは希望を捨てていない。桝元君は植物の研究に思いを馳《は》せている。八塚君は通信の回復を必死に試み、それが無理とわかったあとは、探偵活動をすることに意義を見出《みいだ》した。白咲結唯はよく食べよく喋《しゃべ》り、溜まったエネルギーを爆発させたくてうずうずしている様子だ。

憐《あわ》れでならなかった。だから殺した。絶望を見る前に死なせてあげた、友達として。ことりちゃんは、一人残されても何もできないから、早めに楽にしてあげた。

どうだい、この一貫性のない行動。でも、それが人間なんだよ。ぼくが君に言いたいのはそれだ。

君は常に理詰めでものを考える。まだ七つの事件にしかかかわっていないけど、理智を看板とする探偵としては、すでに史上最強の呼び声が高い。けれど、一つ、大きな弱点を抱えている。君は論理をはずれて考えることができない。

人の心は往々にして非論理的だ。一時間前に白と思っていたのに、今では黒と言って譲らない。変化したことに論理的な理由はない。なんとなくそういう気分になった。この機微を推理に取り込めないと、君はこの先、陥穽《かんせい》にはまる。しかし逆に言えば、人の心の支離滅裂さを理解したうえで推理できれば、君は無敵の名探偵になれるし、そうなってほしい。以上。喋っていいよ」

「承知した」

鷺宮藍は心のこもっていない言葉を返す。

「で、今ぼくの心を占めているのは何だと思う？　後悔であり、嘆きだ。みんなのほうが正しかった。さっき、ラジオが鳴り出した。ケータイの圏外表示も消えた。五発の弾道弾により、全国五都市で百万人が一瞬にして命を落とし、死者は今も増え続けている。被災者は一千万人にも達している。

わが国がかつて経験したことのない未曾有《みぞう》の被害だ。けれど壊滅にはいたっていない。生物・化学兵器の使用は確認されておらず、被害の長期的な拡大はないだろうと見られている。インフラの復旧もはじまった。この状況下でもラジオはコマーシャル入りで放送されており、ネットのニュースも更新されている。希望は残ったんだ。人間って、なんてタフなんだろう。

なのにぼくは思い込みで未来を描き、仲間を五人も殺してしまった。死ぬしかないよね、もう。短い間だったけど、名探偵のアシスタントを務めることができて、いい経験になったよ。ま、死んだら、そんな経験は意味ないんだけどね」

「君が死んでも五人は生き返らない」

「だから、そういう理屈がだめなんだって」

ぼくは鷺宮藍に笑いかける。鷺宮藍はにこりともしない。

「おっと、いま気づいたぞ。君にはもう一つ弱点があるね。理詰めでしかものを考えられないという弱点は、経験を積むことで、案外早く克服できるかもしれない。けど、もう一つの弱点は、どんなにがんばっても無理だな」

ぼくはアーミーナイフを握り、鷺宮藍に向かって突きつける。ブレードには桝元君を刺した時の血が乾いてこびりついている。

「探偵の中には、殴る蹴《け》るも厭《いと》わないハードボイルドな武闘派もいるけど、君は究極の安楽椅子《あんらくいす》探偵だ。目の前で何が起きようと、椅子から立ちあがれない君は止めることができない」

ぼくはナイフを振りあげる。

2

停戦発効の翌月、シェルターが外から開かれた。

ドアは二か所とも内側からロックされており、開けることができなかった。そこで半壊した建物一階の床材を取り除いたのち、破砕機を用いて三十センチ厚のコンクリート壁に穴を開けた。

シェルター内からはミイラ化しかかった遺体が七つ発見され、所持品などから身元が確認された。いずれもアカデミーの生徒だった。

白咲結唯、遠山公輔《こうすけ》、姫野ことり、桝元大暉、水上真凜、森尾月夜、八塚祐平、の七名である。

生存者は発見されなかった。

3

「――被害者の身長は百五十九センチ、あの年代の男性にしても低身長で、それが大きなコンプレックスとなっていた。そこで彼は国外で骨延長手術を受け、身長を百七十センチまで伸ばした。腓骨《ひこつ》や脛骨《けいこつ》を人工的に骨折させ、それが自然治癒する力を利用して伸ばすもので、イリザロフ法と呼ばれている。一九六〇年代に旧ソ連の整形外科医が確立した画期的な矯正術だ」

鹿撃ち帽を斜めにかぶった鷺宮藍が喋っている。左がグレー、右がヘーゼルのオッドアイが神秘的だ。

「このことから、被害者の下肢が切断され、持ち去られていたのは、彼が伸長手術を受けていたことを隠すためだと推察される。死体を実測し、一年前の健康診断の結果と十一センチも違えば、誤差の範囲を逸脱しており、被害者の体に何が起きたのか調べられる。下肢には手術の跡も残っている。したがって犯人は、被害者の身長が一年前とは変わっていたことを知られたくない人物であり、事件当夜アリバイのない容疑者の中でそれに該当するのは、板垣三郎《いたがきさぶろう》ただ一人である。以上」

鷺宮藍は鹿撃ち帽の鍔をぐっと下げて目を隠した。

「これは彼が旧政権下で手がけた事件の記録の一つです。『彼』と呼ぶのが適切かわかりませんが」

眼鏡《めがね》の女性がタブレット端末をタップすると、画面から鷺宮藍の姿が消えた。

「汎用性《はんよう》はあるのか？」

髭《ひげ》の男が興奮気味に問う。

「はい。テストのための未解決事件を選定しているところです」

「急いでやってくれ。しかし、そいつのなよなよしたなりはいただけないな」

「プログラムを書き換えれば、いかようにも。帽子を取ります？　髪を切ります？　目は黒に？　美少女にもできますよ。それともご自身の写真を使われます？」

「考えておくよ。とにかくすぐに会議に諮る。そいつを接収できたことが最大級の戦果かもしれないな」

髭の男は携帯電話を耳に当てて参謀長の机を離れる。

鷺宮藍は、中山隼人という天才少年によって開発された、人工知能による探偵である。その愛称は、少年が在籍していたアカデミーの所在地と、ＡＩをローマ字読みにしたものに漢字を当てて、つけられた。そもそもは推理ゲームをするために組まれたプログラムで、鹿撃ち帽にオッドアイという戯画的な人物のイラストがインターフェースとなっているのはそのためである。

生みの親である少年の願いは、ゲームとして商品化できればいいなという、ささやかなものだった。しかし鷺宮藍の推理能力の高さに驚いたアカデミーの主宰は、懇意にしていた代議士のルートで警察に渡りをつけ、現実の犯罪を用いた実証実験を行なうことにした。

鷺宮藍はデビュー戦で警察関係者の度肝を抜いた。事実上捜査が放棄されていた古い事件の資料を見せたところ、これまで見過ごされていた証拠から新たな容疑者を割り出し、それに基づいて警察が追加の捜査を行ない、時効を目前に解決となったのである。

フロックではなかった。鷺宮藍は、迷宮入りとなっていた事件を、二つ、三つと解き明かし、そのたびに推理能力がブラッシュアップされた。鷺宮藍が考える時間より、デジタルデータ化されていない資料を手作業で読み込ませる時間のほうが数万倍かかった。

実証実験は成功した。しかしそのまま正式な運用とはならなかった。人工知能に捜査をまかせることの法的な問題を検討する必要があった。また、あまりに有能であるため、警察官が大量に不要になってしまうという懸念もあった。

実証実験が行なわれたことも伏せられた。この人工知能を開発したのが十五歳の少年だったとなると、世間は彼を大いにもてはやし、彼はそれにわれを失い、才能を腐らせてしまうおそれがあった。そうならないようアカデミーで人格教育を施し、大人の心構えができてから、世に送り出す予定でいた。しかしその機会は永久に失われた。

一〇二〇で中山隼人が夭折《ようせつ》したあと、鷺宮藍のオペレーターは、ルームメイトの遠山公輔が受け継いだ。遠山公輔は、インターフェースに使われたイラストや、そのアニメーションの制作で、鷺宮藍のプロジェクトにかかわっていた。

オペレーターを受け継いだといっても、戦局の逼迫《ひっぱく》により、鷺宮藍の実証実験は停止状態だった。遠山公輔はプログラマーではないから思考回路のチューンナップもできず、せめて人工知能の会話能力を高めようと、彼は鷺宮藍を相手に日常会話を重ねた。その際、姫野ことりをブラインドテスターにした。鷺宮藍が人工知能であるとは教えずに話をしてもらい、自然言語処理や音声変換がどこまで人間に近づいているか試してみた。彼女は最後まで生身の人間と信じて疑わず、鷺宮藍は完成の域にあった。しかし二一四の弾道弾攻撃の際、鷺宮藍の大きな弱点があらわになった。

鷺宮藍の能力の高さはコンピューターの処理能力の高さに支えられている。中央処理装置を複数搭載した大型コンピューターをさらに複数接続したもので、消費電力は莫大《ばくだい》、発熱量も大きいため冷却装置も必要で、専用の大型トレーラーでも仕立てないことには移動させられない。しかし探偵として運用するなら、第一の事件現場から第二の現場、関係者宅、警察署と、フットワーク軽く持っていきたい。海の向こうで活躍させたいことも出てくるだろう。そこで、プログラム本体を動かすハードウェア部分は堅牢なサーバールームに固定し、インターネットを介して携帯端末から操作できるようにした。

そのため、弾道弾攻撃の影響で通信回線がダウンすると、鷺宮藍はまったく機能しなくなった。携帯端末にはインターフェースを表示するアプリケーション・ソフトウエアが入っているだけで、メインサーバーから切り離されたら、推理も日常会話もできない。インターフェースも、音声と同期してアニメーションするようになっていたため、鷺宮藍の言葉が音声データとしてサーバーから送られてこなければ、静止画のまま動かない。

三日後、通信インフラが回復すると、鷺宮藍も再起動した。しかし機能が停止している間に五件の殺人が発生し、犯人である遠山公輔は喉を掻き切って自殺した。身体を持たない鷺宮藍はそれを止められず、そこに思考機械としての限界があった。

鷺宮藍には弱点があるが、そもそも一つのシステムで全方位をまかなうのは無理である。弱点は別のシステムで補えばよい。

何より、占領国の人員より被占領国の人口のほうが圧倒的に多いという現実を考えると、人工知能の運用は不可欠だった。

鷺宮藍は警察機構の一部門としての地位を与えられ、新国家の秩序の維持に寄与することになるのである。

仮題・ぬえの密室

綾辻行人

綾辻行人

Ayatsuji Yukito

１９６０年京都府生まれ。京都大学教育学部卒業。同大学院修了。’87年9月『十角館の殺人』でデビュー。「新本格ムーヴメント」の嚆矢《こうし》となる。「館」シリーズで本格ミステリシーンを牽引する一方、ホラー小説にも意欲的に取り組む。’92年『時計館の殺人』で第45回日本推理作家協会賞を受賞。２０１８年度、第22回日本ミステリー文学大賞を受賞。

1

昼なお薄暗い小部屋の、北側の壁面を覆《おお》い尽くさんばかりに何枚もの模造紙が貼《は》ってある。京都大学推理小説研究会（略称「京大ミステリ研」）において、これまで発表されてきた〝犯人当て小説〟の作品名と作者名が、そこにはぎっしりと書き込まれている。歴代〝犯人当て〟の一覧表、である。

向かっていちばん左のいちばん上に、一九七四年に研究会が創設された当初の、記念すべき第一回作品が。いちばん右の下には、それから四十三年が経《た》った現在の、現役会員による最新の作品が。確かめてみると、最新作は「第四八七回」とあった。

京都大学の吉田南《よしだみなみ》構内。

吉田グラウンドの西側に建つ、コンクリートの箱をつないで並べたようなサークルボックス棟（通称「ハーモニカボックス」）の一室。――京大ミステリ研が長年、ボックス（部室）として使用している部屋である。

何年かぶりで訪れるミステリ研のボックスだが、昔も今もこの北側の壁面は様子が変わらない。訪れるたびにタイトル総数が増えている犯人当ての一覧表は、こうして見ると壮観だった。創設以来現在に至るまで、よくぞ途切れずにこれだけ続いているものだなあ——と、そんな感慨にも囚《とら》われる。

「では、まずはその一覧表をバックにして、お三人の写真を」

と、カメラマンからリクエストされた。カメラマンの横では、地元・京都のK＊＊新聞の記者がしきりに何かメモを取っている。

「いいですよね、それで」

記者に確認すると、カメラマンがアングルその他を決め、指示に従って私たちは位置についた。「私たち」とはつまり、京大ミステリ研出身の推理小説作家《ミステリさっか》——我孫子《あびこ》武丸《たけまる》、法月綸太郎《のりづきりんたろう》、そして私こと綾辻行人《あやつじゆきと》の三人である。

「この〝犯人当て〟というのは京大ミステリ研の、大袈裟《おおげさ》に云《い》えばまあ伝統行事のようなもので……」

会員が持ちまわりでオリジナルの犯人当て小説を書いてきて、例会で発表するのである。まず「問題篇」だけが示され、参加者に対して「さて、犯人は誰か？」という「挑戦」が敢行される。制限時間内に参加者が解答を提出したのち、「解決篇」が披露されて正解者が顕彰されて……と、簡単に云ってしまうとそのような〝お遊び《ゲーム》〟なのだが。

こういった取材を受けるたびに繰り返してきた説明を今回の記者に対してもしながら、アングルや場所を変えて必要な写真撮影を終えた。

「お疲れさまです。このあとは弊社の会議室へ移動して、みなさんでいろいろとお話を……」

記者に云われ、「了解」と応えて椅子《いす》に置いておいた鞄《かばん》を持った。法月くんも同じように動いた。――ところが。

このとき、我孫子くんだけがすぐには動かなかったのである。自分の鞄を取ろうともせず、腕組みをして立ったまま。そしてその視線は、壁を埋めた犯人当ての一覧表にじっと向けられているのだった。

「どうしたの」

私が問うと、我孫子くんは首を傾《かし》げながら、

「んー。ちょっと……」

「あの表が、どうか？」

「…………」

「きちんと残してくれてるねえ。我孫子くんが書いたやつも、あそこにほら。あれとあれ、あれも……懐《なつ》かしいねえ」

「んー」

と、それでも我孫子くんは首を傾げつづける。眉根《まゆね》を寄せて唇《くちびる》を少し曲げて……何やら物思わしげな面持ちでもある。――ような気がした。

「どうかしたの」

ふたたび問うと、我孫子くんは腕組みを解いて眼鏡《めがね》のブリッジを指先で押し上げながら、

「いや、ちょっと気になることが……いやまあ、べつにええんやけど」

そう答えつつも、やはり何やら物思わしげな面持ちで……。

これがこの日の夜に持ち上がった風変わりな議論の、云《い》ってみれば前振りのようなものだったのである。

2

私こと綾辻がデビュー作『十角館の殺人』を講談社ノベルスより上梓《じょうし》したのが、一九八七年九月のことだった。今年――二〇一七年の九月で、あれからまる三十年が経つ勘定になる。この『十角館』の出版が呼び水となっていわゆる「新本格ミステリ・ムーヴメント」が起こった――というのは今や、この国の推理小説史における定説と

なっているようで、だから今年は「新本格三十周年」の記念の年でもあるのだ。

そんなわけで今年は、「三十周年」に連動した記念企画が、講談社の文芸第三出版部の主導であれこれ予定されている。併せて、新聞その他のメディアから「三十周年」関係の取材を受けたりもするのだが、その一つとしてこの春、私が住まう京都の地元紙の文化面で、なかなか賑《にぎ》やかな特集が組まれることになったのである。

同じ京大ミステリ研出身の、ムーヴメントに関わったミステリ作家で、なおかつ現在も京都に住みつづけている我孫子、法月、綾辻が集まり、「三十年を振り返る」的な鼎談《ていだん》を行なう。それを使って、ゴールデンウィークあたりで三日連続の特集紙面を組みたい。――と、そんな企画だった。

私たち三人の関係は昔も今も変わらず良好だし、京都市内ですべてが済むのだから何の問題もない。すんなりと話はまとまり、実現の運びとなった。鼎談の日取りも決まって、この日――四月十一日火曜日の午後にまず、私たちは記事に添える写真の撮影のため、京大ミステリ研のボックスを訪れたのだった。

K＊＊新聞社の会議室に場所を移し、和やかな雰囲気のうちに鼎談を終えて――。

三人で河原町《かわらまち》へ出て手ごろな居酒屋で食事をしたあと、「久しぶりにうち（＝綾辻宅）へ来る？」という流れになったのである。同じ京都に住む私たちだが、ここ数年はそれぞれにめっぽう忙しくて、三人揃《そろ》ってゆっくりと話をする機会もあまりなかったから。

この時点で、酒好きの我孫子くんはすでにだいぶ酔っていて上機嫌だった。法月くんも珍しくそこそこ飲んでいた。私は下戸なので、飲みものはずっと烏龍茶かジュースだったのだけれど、二人が飲む酒のにおいだけで少し酔ってしまったのか、何だか頭がくらくらしていた。——ような気もする。

食事の席での話題はあちこちに飛び、そうするうちにやがて、秋に刊行が予定されているオリジナルアンソロジーの話になった。三十周年記念企画の目玉として、「新本格第一世代」に含まれる作家七人が新作短編を書き下ろす。これをまとめて講談社ノベルスから出そう、というのである。

昨年の秋ごろだっただろうか、編集部からこの依頼が来たときには正直、困った。求められるのは当然ながら「本格ミステリ」で、設定される共通テーマは「名探偵」だという。本音を云えば、私は辞退してしまいたかったのだ。それを「綾辻さんが入っていないと意味がありませんから」と強く説得され、どうしても引き受けざるをえなくなったわけだが。

だいたい私は——と、このさいだからありのままを書いてしまおう。

だいたい私は、短編のミステリ（しかも「本格」の）を書くのが大変に苦手なのである。

三十年もキャリアがあるというのに、「本格ミステリ作品集」と呼びうる著書は『どんどん橋、落ちた』の一冊しかない。ほかの短編集はたいがいホラー小説寄りのもので、「本格」の含有率はとても低い。『どんどん橋』にしてみても、これは確かに全収録作が本格ミステリではあるのだが、そうそう胸を張って人に勧めることはできないような変化球ばかりだし……。

「名探偵」というテーマにしても、私には酷な話である。短編でも通用しそうな名探偵のシリーズを持っていないから、である。

「館《やかた》」シリーズの鹿谷門実《ししやかどみ》がいるではないか、と思われるかもしれないが、鹿谷は〝中村青司《なかむらせいじ》の館〟があってこその鹿谷であり、それ以外の舞台で彼が名探偵として活躍するイメージはまるで湧《わ》かない。「館」シリーズは長編で全十作にするつもりでいるから、ここに来て「館」の短編を一本、というわけにもいかない。

「だったら特例として、綾辻さんは『中村青司』でもＯＫです」

編集部からはそうも云われた。

「名探偵・鹿谷門実」にはこだわらなくていいので、たとえば「建築家・中村青司」が登場する「館」シリーズのスピンアウト的な短編を――という提案。だがしかし、それはそれで安易には書けない、書きたくない事情があって……。

……ううむ。

やはり困った。と云うか、現在進行形で困りつづけている私なのだった。

「どうしたものかねえ。ほんとに僕、困ってるんだよなあ」

と、このとき私は二人を相手に弱音を吐《は》きまくった。――ような気がする。

我孫子くんと法月くんは当然、アンソロジーの執筆メンバーに入っている。原稿の締切日は同じだから、二人ともそろそろ、それが気になりはじめている様子ではあった。

「法月くんはやっぱり、綸太郎で書くの？」

私が訊《き》くと、法月くんは神妙に頷《うなず》いて、

「まあ、そういうことになりますね」

あまり力のない声だったが、本格ものの短編は彼が大いに得意とするところである。書くとなったら見事な作品をものするに違いない。

「我孫子くんは？　久々に速水《はやみ》三兄妹が登場？」

「さあ、どうかなあ」

と、我孫子くんは首を捻《ひね》った。

「『人形』シリーズの鞠小路《まりこうじ》鞠夫《まりお》、とか？」

「どうかなあ……」

答えをはぐらかしつつも、我孫子くんはどこか余裕の表情に見えた。きっとすでに、何らかの腹案があるのだろう。

「綾辻さんはどうするん？」

我孫子くんに訊き返されて、私は「だからぁ」と顔を曇らせた。

「どうしたらいいのか分からなくて、困ってるんだってば。ここで名探偵と云われてもなあ。鹿谷門実ではやっぱり、書けそうにないし」

「『殺人方程式』の明日香井《あすかい》兄弟は？」

「いやあ、さすがに今さら……」

今さら、二十年以上も放置してきたあのキャラクターを使って？　――まさか。どう考えても書ける気がしないし、書きたくもない。

こうなったらいっそ、新たな名探偵のキャラを作ってしまおうか。――いや、まさか。今の私にはとうていそんな気力はないし、時間もないし……ああもう、困った。

本当に困った。

「困ったなあ……」

そのあともひとしきりアンソロジー関係の話が続いたのだが、私は独《ひと》り浮かない顔で「困った」「困った」と繰り返していたように思う。――で。

この会食のあと、「久しぶりにうちへ来る？」という流れになったわけだった。もうだいぶ時間も遅かったのだけれど、同居人に電話してみると「もちろん歓迎よー」との応え。三人でタクシーに乗って、比叡山《ひえいざん》が間近に見える街外れのわが家へ向かったのだったが、さて、その車中で――。

「むかしミステリ研で、何かその、すごい犯人当てがあったの、憶《おぼ》えてへん？」

我孫子くんが不意に、そんなことを云いだしたのである。

「すごい犯人当て？」

後部座席に並んで坐《すわ》っていた私が、すぐさま反応した。

「すごいのはまあ、いっぱいあったと思うけど……どういう意味？　それ」

そう云えばきょう、ハーモニカボックスでの写真撮影を終えたあとに我孫子くん、歴代犯人当ての一覧表を見ながら首を傾げていたが。あのとき「ちょっと気になることが」と云っていたあれが、ここにつながってくるのだろうか。

「いやまあ、どうもいまいちはっきりせえへん話なんやけど。このあいだ麻耶《まや》雄嵩《ゆたか》がふらっと遊びにきて、そのとき――」

麻耶くんは、彼もまた私たちと同じ京大ミステリ研出身の作家で、私たちと同じくデビュー後もずっと京都を生活の拠点としつづけている。

「夜遅くまで二人で飲んで、二人ともかなり酔っ払ってたんやけど。そのときあいつが、急にこんなことを……」

――例のほら、〝幻の犯人当て〟っていうの……本当に昔、そんなにすごい犯人当てがあったんですか。

と、麻耶くんは云いだしたのだという。

我孫子くんはとっさの返事に詰まって、「なに？　それ」と問い返した。すると麻耶くん、酔って舌をもつれさせながらも、答えていわく。

――去年だったかおとといだったか、我孫子さんから聞いたんですよ。学生が学園祭の打ち上げに呼んでくれて、一緒に顔を出したでしょう。昔のミステリ研の話で場が盛り上がって……そこで。

「そこで我孫子くんがその、〝幻の犯人当て〟の話をしたわけ？」

私が訊くと、我孫子くんは心もとなげな声で、

「した――らしいんやけど」

「らしい？　よく憶えてないの？」

「まあ、あのときもかなり酔ってたと思うし」

――「すごかったんや」って、しみじみと云ってたじゃないですか。

と、麻耶くんは反応の鈍《にぶ》い我孫子くんに喰い下がったのだという。

――「今や知る者もおらんやろうから、云わば〝幻の犯人当て〟やな」とも。ね？

「そこまで云われても、思い出せなかったの？」

「んー。いかんせん酔ってたから」

「酔っ払ってでたらめを云った、とか」

「いや、それが……あとでよく考えてみたら、まったくのでたらめでもなかったように思えてきて。単にすごいんやなくて、何て云うか、すごく奇妙な印象の犯人当てが昔、あったような気が」

「じゃあ、そのタイトルは？　作者は？」

「んんー」

我孫子くんは悩ましげに腕組みをした。

「その辺はどうにもはっきりしなくて。そやけど、きょうボックスであの一覧表を見てたら、何となくまた気になってきて」

「なるほど」

と、いちおう事情を理解して頷いてみせた私だったのだが、このとき。

「あのぅ」

助手席に坐っていた法月くんが、私たちのほうを振り返ってこう云ったのである。

「それって……私も何となく、昔そのようなものがあった気がするんですが」

「えっ。そうなの？」

「ええとですね、もしかしてそれって、ぬえがどうのこうのっていう話だったんじゃあ……」

　タクシーがわが家の前に到着したのが、ちょうどこのタイミングだった。夕方から続いていた小雨《こさめ》がやんで、どこかしら妖《あや》しげな蒼白《あおじろ》い夜霧に変わり、車を降りた私たちを包み込んだ。

3

　というわけで、そのあと三人がわが家のリビングのソファに落ち着いてからも、話題はおのずからその〝幻の犯人当て〟のまわりをぐるぐるしはじめたのだった。

「いらっしゃーい」

　自分の書斎から出てきた同居人――妻の小野不由美《おのふゆみ》が、

「ずいぶん久しぶりねぇ、このメンバーが揃うのって」

　楽しげに笑みながら、てきぱきと飲みものを用意してくれた。我孫子くんと法月くんにはワインを。下戸の私にはアイスコーヒーを。小野さん自身は温かいミルクティーを。――そして。

「〝幻の犯人当て〟かぁ」

　私たちと同時期に京大ミステリ研に所属していた彼女もまた、当然のようにそれに興味を示したのである。

「まずは、そんなものが実際にあったのかどうか、っていうのが問題ね」

　自分が「そんなもの」を知っているかどうかは述べず、小野さんは我孫子くんに訊いた。

「そもそも学園祭の打ち上げのとき、我孫子くんは麻耶くんに対してどういうふうに語ったわけ？」

「そやからぁ、それが自分ではちゃんと思い出せなくて」

我孫子くんはやはり悩ましげな面持ちで、

「あいつが云うには、だいたいこんな感じやったみたいで……」

今の若い連中は誰も知らないことだろうが、その昔——自分がミステリ研の現役会員だったころ、すごい犯人当てがあったのだ。ディテールは思い出せないが、とにかくその場にいた誰もが驚き、感心してしまうようなものだったことは確かで……と、そんなふうに我孫子くんは語ったという。

麻耶くんは興味をそそられて、「タイトルは？」「作者は？」「どんなトリックが？」と質問を繰り出したのだが、我孫子くんはどの質問にも明確な答えを示せなかった。ただ、そのさいにも「何だかすごく奇妙な、という印象が残っていて……」とは述べたらしい。

「その話題が最近、麻耶くんとのあいだでまた出たわけね」

「そうそう」

「学園祭の打ち上げで話したことは憶えていないけれども、麻耶くんに訊かれて、少しは思い出すところがあったのね？　だからきょう、ボックスで見た犯人当ての一覧表が気になった」

「そういうことやね」

「表の中にその〝幻の犯人当て〟のタイトルがあるかもしれない、と考えて？」

「そうやね」

「あったの？　それらしきタイトルは」

「――いや」

我孫子くんは小さくかぶりを振って、ワインのグラスを口に運んだ。

「ざっと見てみたんやけど、ぴんとくるものはなかったような……」

小野さんは「そっかぁ」と頷いて、細身のシガレットに火を点《つ》ける。つられて私も煙草《タバコ》をくわえた。酒は苦手だが煙草は好む――という点において、彼女と私は昔から嗜好《しこう》が一致している。

「麻耶くんのことだから、好き勝手に話を膨《ふく》らませて大袈裟に云ってる可能性、あるよねぇ」

うむ。それは大いにありうる、と私も思う。

「でも――」

と、小野さんは続けて、

「法月くんも心当たりがある、のね？　この〝謎の犯人当て〟について」

「幻の」を「謎の」に変えて、彼女は訊いた。

「そして法月くんは、それが『ぬえがどうのこうのっていう話』だったように思う、って？」

「私も記憶はすこぶる曖昧《あいまい》なんですが」

そう云うと、法月くんも私たちにつられて煙草をくわえた。すっかり愛煙家が迫害されつつある昨今の世知辛い社会状況だが、私たちの世代の小説家は相変わらず喫煙率が高いのである。

「我孫子くんの話を聞いていて、何となく。そう云えば昔、〝幻の犯人当て〟と呼んでもいいような何かがあった気がするなあ、と。私の印象としては、何と云うか、すごく刺激的な……」

「それが『ぬえ』？」

「そんな言葉がさっき、ふっと浮かんだんです」

「『ぬえ』っていうのはタイトル？　それとも何か、作中の事件のキーワードみたいな？」

「さあ……」

法月くんはゆるりと首を振った。

「我孫子くんはどう？　『ぬえ』と聞いて」

小野さんに訊かれて、我孫子くんは「んんー」とまた腕組みをした。やはり悩ましげ……と云うか、懸命に昔の記憶を掘り起こそうとしているふうにも見える。

「綾辻さんは？」

と、次は私が訊かれた。

「何か心当たり、ある？」

「どうだろう」

私は煙草を揉《も》み消し、ソファに凭《もた》れ込んだ。先ほどから頭のどこかで、何かもやもやするものを感じてはいるのだ。けれどもなかなか、そのもやもやが〝形〟になってはくれず……総じて、記憶はひどく頼りなくてぼんやりしている。

私たちがミステリ研の現役会員だったころ——と云えば、今から三十数年も前の話になる。

私ももう齢《よわい》五十六。かつては書き言葉でも「僕」で通していた一人称が、最近では「私」のほうがしっくりくるようになってきた。小野さんは私と同い年で、我孫子くんも法月くんも五十過ぎ。四人ともとうに立派な中高年で、老年期も遠くない先に見えている。三十数年前の記憶が曖昧だったり不如意だったりするのはまあ、致し方ないことだろう。

特に私はここ何年か、いよいよ記憶力の衰えを痛感しつつあって、昨年夏に第三集を上梓した「深泥丘《みどろがおか》奇《き》談《だん》」連作の語り手「私」さながらの体たらく、なのである。だから……。

小野さんがソファから離れ、換気のため庭に面した窓を開けた。

四月のこの時期だと、まだまだ夜の冷え込みは侮《あなど》れない。流れ込んできた寒気に、思わず私は身をすくませた。寒気とともに夜霧が忍び込んできて、空気の色が蒼白く変じたような錯覚にふと囚われてしまい、すると突然——。

ぐらあっ

と、胡乱《うろん》な眩暈《めまい》が。

驚いて額に手を当てた私だった。

「深泥丘」の「私」じゃあるまいし……と思いながらも、いや、あの「私」は現実の私をほぼ等身大のモデルとしているから。連作の舞台は「ありうべからざる『もう一つの京都』」＝「裏京都」のこの界隈なのだが、今この瞬間、その「裏」と「表」が入れ替わってしまったような錯覚にさえ、私はふと囚われた。——ような気がするのだが、幸い眩暈は一瞬で消え去り……そして。

庭の裏手に広がる神社の森からそのとき、かすかに何かの声が聞こえてきたのだ。

鳥の鳴き声、だろうか。

真夜中も近いこんな時間に……と思ううち、頭の中のもやもやがやおら、ぼんやりとではあるけれども〝形〟を作りはじめた。――ような気がしたのである。ああ、これは……？

「……うん」

私は独り言のように呟《つぶや》いた。

「確かに昔、あったかもしれない。『ぬえ』っていう言葉にも、何となく憶えがあるような、ないような。僕のイメージだとそれって、何て云うか、すごくどきどきするようなものだった気が……」

4

今さらではあるが、ここで少し人物関係などを整理しておくことにしよう。すでにご存知の方もおられるだろうが、一応やはり――。

私こと綾辻が京大に入学し、ミステリ研に入会したのは今から三十八年前――一九七九年の春であった。小野さんは私と同年同月の生まれなのだけれども、わけあって一年遅れの八〇年、九州から京都へ出てきて大谷《おおたに》大学に入学。翌八一年の夏、京大ミステリ研の存在を知って興味を持ち、ふらりとボックスを覗《のぞ》きにきたのがきっかけで入会の運びとなり、ほどなく私とも知り合うことになる。これがまあ、綾辻と小野の馴れ初めだったわけである。そこから二人が結婚するに至るまでには幾多のドラマが……以下略。

我孫子くんと法月くんの入会は、その二年後——一九八三年。四年で学部を卒業できなかった私は留年して五回生、小野さんが四回生の年であった。

翌八四年の春、私は大学院に進んでミステリ研にも残ることとなったが、小野さんは大学を卒業していったん就職している。以降もOGとして遊びにくる機会はあったものの、それはたいてい例会後のことだったし、頻度にもおのずと限りがあった。従って、私たち四人みんながミステリ研に在籍し、例会その他の集まりに足しげく通ったのは、一九八三年度の一年間だけだったという話になる。

ちなみに、麻耶くんの入会は一九八八年。大学院在学中の私が『十角館の殺人』を上梓した翌年の春、であった。

5

それはあったのか？

そんな問いが、空白のページに記された。小野さんがノートを持ってきて、ボールペンで書き込んだのである。

「ちょっと面白い問題だから、順番に検討していきましょうよ。ね？」

そう云って三人の反応を窺《うかが》う小野さんは、何やらいつになく楽しそうだった。くるくると目を動かし、口もとにはうっすらと悪戯《いたずら》っぽい笑みを浮かべている。

我孫子くんは相当に酔っ払っていたが、それでも「うんうん」と相槌《あいづち》を打った。法月くんも酔っているが、我孫子くんほどではない様子。小野さんが示した設問を覗き込み、小声で読み上げる。

「『それはあったのか？』——とにかく前提の確認を、ですね」

小野さんは「うん」と頷いて、

「麻耶くんは、我孫子くんから聞くまではそれを知らなかった。だから、麻耶くんにしてみれば本当に『幻の』なのよねぇ。我孫子くんは、記憶はいま一つはっきりしないものの、『あったような気がする』わけね。法月くんも『心当たりがある』と。でもって、綾辻さんもさっき思い出した。『あったかもしれない』って」

「小野さんはどうなんですか」

と、法月くんが訊いた。すると彼女は、

「わたしも――」

口もとの笑みを消して答えた。

「わたしも、昔あったように思うの、そういう犯人当てが。奇妙で刺激的で……でも、何だかすごく不可解な印象の。『ぬえ』っていう言葉にもね、その言葉自体なのかそのイメージなのかは分からないけれど、何となく……」

「『それはあった』ということで、とりあえず良さそうですね」

法月くんが真顔で云い、横で我孫子くんが「うんうん」とまた相槌を打った。

6

それはいつだったのか？

「次の問題は――」

云って小野さんが、二つめの問いを書き込んだ。

「『それはいつだったのか？』ね。つまり、その犯人当てはいつ書かれたのか。そして、わたしたちはいつそれを聞いたのか、あるいは読んだのか」

この四人が揃って……というところで、時期はおのずと絞り込めることになる。ミステリ研の例会に四人が参加して、リアルタイムでその犯人当てを聞いたのだとしたら、それは我孫子・法月が入会してから小野さんが卒業・就職するまでのあいだ――すなわち、一九八三年度のどこかであったはず、なのだが。

「例会で発表された作品なのかどうか、っていうのがやっぱり一つ、重要な点ですね」

と、法月くんが云った。

「そうであれば、ボックスのあの一覧表に記入されているはずですから」

「でもきょう、我孫子くんは表を見ても、ぴんとくるタイトルがなかったのよね」

小野さんが云うと、我孫子くんは「いやいや」と応じて、

「ざっと見ただけやったから、見落としたんかも。見ても気がつかんかったのかもしれんし」

「だったら、ちゃんと確かめてみようか」

と、私が云った。酔っ払いの我孫子くんは、驚いたように目をしばたたかせて、

「今からまたボックスへ行くん？」

大真面目《まじめ》にそう云うので、私は「まさか」と苦笑してしまった。

「むかし雑誌の取材を受けて、きょうみたいにボックスで写真を撮ったことがあって。あのときの写真に確か、壁の一覧表がしっかり写っているのがあったはず……ちょっと探してくるね」

書庫へ行き、資料の棚から目的の雑誌を探し出すのに十分ほどかかっただろうか。記憶どおりの写真が見つかったので、それを人数ぶん拡大コピーしてきて、三人に配った。

「ちょうどほら、一九八二年から八四年あたりのタイトルが、この写真には収まってるし――」

私は手もとの写真から目を上げて、「どう？」と意見を求めた。

「懐かしいわねぇ」

と云って、小野さんが顔を綻《ほころ》ばせた。

「この辺のはほとんど憶えてるなぁ」

「八二年の第一〇〇回が、綾辻さんの『屋根のない密室』だったんですね。これ、原稿を読ませてもらいましたっけ」

と、法月くん。

「そうそう。四回生の夏合宿で発表したの」

「小野さんの『布川《きぬがわ》家の惨劇』が九六回。これは知らないなあ」

「それも八二年だから、法月くんはまだ高校生ね」

と、小野さん。法月くんは「はあぁ」と長い息を吐いてから、改めて写真に目を寄せ、

「とりあえず注目するべきは八三年度の作品、ですよね。ええと、年度の最初が一一二回で『恋人たちのアリバイ』、一一三回が『大きな栗《くり》の木の下で』、一一四回『Yes Win』……」

八三年度は第一二九回まであって、だから発表された犯人当ては全十八作である。私もタイトルを順番に追っていったが、作品によって程度の差はあるものの、たいていのタイトルが記憶に残っていた。しかし……。

「〝幻の犯人当て〟に該当するようなものは、どうもこの中にはなさそうですね」

と、法月くんが云った。私も同じ意見だったが、念のために繰り返し、表に並んだ

作品名・作者名と自分の記憶を突き合わせてみる。

第一二〇回に「白い僧院はいかに改築されたか？」があった。法月くんが入会してまもなく書いた犯人当てで、これなどは発表のときの状況まできちんと思い出せる。いきなりこんな完成度の高い作品を……と舌を巻いた憶えがあるが、この「白い僧院」をプロトタイプとしながら、のちに作家・法月綸太郎は第二長編『雪密室』をものしたのだった。

第一二七回には「英雄の殺人」がある。これが我孫子くんの犯人当てデビュー作。確かそう、発表の場にわざわざラジカセを持ってきて、ＢＧＭ（それが手がかりの一つにもなる、という）を流しながらの朗読だったような……。

「このころって原稿は手書きで、発表は朗読形式だったよねえ」

いかんせん今から三十四年前、なのである。ワープロもパソコンもまだまだ普及していなかったし、原稿のコピーを取るにしても大変に費用が嵩《かさ》んだ。だから犯人当ては基本、例会で一度朗読したらそれでおしまい。原稿は作者が持ち帰ってしまうものだったので、それらのテクストが資料として保存されることも、基本的にはなかった。

「九〇年代の後半から、プリントアウトした原稿をコピーして全員に配って、時間内に読んでもらって……という形式に移行したんですよね」

受けて、法月くんが云った。

「昔は朗読だったんだって聞くと、今の学生はびっくりするっていいますし」

「その辺はほんと、変わったんだなあ」

「まあ、三十何年も経ってますから」

このような犯人当て談義は、午後のＫ＊＊新聞社での鼎談でもひとしきりしたばかりだった。そのときにも改めて思ったたし、今こうして話していてもやはり思ってしまうのは、当時のこの〝犯人当て体験〟は私たちにとって、とても特別な意味や価値を持っているのだなあ――ということである。これくらい時間が経って振り返ってみると、よけいに強くそう感じられる。

そもそもは創設時のメンバー（「オリジナルメンバー」を略して「オリメン」と呼ばれている）が、かつて探偵作家クラブ「土曜会」で行なわれていたという余興を真《ま》似《ね》て始めたことだった。以来、それがすっかり定例化していき、私が入会した時期には「会員は卒業までに（できればなるべく早くに）必ず、少なくとも一作は犯人当てを書くべし」という不文律ができていた。他大学のミステリ研究会ではあまり聞かない話である。

少年時代からミステリ作家に憧《あこが》れ、早々に自分でもミステリの創作を始めた私だったのだけれど、高校生のころはミステリと呼べるような小説はまったく書けずにいた。いずれはミステリ（しかも「本格」の二文字が付くような——）を書きたい、書かねばと思いつつも、今の自分にはまだ無理な気がして、非ミステリ系の習作に寄り道をしていたのだ。

ところが、大学生になってミステリ研に入ったとたん、この「書くべし」である。「まだ無理」と云って逃げてもいられなくなってしまい、私は腹を決めて、一回生の冬には初めての犯人当てを書いて例会で発表したのだった。

思えば——。

のちに、ここにいる私たちは全員が小説家を生業《なりわい》とするようになった。小野さん以外の三人はそれぞれ、三十数年前の当時から「ミステリ作家志望」を口にしていたのだけれども、いくら願ったところでそんな志望は夢のまた夢……あのころの状況としては本当に、限りなくリアリティの希薄な夢物語でしかなかったのである。

どうやったらミステリ作家になれるか、ということもあまりよく分かっていなかった。出版界の〝中央〟はあくまでも東京だったので、そこから離れた京都の学生は、今で云うところの「情報弱者」だったのだ。ＯＢに出版関係者がいるわけでもなかったし、当然ながら今のようなインターネット環境も存在しなかった。だからまあ、「江戸川乱歩《えどがわらんぽ》賞に応募してみる」という方法くらいしか思いつかなかったわけだが、小説を書く技量の問題以前に、自分たちが好むようなタイプのミステリはおそらく歓迎されないのだろうな、という気がしていた。出版社にちょくせつ原稿を持ち込んでみても、きっと取り合ってなどくれないだろうし……と、そのような現実認識もあったと思う。しかし——。

そんな時代、そんな環境であったからこそ、私たちはあの時期、あんなにも夢中になれたのだろうと思うのだ。ミステリ研の例会での犯人当てという、ある意味で子供じみた、ある意味ではひどくいびつな、けれども最高に純粋なミステリの〝形〟との戯《たわむ》れに。その戯れの中で、当時の商業出版では〝時代遅れ〟と見なされがちだった「本格ミステリ」への夢を育《はぐく》みながら……。

……閑話休題。

一九八三年度に例会で発表された犯人当ては、先にも記したとおり全十八作。その中に、私たちの誰かがぴんとくるタイトルは一つもなかった。タイトルに「ぬえ」あるいは「鵺《ぬえ》」や「鵼《ぬえ》」の文字が含まれるものもなかった。翌八四年度に発表された作品もひととおり見ていったのだが、これも結果は同じであった。

「『いつだったのか?』＝『いつ聞いたのか?』の『いつ』が八三年度であるのはたぶん、間違いないとして」

小野さんが云った。

「それは例会で発表された犯人当てではなかった、っていうこと?　——だとしたら、じゃあどんな可能性があるのかなぁ」

「八二年度以前の、たとえば初期の名作がリバイバルで発表された、とか」

法月くんが答えたが、すぐにみずから「違うか」と否定して、

「そんなリバイバル犯人当ては、あの年にはなかったように思います。それに、初期に発表された名作はたいてい、『フーダニットベスト』に収められていますから」

『フーダニットベスト』とは名のとおり、ミステリ研の「犯人当て傑作集」である。例会で発表された犯人当ての中でも「これは良い、すごい」と評価されたものを選《え》りすぐってまとめられた冊子で、私が入会したころにはすでに第二集までがボックスの棚に並んでいた。それらは今でも読めるものとして残っているから、そこに収録された作品が〝幻の犯人当て〟と化すことはないはず、である。

「可能性を云うなら、『いつ』が八四年度以降だった可能性もゼロではありませんよね。小野さんが卒業後に遊びにきたタイミングでたまたま、という。小野さん以外は例会で聞いて、小野さんはあとで原稿を読んだ、という可能性も」

法月くんは酒が入っていても、冷静な口調を崩さない。我孫子くんはさっきから、腕組みをしてソファに沈み込み、うとうとしていた。

「でもわたし、あのときはみんなと一緒だった気がするのよね。『読んだ』んじゃなくて『聞いた』っていう記憶もあるし」

「私もそんな気がします。八四年度は私、編集長を務めましたから、あの年の例会の内容はもれなく把握して、『ミステリ研通信』に毎号『活動記録』を書いていたんです。その記憶を辿《たど》ってみても、〝幻の犯人当て〟に該当しそうなものはなかったような……」

『ミステリ研通信』とは、当時は二ヵ月に一号ほどのペースで出ていた内部向けの会誌。これとは別に毎年、十一月の学園祭（正式名称「十一月祭」）での販売を目的として製作される外部向けの会誌が、今ではそこそこの知名度を誇る『蒼鴉城《そうあのしろ》』である。

「だからやっぱり、『いつ』は八三年度のどこかで決まり、だと思うんだけどな」

「そう云えば」

と、ここで私が口を開いた。

「例会で発表はしたものの作者の意向で〝取り下げ〟になるケースが、まれにあったんじゃなかったっけ。出来に納得がいかない……ロジックに致命的な穴があるとか、そんな理由で」

「ああ、はいはい」

と、法月くん。

「初期のころは少なくなかったって聞きますね。オリメンの人たち、そこのところはとてもストイックと云うか、厳しかったんだなあと」

「うん。〝取り下げ〟になると、『第何回』っていうカウントからは外されて、ボックスの一覧表にタイトルが記入されることもない。だから……」

「〝幻の犯人当て〟もそのケースだったんじゃないか、と？」

法月くんはいったん頷いたが、すぐに首を左右に振って、

「私が入会してからは、そういう〝取り下げ作品〟はなかったと思うんですが」

「うーん。やっぱり？」

云いだした私にしても、八三年から八四年ごろにそんな特殊ケースがあったという記憶はない。思いつく「可能性」を挙げてみただけだった。

「『聞いた』んじゃなくて、たとえば『ミステリ研通信』に原稿だけが掲載された犯人当てがあって、それを『読んだ』のかも」

と、これは法月くんが挙げた「可能性」。今度は私がすぐに応えて、

「だったら、麻耶くんが知らないはずはないよね。彼のことだから、『通信』のバックナンバーはぜんぶ読んでいるだろうし。もちろん『蒼鴉城』も『フーダニットベスト』も」

「そうよねぇ。それに、わたしはやっぱり、『読んだ』んじゃなくて『聞いた』っていうイメージが強いのよね」

と、小野さんがアピールする。私は「ううむ」と唸《うな》った。

「じゃあ、ほかにどんな可能性が？」

「他大学のミステリ研との交流の場で、っていうのは？　京大じゃなくて、別のミステリ研の会員が発表した犯人当てだった、とか」

「そんな交流会があの時期、ありましたっけ」

と、法月くん。小野さんが「さあ」と小首を傾げるのを見て、「いや」と私が答えた。

「あのころ、たとえば十一月祭のときには他大学の人たちがミステリ研の部屋を覗きにきたものだけれど、その場で京大の有志が自分の犯人当てを披露することはあっても、その逆はなかったはずだし。他大学のミステリ研にみんなで遊びにいった憶えもないし……」

そう云いながらもこのとき、私は「他大学の」というこの言葉に何か、ささやかな引っかかりを感じていた。――ような気もするのだが。

「ある程度の絞り込みは進んだけれど、何だか〝謎の犯人当て〟感は増してきたわねぇ」

と云って、小野さんが新しい煙草をくわえた。法月くんが応えて、

「作者が誰だったのかも当然、大きな問題です」

「そう。次はそれね」

頷いて、小野さんがノートに新たな問いを書き込んだ。


それは誰が書いたのか？

7

〝幻の犯人当て〟とも呼ぶべきそれは、あった。私たち四人はそれを、小野さんの記憶によれば、同じ場で一緒に聞いた。聞いたのはたぶん、三十四年前——一九八三年度のどこか。ただし、歴代犯人当ての一覧表を見る限り、それは例会で発表された作品ではなかったと思われる。——では。

それを書いたのは誰だったのか？

…………

…………

…………

沈黙がしばし、続いた。

法月くんと小野さんは、一覧表の写真にときどき視線を落としたりもしながら、それぞれに無言で考え込んでいる。私も同様だった。我孫子くんは腕組みをしたままうとうとしつづけていた。

あの時期のミステリ研の会員の顔を、一覧表にある犯人当ての作者名を参照しながら、ぼんやりした記憶の中から拾い上げようとする。たぶんそう、私たち以外に二十名近くいたように思う。あの中の誰かが？　——誰が？

グラスの中身がとうに空っぽだった。私はコーヒーが欲しくなって、ソファから立ち上がった。

「小野さんもコーヒー、飲む？　温かいの、淹《い》れるけど」

「あ、はーい」

「あのぅ、私もコーヒー、お願いできますか」

と、法月くん。我孫子くんはやはりうとうとしていて、無反応だった。

「じゃあ」と応えて私は、リビングとキッチンのあいだのカウンターへ向かったのだけれど、そこで。

ぐらあっ

とまた、先ほどと同じような眩暈が。

動きを止めて、軽く頭を振った。するとあっさり眩暈は退散したのだが、そのとき不意に――。

何かが一瞬、心に浮かんだのだ。

何か……影が。薄い灰色の、ぼやけた輪郭《りんかく》ではあるけれども人間の形をしている、何かの……いや、誰かの、影が。

……なに?

何だろう、これは。

――と思ったときにはもう、その影は消え去っていたのである。ところが、ちょうど同じタイミングで、

「当時の会員の、だいたいの顔や名前は思い出せるんですけど」

法月くんが云いだしたのだった。

「でも今、ふと思ったんですが、あの時期に誰か、い、いなくなった人がいませんでしたっけ」

「いなくなった?」

と、小野さんが小首を傾げた。

「ええ。入会したものの、卒業まではいなくて途中で退会したという」

「毎年、初めの何ヵ月かで来なくなる新入生はいたと思うけれども」

と、私が口を挟んだ。

「そういうパターンじゃなくて……つまり、入会していったん定着して、犯人当てまで書いて発表したのにやめた、というケースなんですが」

「ははあ。——どうだっただろう」

「こう云いたいわけね、法月くん」

小野さんが云った。

「その誰かが〝幻の犯人当て〟の作者だった、って。彼もしくは彼女は、一作だけ犯人当てを発表したんだけど、その一作を〝取り下げ〟にしてミステリ研をやめてしまった」

「八三年度に〝取り下げ〟はなかったっていう話だったよね、さっきは」

私が云うと、小野さんは「それは——」と小声で呟いてから、「うん」と独り頷いて、

「それがね、結果として、みんなの記憶からするりと抜け落ちてしまうことになったの。作者が退会していなくなる＝消える、という出来事に連動するようにして、その犯人当てについてのわたしたちの記憶も、完全に消えはしなかったものの、ひどく曖昧になってしまって……とか？」

「何だか怪しい話ですねえ」

と、法月くんが応じた。小野さんは悪戯っぽく微笑《ほほえ》んで、

「怪しいよねぇ」

「そういうふうに語りだすと、得体の知れない感じが、ますます……」

「得体の知れない……ん、確かに」

笑みを止めて、小野さんは云った。

「やっぱりぬえ、なのよねぇ」

そうして彼女はまたペンを持ち、ノートに新たな問いを書き込んだのである。


それは何だったのか？

8

それは何だったのか？　——すなわち。

それはどんな内容の犯人当て小説だったのか？　という問題である。

一九八三年度のどこかで私たちが聞いた、〝幻の犯人当て〟と呼んでもいいような作品。——我孫子くんは「すごく奇妙な印象の」と云い、法月くんは「私の印象としては、すごく刺激的な」と云う。私の記憶からは「すごくどきどきするような」というイメージが湧き上がってきたが、小野さんの口からは「奇妙で刺激的で……でも、何だかすごく不可解な印象の」という言葉が出た。

　奇妙な。刺激的な。どきどきするような。不可解な。——どれもが犯人当て作品に対するものとしてはポジティヴな評価だけれど、どれもが抽象的・感覚的な表現でしかない。具体的なのは唯一、「ぬえがどうのこうの」ということだけで、これは我孫子くん以外の三人が「そのように思う」ところなのだが……。

　頭の中のもやもやが作りはじめた、ぼんやりした〝形〟。それを、もっとくっきりした輪郭をもって捉《とら》えようとするのだけれども、なかなか思うようにいかない。少し手を伸ばせば触れられそうな気もするのに、いくら手を伸ばしても触れられない。——まるでそう、あたかもそれが〝本物の幻〟であるかのように。

「ぬえと云えば」

　法月くんが口を開いた。

「横溝正史《よこみぞせいし》の『悪霊島《あくりょうとう》』が出たのが、一九八〇年でしたよね。確か翌年には映画化されて……」

「『鵺の鳴く夜は恐しい』ね？」

　と、小野さん。法月くんは「はい」と頷いて、

「それが映画のキャッチコピーでしたね。原作に出てくるフレーズはちょっと違っ

て、『鵼のなく夜に気をつけろ』だったと思うんですが」

うむ。確かにそうだった、と思う。

二〇一七年の現在では、「ぬえ」と聞いて思い浮かぶのはまず『鵼の碑《いしぶみ》』――という愛好家も多いだろう。京極夏彦《きょうごくなつひこ》「百鬼夜行《ひゃっきやこう》」シリーズの次作としてずいぶん前に執筆が予告されたものの、いまだに発表されていない長編のタイトルである。しかしもちろん、一九八三年の時点ではまったく事情が違ったわけで……「ぬえ」と云えばやはり、すぐに連想されるのは『悪霊島』だったのだ。これはつまり、八〇年に刊行された『悪霊島』を読んで、当時の私たちは「ぬえ」なる言葉とそのイメージを強烈に刷り込まれた、ということである。八三年にミステリ好きの学生が書いた〝幻の犯人当て〟が、「ぬえがどうのこうのっていう話」だったのも、そんな時代背景を考えれば「なるほどな」と思えるが……。

……にしても。

〝幻の犯人当て〟において「ぬえ」は、いったいどんな役割を担う要素だったのだろう。タイトルか、タイトルの一部分か、あるいは……。

酒を飲んでもいないのに少し酔っているような、何だかくらくらする頭で考えながら――。

コーヒーのドリップが完了するのを待つあいだに私は、窓辺に寄って窓を開けた。

冷たい空気を吸うことで、多少なりとも思考がクリアにならないかと思ったのだ。

――すると。

神社の森のほうからまた、何かの鳴き声が聞こえてきた。――ような気がした。

ああ……あれはやはり、鳥の鳴き声か。

しかし、こんな真夜中に？

フクロウやアオバズクなど、たまにあの森から聞こえてくる夜の鳥たちの声ではない。少なくとも私はこれまでに聞いた憶えのない、受け取り方によっては何やら気味の悪い、得体の知れない……。

「……ぬえ？」

思わず呟いてしまった。

「ひょっとして……」

鳴き声がまた聞こえ、私は窓の外に目を凝《こ》らす。まだ霧が出ていて、庭園灯のオレンジ色がひどく滲《にじ》んで見える。

「あれはトラツグミじゃないからね」

胡乱な私の心中を見透かして、小野さんがそう云った。辞書的には、「ぬえ【鵼・鵺】」はまず「トラツグミの異称」なのである。辞書を引かなくても『悪霊島』を読めば分かる。

「鳴き方がぜんぜん違うし。この辺でトラツグミの声、わたしは一度も聞いたことないし」

「あ……そうなの？」

「あれはホトトギス。最近ときどき、聞こえてるでしょ」

「え……そうなの？」

「ホトトギスはこんな感じで夜中に鳴くこともあるの。――って、前にこの話、しなかったっけ。大丈夫？　綾辻さん」

「うう……」

あまり大丈夫じゃない。――ような気がしてきて私は、長い吐息とともに窓を閉めた。


コーヒーはこのあと結局、小野さんが引き継いで淹れてくれたのだった。三人ぶんのカップがテーブルに置かれ、法月くんが「いただきます」とカップの一つに手を伸ばしたところで――。

「でもまあ、ぬえと云えばやっぱり妖怪よねぇ」

小野さんが真顔でそう云った。法月くんがそれに応えて、

「源《みなもとのよりまさ》頼政が宮中で射落とした怪鳥、ですね。頭は猿、胴は狸《たぬき》、尾は蛇、手足は虎《とら》

……でしたか」

『平家物語』ではそのように描かれているという。これが『源平盛衰記』だと「頭は猿、背中は虎、尾は狐《きつね》、足は狸……」になる。要はさまざまな獣が合体したような、得体の知れない化物である。そこから転じて、正体不明の人物や曖昧な態度なども「ぬえ」と呼ぶようになった。

――というのが辞書的な解説。もちろんこの辺も『悪霊島』を読めば分かる。

「『ぬえの密室』やったな」

と、ここで我孫子くんが復活した。相変わらずソファに沈み込んでうとうとしているようだったのが、急にむくっと顔を上げ、上げるなりそう呟いたのである。

「『ぬえの密室』って」

小野さんがすぐに反応した。

「それがタイトル、なの?」

「ああ、うん。ふと今、思い浮かんだんやけど……違うかなあ」

と、我孫子くん。復活したと云っても酔いから覚めたわけではないので、呂律《ろれつ》はいささか怪しい。

「『ぬえの密室』ねえ」

コーヒーをひとくち啜《すす》ってから、法月くんが呟いた。

「ああ……云われてみれば、そんなタイトルだったような気も」

『ぬえの密室』かぁ」

私もコーヒーをひとくち啜り、呟いてみた。——が、頭の中のもやもやは依然としてはっきりした〝形〟にはならず、輪郭を摑《つか》ませてもくれない。

「じゃあ、そうね、とりあえずタイトルは『ぬえの密室』だったっていうことにしましょうか」

云って、このとき小野さんが私のほうをちらりと見た。何やら意味ありげな視線である。——ような気がしたのだが、私は「はて」と首を傾げるばかりで……。

「もう少し何か、具体的な内容を思い出せない?」

小野さんが三人に向かって問いかけた。

「どんなプロットの作品だったのか。どんな謎があったか。どんなトリックやロジックが使われていたのか」

9

「ぬえの、密室……ぬえの……ぬえ、ぬえ……」

グラスに残っていた何杯めかのワインを飲み干して、我孫子くんがぶつぶつと同じ言葉を繰り返す。

「ぬえ、ぬえ……ぬえの……」

やがて「んんんー」と低く唸って、それから「あ、そっか」と独りごちた。

何か思い出したのだろうか。だとしたら、〝幻の犯人当て〟に関する麻耶くんとのやりとりを聞いても察せられるわけだが、もしかしたら我孫子くん、素面《しらふ》では忘れていることも酔えば思い出す、という性質があるのかもしれない。

「何か？」

私が問うと、我孫子くんは「いや」と首を捻りながら唇を尖《とが》らせ、

「でも……んー、たとえばこんな感じかな」

そう前置きをして、このように語ったのである。

「どんな密室が出てきてどんなトリックやったのかとか、その辺は何も思い出せへんのやけど……『ぬえの』って付くくらいやから、ほら、真相にいろんな形があったんと違うかなあ」

「いろんな形の、真相？」

「うん、そう。解決篇がいろいろあって、一つに収束することがないような。当時のミステリ研の犯人当てとしては邪道なんやけど、そこが奇妙で新しかったっていう……」

「いわゆる多重解決もの？」

「というのとは違って。たとえば解決篇が三つに分岐して、三とおりの答えが出てくる、みたいな」

「ははあ」と頷いてしまってから、いや待てよ、と思った。

確かに当時の犯人当てとしては型破りだったかもしれないが……これはしかし、いかにも『かまいたちの夜』を手がけた我孫子武丸が好みそうな話ではないか。加えて、私の頭の中にあるもやもやした〝形〟とは、あまり響き合うところがない。

「法月くんは？」

と、小野さんが質問を振った。

「何か内容について、思い出せない？」

「そうですねえ」

法月くんはコーヒーをまたひとくち啜ってから、おもむろに口を開いた。

「『ぬえの密室』とは云っても、必ずしも密室トリックがメインに来るわけじゃなくて……『密室』はむしろ、象徴的な装置なんですね」

「と云うと？」

「『ぬえ』という形の定まらないものが『密室』に封じ込められている状態、それ自体の意味を問うような――とでも云うのでしょうか」

言葉の一つ一つをゆっくりと選ぶようにして、法月くんは語る。

「するとそこには、箱を開けてみるまでその生死が決定できない『シュレーディンガーの猫』的な問題も関係してきて……一方でそう、死体のそばにはダイイング・メッセージが残されていたんです。それが『ぬえ』という文字だったのかもしれませんね。このメッセージは本物なのか偽物なのか、をはじめとして、事件の至るところに真偽の判定が困難な手がかりがちりばめられていて……」

ある種、量子力学的な「密室」の解釈。手がかりの真偽を見きわめるための複雑なロジック。……なるほど。もしも「ぬえの密室」がそのような作品だったのであれば、当時としてはかなり先鋭的・刺激的であったに違いない。――だが、しかし。

先の我孫子説と同じでこれは、いかにも「後期クイーン的問題」を深く考察してきた法月綸太郎が好みそうな話ではないか。加えてやはり、私の頭の中にある〝形〟とは響き合うところがない。――ような気がする。

「わたしは――」

と、小野さんが続いた。

「『ぬえ』っていう化物の怖さが、もっと前面に押し出されていたようなイメージが」

「怖いの？」

と、私が訊いた。

「そうなの。もちろん事件はあるレベルのロジックで解決されるんだけど、それでも妖怪ぬえは現実に存在しているかもしれない。そういう怖さが全編を覆っていて……」

「犯人当てなのに？」

そんなふうに語る小野さんは、さっきまでよりもいっそう楽しげに見えた。口もとにまた、悪戯っぽい笑みが浮かんでもいる。

これも……うむ、いかにも『東京異聞《とうけいいぶん》』や『黒祠《こくし》の島』などを書いてきた小野不由美が好みそうな話だが。私自身もその種のミステリをたいへん好む者ではあるのだけれど、頭の中にある〝形〟と響き合うところはやはり、あまりなかった。

新しい煙草に火を点けながら、私は「ううむ」と考え込んでしまう。

……何だろう。

何なんだろうか、この不思議な展開は。

「もう少し何か……思い出せない？」という小野さんの問いかけに対して、彼女自身を含む三人が示した今の〝答え〟は、何だかどれも〝答え〟にはなっていない。――ように思える。

何と云うか……そう、むかし聞いた「ぬえの密室」の内容を思い出そうとして記憶からサルベージした〝答え〟なのではなく、「ぬえの密室」というお題を与えられた作家たちが、各々の趣味や興味や願望に合わせて膨らませた妄想なのでは？　――そんな気もしてくる。

我孫子くんと法月くんがどうなのかは分からないが、少なくとも小野さんは、自覚的にそれをしたのだろうと思う。いやに楽しげな様子や悪戯っぽい笑みから、そう察せられるではないか。その前の、私への意味ありげな視線も気にはなるのだが……。

煙草を一本、吸いおえるまでのあいだに私は、だんだんと胡乱な心地になってきた。ここでもしも立ち上がるなどしたら、またしても妙な眩暈に見舞われそうな予感にもかられつつ。

ああ、ひょっとしたら――と、私は考えてしまうのだった。

三十四年前に〝幻の犯人当て〟を書いた作者＝Xは、実はこ
の中の誰か
なのではないか。

我孫子くんか法月くんか、小野さんか。――誰かが実はXなのだが、あとの二人と私はなぜか、そのことをすっかり忘れてしまっている。この状況に乗じてXは、自分も忘れた＝知らないふりをして話を合わせているのだ。何か理由があって、この場では事実を隠しておきたくて……いや、待て。隠しておきたいわけではないのかもしれない。実際、べつに隠す必要などないのだから……つまり。

もしかしたらXは――X自身も、自分が昔それを書いたという事実を忘れてしまっ

ているのかも……って、いやいや、待て。いったいそんなことがありうるだろうか。「意外な犯人」（『どんどん橋、落ちた』所収）の語り手「僕」じゃあるまいし……。

「綾辻さんは？」

ぐらぐらする私の心中を見通しているのかいないのか、小野さんが楽しげな表情を変えずに訊いた。

「内容について何か、思い出せないの？」

「あ……うん」

私は内心ちょっと焦りながら、

「ええと……『ぬえの密室』だよね。うん。『ぬえの密室』……」

ここで改めて、「ぬえの密室」というタイトルを声に出して呟いてみたのである。

ところが、すると記憶のどこかからじわり、と滲み出してくるイメージがあって、それが頭の中のもやもやした〝形〟と響き合って……。

おや、と自分でも驚くうち、自然と言葉が口を衝《つ》いて出はじめた。

「タイトルはやっぱりそれ、『ぬえの密室』で間違いなさそうだね。『ぬえ』はさまざまな動物のキメラだから、この『密室』も同じくキメラなんだな。云ってみれば、異質な謎の複合体、異質なトリックの複合体で……結果として、捉える角度によって一つの事件の〝形〟がさまざまに変化する。現場が密室に見えたり非密室に見えたり、死体が血まみれに見えたりそうじゃなく見えたり、ダイイング・メッセージが残されているように見えたり何も残されてないように見えたり……と、そんな感じだったんじゃないかなあ」

「それで『ぬえの密室』。——なるほどね」

小野さんが何やら意味ありげな微笑とともに頷くのを見ながら、私はひそかに自問自答する。

いま語ったそれは、私が三十四年前に聞いた犯人当てに関する記憶なのか？　あるいは、もしかして私が、三十四年前にみずから書いた犯人当てに関する記憶なのか？　作者＝X自身も、自分が昔それを書いたという事実を忘れてしまっている。——そんな可能性を考えるのならば、どうしてもそれはこの私自身にも及んでこざるをえないではないか。「意外な犯人」の語り手「僕」じゃあるまいし……と云って切り捨ててしまえるほど、今の私は自分の記憶に対する信頼を揺るぎなく持てない。それこそ「深泥丘奇談」連作の語り手「私」さながらに、である。

「あ、ちょっと失礼」

と云って、私はソファから立った。

「煙草が切れた。取ってくる」

そうして、煙草のストックが置いてある書斎へ向かおうとリビングから廊下に出たところで、例の眩暈が急にまた降りかかってきたのだった。しかしながら先ほどと同じく、軽く頭を振るとあっさり眩暈は退散し、先ほどと同じくそのとき不意に——。

心に浮かんだのである。

影が、一瞬。

薄い灰色の、ぼやけた輪郭の……何かの、誰かの影が。

10

この夜、私たち四人が〝幻の犯人当て〟を巡ってこれ以上の議論をすることはなかった。

「ぬえの密室」というタイトルは見えてきたものの、その作者が何者だったのかは結局、はっきりしないまま。内容についても結局、詳細はおろか確定的なことは何も分からずじまい。——だったのだけれど、各々の趣味や興味や願望が入り混じって生まれたような各々の意見を述べ合って、各々に何となく気が済んでしまったようなところがあった。——ような気もする。

とっぷりと夜も更けて、歩いて帰れるくらいの近所に家がある法月くんが、「では、私はそろそろおいとまを」と云って腰を上げたとき。

「そんなものは実際にはなかった。――という結論でも、べつにええんと違うかなあ」

しばらくまたうとうとしてた我孫子くんがむくっと顔を上げ、上げるなりそう云った。

「そもそもがほら、麻耶雄嵩が云いだしたことやしなあ。あいつは基本、ええかげんやから」

「〝幻の犯人当て〟の件を我孫子くんから聞いたということ自体が、麻耶くんの作り話だったと？」

まあ、その可能性もないではないか。――と思いながら私が云うと、我孫子くんは

「うんうん」と頷いて、

「あいつは基本、嘘《うそ》つきやから」

「そこまで云うのは可哀想《かわいそう》」

小野さんが苦笑した。

「昔から麻耶くん、ミステリ研の先輩が相手だとつい、甘えちゃうのよねぇ。――でも、その話を聞いて法月くんが『ぬえがどうのこうの』って云いだしたのは？」

「それはたまたま……と云うか、法月綸太郎の妄想やったんや」

「そうじゃなかったという証明はできませんね」

受けて、法月くんも苦笑した。

「しかし妄想と云うのならば、今夜のこれは私たちみんなの妄想かもしれませんよ」

11

ひと晩うちに泊まっていくことになった酔っ払いの我孫子くんは、来客用の寝室へ案内するなりベッドに倒れ込み、ほぼ一瞬で完全に眠り込んでしまった。リビングに戻ると私は、小野さんにリクエストして温かい紅茶を淹れてもらい、自分は換気のために窓を開けた。

霧はもうすっかり晴れていて、夜空には雲の影一つない。森から聞こえてくる鳥の声もなかった。

ダイニングテーブルで紅茶を飲みながら、私たちはしばらく他愛もない雑談をして過ごした。時刻は午前三時半。長年、極端な夜型生活を続けている私だが、鼎談のために早起きをしたのできょうは睡眠不足である。普段ならまだまだ目が冴《さ》えている時間帯なのだが、さすがにそろそろ眠い。

「最後はあんなふうに云ってたけれど——」

二杯めの紅茶をポットからカップに注ぎながら、小野さんがおもむろに云いだした。

「少なくとも法月くんは、うすうす気づいていたのかもしれないわねぇ」

私は意味を取りあぐねて、「んっ？」と首を傾げた。

「気づいていた……って、何に」

「三十四年前の、〝幻の犯人当て〟の真相に」

当たり前でしょう、というふうに答えて、小野さんは私の顔を見る。私は何とも言葉を返せず、眠くてしょぼしょぼする目をこすった。

「そっか。綾辻さんはやっぱり、思い出せないままなのねぇ」

「――と云われても」

はて、どういうことなのだろうか。

「でも、そうね、わたしも途中まではすっかり忘れていたから。この場合、もしかしたら当事者にかけられた呪いがいちばん強力なのかもしれないし」

「呪い？」

「呪いは比喩《ひゆ》ね。正しくは封印」

「封印？」

首を傾げるばかりの私を、興味深そうなまなざしで見すえながら――。

「仮にタイトルを『ぬえの密室』としようか」

いくぶん芝居がかった調子で、小野さんはそんな台詞《せりふ》を口にしたのである。――憶えてないのねぇ」

「憶えてない？　そう云って綾辻さんはあのとき、その話を始めたの。

そこまで云われても、私には意味がよく分からなかった。三十四年前の記憶のその部分は、相も変わらず曖昧で不如意で、ただもやもやとした何かの〝形〟が感じられるだけで……。

「小野さんはとっくに分かっていたわけ？」

問うと、彼女はいささか心もとなげにではあるが頷いて、

「何から何まで、ではないけど、大筋はね。我孫子くんから『ぬえの密室』っていうタイトルが出たあたりで、やっと」

何やら意味ありげに感じた彼女のあの視線は、そのせい、か。

「にしても、みんなしてこんなに忘れちゃうものなのねぇ。具体的な内容についてもなぜか、記憶はあやふやなままだし。〝封印〟の効果だと考えるにしても、ちょっと忘れすぎ。まあ、三十四年も時間が経ってしまったんだから、仕方ないのかな」

「それは……うん、みんな年も取ったしね」

「真相、聞きたい？」

「うん、そりゃあ……」

小野さんはうっすらと笑みを浮かべて、「じゃあ——」と応じた。そうして彼女の知る「真相」を、私に語ってくれたのだった。

「一九八三年の秋の、たぶん十一月の中ごろだったと思う。例会のあと、みんなで〈らんぶる〉へ行ってお喋《しゃべ》りをして……っていうのが、あのころのパターンだったでしょう」

〈らんぶる〉というのは当時、京大近くの百万遍《ひゃくまんべん》界隈にあった喫茶店。なくなってしまってもう久しいが、今でも店内の情景は鮮やかに思い出せる。小野さんの云うとおり、私たちはしばしばこの店の二階に集まって、営業が終了するまでえんえんと歓談を続けたものだった。

「あそこである夜、綾辻さんが突然、『あっ』と声を上げたのよね。あのころって綾辻さん、そういうことが多かったでしょ」

「ああ……まあ、そう云われれば」

「ああいう場所でわいわい喋っているとき、ふと何かアイディアが浮かんで『あっ』と声を上げるっていうことが。ね？」

「うん。——確かに」

「あのときも、それだったのよね。いつもの感じで『あっ』と声を上げて、ちょうどそのとき同じテーブルにいたのが、我孫子くんと法月くんとわたしだったの。ほかの会員も何人か店にはいたけど、離れたテーブルだったと思う」

　記憶は定かではないが、小野さんがそう云うのであればきっと、そのとおりだったのだろう。

「そこで綾辻さん、さっきみたいに云ったわけ。仮にタイトルを『ぬえの密室』としようか——って。そしてね、思いついたアイディアをその場で犯人当ての形に膨らませて、わたしたちを相手に語りはじめたの」

「即興で犯人当てを披露した、と？」

「そう。あんなことって初めてだったから、みんなびっくりして。あのときは綾辻さん、何だかいやに興奮していて……でもって、そうして語られた犯人当ては、その場にいた誰もが感心してしまうくらい面白くて、よくできていて……」

　と、ここまで聞かされても私は、何だか他人事のような感覚しか抱けず、「ふうん」と応えるばかりだった。しかし——。

　もしも小野さんのこの話が事実なのだとしたら、三十四年前の十一月のその夜、当時二十二歳だった私の精神《こころ》に突然、「誰もが感心してしまうくらい」のアイディアが閃《ひらめ》いたことになる。なおかつ、そのアイディアを核にして、頭の中でまたたくまに犯人当てのプロットを作り上げてしまったのだ。——とすれば、そのときの自分の心理状態は想像して余りある。さぞや興奮したことだろう。ある種の陶酔感、さらには全能感めいたものすら覚えたかもしれない。普通なら誰にも話したりはせず、思いついたアイディアやプロットを持ち帰って独り原稿用紙に向かったのだろうが、そのときは興奮のあまり、すぐにでもみんなに披露したくなってしまって……。

「だからね、わたしたちは三十四年前、確かにその『ぬえの密室』という犯人当てを一緒に聞いたの。まだ小説にはなっていない、骨組み＋αみたいな形ではあったけど、それを聞いて、問題篇のあとにみんなで推理をしてみたりもして……でね、すごいなって思った。なのに――」

「なのに？」

「なのに結局、綾辻さんはその後、それを小説の形にはしなかった。〈らんぶる〉でわたしたちに語って聞かせたきり、書かなかったの」

小野さんは真顔で、一貫して神妙な話しぶりでもあった。こんな局面で嘘偽りを並べるような人では決してないから、彼女の話はやはり、すべてが事実なのだろう。

――と承知しつつも、私はなかなか実感を持てない。かつて自分自身が、そのような〝書かれざる犯人当て〟を考案したという記憶が、どうしてもリアルに蘇ってこないのだった。

「綾辻さんはどうして、『ぬえの密室』を書かなかったのか？」

と、小野さんは真顔で続ける。

「初めにわたしが〝幻の犯人当て〟について、『不可解な印象』って云ったのはね、たぶんそこのところだと思うの。どうして綾辻さんは、あのときのあの『ぬえの密室』を、あとでちゃんと書かなかったのかなって。——ね？　わたしの気持ち、分かるでしょう」

確かにまあ、分かる。——ような気はするが。

「あのころの綾辻さん、その辺はものすごく貪欲《どんよく》な人だったのに。何か面白いと思えるアイディアを摑んだら、どんなに苦労してでも、相当な無理筋を押してでも、いつか必ず作品化する、したい——っていう、そんな構えだったよね。なのに……」

「『ぬえの密室』についてはそうじゃなかった。だからそれが、『不可解な印象』として残っていたわけか」

「——たぶん」

小野さんは言葉を止め、軽く息をついた。私はしかし、充分には納得がいかない。自分自身のことだというのに、いまだ実感をもって思い出せない問題が多々あるのだから、これは当然だろう。

「さっき、『封印』って云ったよね」

と、そこで私は小野さんに問うたのである。

「あれはいったい、どういう？」

「あれはね、綾辻さんが自分で云った言葉」

「僕が、自分で？」

　小野さんは「そうよ」と答えてから、ゆっくりと両目を閉じ、開いた。

「確かあの年の、十一月祭が終わったあとだったかなぁ。例会後の〈らんぶる〉で、綾辻さんが云いだしたの」

「どんなふうに？」

「『ぬえの密室』は封印することに決めた、って。すごく真剣な声で、そう断言して。その場には我孫子くんと法月くんもいたと思う。わたしはもちろん、あのときはみんなとても驚いた様子だった。綾辻さんがあんな調子であんなことを云うのって、あれが初めてだったしね。その後もそんなこと、一度もなかったし」

「封印、ねえ。『ぬえの密室』はもう書かない、という宣言をしたのか」

　すでに即興の犯人当てという形でそれを披露した相手である、小野さんたち三人に対して。同時に、その考案者である自分自身に対して――。

　そのときに用いた「封印」という言葉が、長い年月のうちに結果として、私自身を含めた四人の、「ぬえの密室」にまつわる記憶を封じ込める働きをしてしまった？　まるで「呪い」のように？　――そういうことなのだろうか。そんなことがしかし、いったい起こりうるのだろうか。

どうにも混乱の収まらない頭を私は、のろのろと振りつづけていた。小野さんが火を点けた煙草の、甘やかな香りが鼻をくすぐった。そのせいなのかどうかは分からないが、不意に胸の底が鈍く疼《うず》いて、そこから何か熱い塊《かたまり》のようなものが迫《せ》り上がってくる感覚に囚われてしまい……。

「なぜ、だったのかなあ」

私は小野さんの顔に目を向け、問うてみた。

「なぜそんな、封印なんて」

「憶えていないのねぇ、そのことも。わたしもあのとき、あまり詳しくは聞かせてもらえなかったんだけれど」

云って、小野さんはちょっと拗《す》ねたように口を尖らせ、それから淡い笑みを広げた。

「たぶんそう、若かったっていうことねぇ。あのころの綾辻さん、今よりもずっと負けん気が強くて、そのぶん呆《あき》れるくらい純粋《ピュア》だったから。ことミステリについてだけは、ね」

12

その夜（実際にはもう夜明けが近かったのだが）の眠りの中で私は、漆黒の翼を持つ一羽の巨鳥となった。

巨鳥は古都の夜空を自在に飛びまわる。飛びまわるうち、ここが現実の「私」が住まう「表」の世界なのか、「深泥丘」が存在する「裏」の世界なのか、その区別もだんだん曖昧になってきて、あげくに巨鳥はいともたやすく時空を超える。三十四年の時《とき》間をさかのぼる。

眼下に黒々とした川の流れが。あれは黒鷺川《くろさぎがわ》……いや、あれは鴨川《かもがわ》か。——大きく旋回しながら巨鳥は、川のほとりへと降下する。

河川敷《かせんじき》に設けられたベンチに、二人の若者が並んで腰かけている。一人は分厚い黒革のジャンパーを着た中背の青年。一人はグレイのロングコートを着ていて、もう一人よりも少し大人っぽくて上背もあって……。

川辺に降り立った巨鳥は闇《やみ》にまぎれ、闇に溶け散る。同時に「私」は虚空を渡り、革ジャンの青年の中へ滑《すべ》り込み、そうして「僕」となった。

……ここは。

こ、ここは鴨川の、たぶんそう、出町柳《でまちやなぎ》から程近い河川敷の。

……寒い。

それはそう、今は十一月も下旬だから。秋ももうすぐに終わろうとしているから。

と、並んで腰かけた彼（……薄い灰色の）が云った（……誰かの、影が）。僕は殊《しゅ》勝《しょう》に「はい」と答えて、

「気分は大丈夫？」

「ごめんなさい。本当にもう、すっかり迷惑をかけてしまって」

「まあまあ、これも何かの縁ですから」

何でもないふうに云って、彼はコートの襟を立てた。

「あ、寒いですよね」

「もうすぐ十二月やからねえ。そりゃあ寒いに決まってます」

「すみません、つきあわせてしまって」

「いや、この季節に男二人で夜の鴨川、というのも悪くないものです」

さっきまでは、終夜営業の喫茶店で向かい合っていた僕たちだったのである。ところが、僕が酔いざましに冷たい空気を吸いたいと云いだした。そのわがままに彼は、べつにいやな顔もするでもなくつきあってくれたのだった。

この夜の、ここに至るまでの経緯を、僕は部分的にしか憶えていなかった。

十一月祭で賑わう京大のキャンパスに、夕刻から遊びにきていたのは確かである。やむをえない成り行きがあって、そこで飲めない酒を飲まされてしまい、飲みはじめるとすぐに酔っ払ってさらに飲んで……というあたりまでは憶えているのだが。ある

時点からの記憶は完全に飛んでしまっていて……気がついたときには構内のどこかの片隅《かたすみ》で独り、四つん這《ば》いになってげえげえやって、そのまま最低な気分で地面に突っ伏していたのである。

そんな僕をたまたま見かけて、見かねて「大丈夫ですか」と声をかけてくれたのが、彼だった。身を起こしたもののうまく歩けない僕に肩を貸して、学舎内の洗面所まで連れていってくれ、水を飲ませてくれた。僕たちは初対面だったが、どういう会話の流れでだったか、僕が京大ミステリ研の会員であると知ると、彼は「おや」と嬉《うれ》しそうな声を出した。

「ミステリ研の部屋は、この学園祭に遊びにくると必ず覗きにいったものです。私も学生時代は、別の大学で同じようなサークルに入っていたから」

「あれ、そうなんですか」

僕たちが遭遇したのはそれでも、この夜が初めてだったのだ。

「もう卒業を？」

「社会人二年生で大阪住まいです。きょうは仕事で京都へ来るついでもあったから、懐かしくて足を延ばしてみたんですよ。そしたらさっき、きみがあんなところに倒れているのを見つけて、何となく放っておけなくて」

「すみません。——でも、おかげで少し楽になりました」

「酔っ払いは苦手なんやけどね、ほんとは。まあ、ちょっとした気まぐれです」

「いえ、そんな……」

「放っておいたら、あのままあそこで倒れていたかもしれないでしょう。あしたになって、京大生の凍死のニュースを聞くのはいややしなあと」

「面目ないです」

まだまだ酔いがまわっていて、頭も呂律も怪しい状態の僕だった。けれども何を思ったのか彼は、そんな僕を喫茶店に誘ったのである。

「一緒に来た友人とはぐれてしまいましてね。今夜はその友人宅に泊めてもらう予定だったんですが、連絡が取れなくて。時間を潰《つぶ》すのにちょっと、つきあってくれませんか」

「いいんですか、酔っ払いが相手で」

「いいですよ。その代わりミステリの話、しましょう」

——といういきさつがあって、結局それから何時間ものあいだ、僕は彼と二人、終夜営業の喫茶店のテーブルで時間を過ごすことになったのだった。

相手がミステリ好きだと分かって、僕もたいそう嬉しかったのだろう。話しだすと、いくらでもミステリ談義に花が咲いた。将来はミステリ作家になりたいんだという志望も、気がつけば打ち明けていた。自分も実はそうなんだ——と、僕の言葉に応じたときの彼のまなざしは、はっとするほどに鋭くて、それでいて夢見る少年みたいに輝いていた。――ような気がする。

そんなこんなのうちに――。

「そう云えばね、このあいだ考えた犯人当てが一つ、あるんですが」

調子に乗って僕は、そう切り出したのだった。そして、先ごろ〈らんぶる〉でミステリ研の三人を相手に語ったのと同じような気持ちで、初対面の彼を相手に「ぬえの密室」を語ったのである。酔った勢いというのも、きっとあったのだろうと思う。たぶん自信満々で語ったのだろうとも思う。

ところが――。

〈らんぶる〉のときと同じように口述で「問題篇」を示したのち、「さて――」と「挑戦」を敢行すると、すかさず彼は「解答」を返してきたのだ。何から何まで、完全に真相を云い当てた正答を。

僕は大いにショックを受けた。文字どおり名探偵さながらの彼の推理に、完膚《かんぷ》なきまでに打ちのめされてしまったのだったが――。

「あのね、そんなにショックを受ける必要はないんですよ」

と、そこで彼が云った。

「し、しかし……」

「ショックを受けたのは私も同じなんですから」

「え？　どういう意味ですか」

「いやね、いま話してくれた『ぬえの密室』とまったく同じネタの話を、何ヵ月か前に私も思いついてね、小説化の構想も立てはじめていたんですよ。だから、聞いてすぐに分かってしまったんです」

僕は思わず「ええーっ!?」と叫んでしまった。そんな偶然があるものなのか、という驚きの叫びであった。

先ごろ天啓のようにアイディアが閃いたとき、これは前例のないネタだぞと確信して、あんなに興奮した僕だったのだ。なのに、である。よりによって今夜たまたま出会った彼が、まったく同じネタを先に思いついていたとは……。

「そ、そうだったんですか」

事情を聞いてもやはりショックは収まりきらず、僕はメニューを開いて見つけたビールを、気をまぎらわせるために注文した。自分が下戸であることの自覚が、このころはまだ足りていなかったらしい。——と、そんなわけでまた少し気分が悪くなってしまったがための、その後（＝今）のこの状況（酔いざましに冷たい空気を吸いたくなって……）なのである。

「ところでさっき、喫茶店で聞かせてもらった犯人当て——」

川のほうに目を向けたまま、彼が云いだした。

「あれはそのうち、『ぬえの密室』というタイトルで書いて、例会とかで発表するつもり？」

訊かれて、僕はこのとき、あまり迷いもせずに「いいえ」と答えた。

「そうなの？　何で？」

「それは……あなたが僕よりも先に考えていたネタですから」

「私もまだ書いてはいないけど？」

「いや、それでもやっぱり……」

「同じアイディアをたまたま同時期に思いついた。書くのは早い者勝ち、でしょう？」

「そういう人も多いのかもしれないけど……少なくともこれについては、僕はいいです」

「どうして？」

「何だかその、潔くないと云うか」

「プライドが許さない、とか？」

「うーん。そういうわけでもなくて」

革ジャンのポケットに深く両手を突っ込んで、僕は考え込んだ。が、いくら考えてみても、論理的に納得のいく答えは見つからなくて――。

「あなたが書けばいい、と思うんです」

結果、僕はそう答えたのである。

「僕よりもあなたが書くほうがいい、書くべきだ、と思うんです。なぜそうなのか、うまく説明できないんですけれど」

「ありがとう、と云うべきなのかな」

彼はベンチから立ち上がり、夜空を振り仰いだ。天は冷たく澄み渡っていて、街中にしては珍しく、たくさんの星の輝きが見えた。

「でもね、たぶん私も、もうこれは書かないと思う。私は私で、きみが書くほうがいいと思っているから、なのかもしれない」

「どうして、そんな？」

「さあ。どうしてかなあ。――不思議ですね」

「うん。不思議、ですねえ……」

こんなふうにしてこの夜、多くの時間を一緒に過ごした僕たちだったのだけれど、別れぎわになってもなぜか、お互いの電話番号や住所を知らせ合うことはしなかった。いずれまた会おう、という話にもならなかった。もしかしたらお互い、何か期するところがあったのかもしれない。――そんな気もする。

13

このときの「僕」には、四年後の一九八七年に自分が『十角館の殺人』で作家デビューする未来があることなどむろん、知るよしもなかった。だが、三十四年の時間《とき》を超えて飛来した「私」はむろん、それを含めたさまざまな「その後」を知っている。

八七年の一月には期せずして、のちに『生ける屍《しかばね》の死』で本格的なデビューを飾る山口雅也《やまぐちまさや》さんの、プレデビュー作とも云えるゲームブック版『13人目の名探偵』がJICC出版局から刊行されていた。九月に刊行された『十角館の殺人』は、島田荘司《しまだそうじ》さんによる力強い推薦文のおかげもあって予想以上の反響を呼び、勢いを得た講談社ノベルスの編集部は、翌八八年の九月には歌野晶午《うたのしょうご》さんのデビュー作『長い家の殺人』を、ふたたび島田さんの推薦文を付して刊行する。その翌月には法月くんのデビューが続いた。小野さんのデビューもこの時期である。

こうして、いわゆる「新本格ミステリ・ムーヴメント」が始まり、毀誉褒貶《きよほうへん》相半ばしつつも確実に広がりを見せていく中——。

八九年になって東京創元社から『月光ゲーム』が刊行された直後、私は彼と再会することになった。そのときにはしかし、有栖川有栖《ありすがわありす》なる筆名でデビューしたその人物が、あの十一月祭の夜、鴨川の河川敷で「不思議ですね」と云い合ったあの青年であるとはまったく気づかず、その後もずっと気づかないままでいたのだ。初対面から三十四年、再会から二十八年が経った今夜の、この胡乱な眠りの中でようやっと、二人が結びついて一人になった。

彼のほうもたぶん、私と同じだったのだろうと思う。八三年に出会ったあのころを一つの境目として、その後の私たちはそれぞれ激動の時期に入っていったから。急加速されたようなめまぐるしい変化があちこちで起こり、何かしら大きな時代のうねりを確かに感じて、戸惑いながらもそれに身を投じて……そんな中で、あの夜の記憶はすっかり私たちの「今」から遠ざかってしまい、不連続線の向こうのささやかな暗がりに隔離されつづけてきたのだ。秘《ひそ》やかに、そしてずいぶん頑《かたく》なに。だから、こんな……。

今度また彼とゆっくり話す機会があれば、ちょっと探りを入れてみようか、とも思う。

「ぬえの密室」という犯人当てを昔、聞いた憶えはないか？　まずはさりげなくそう尋《たず》ねてみれば……ああいや、けれどひょっとしたら、それもこれもすべてが、実は私の勝手な思い込みにすぎないのかもしれないのか。あるいは、いつのまにか入れ替わった「表」と「裏」に気づいていないだけ、なのかもしれない。しかし——。

だからと云って私たちの関係性が変わるような話では、これはもちろんないのである。

解説　You ain't led nothing yet（お楽しみはこれからだ）

佳多山大地（ミステリ評論家）

1

一九八七年九月五日、土曜日。

二〇二〇年の今から三十三年前の九月五日は、ほとんどすべての推理小説《ミステリ》ファンにとって、きっと何でもない週末の一日だった。しかし今日《こんにち》その日が、本邦ミステリ史を画した記念日と認められることに異論はないだろう。そう、当時大学院生だった一人の青年のデビュー作、『十角館の殺人』が発行されたその日が――。

本書『7人の名探偵』の副題は、鳴り物入りの「新本格30周年記念アンソロジー」！　いや、副題というより、これは栄冠だ。「講談社ノベルス」のブランドを預かる文芸第三出版部が編集した本書には、不可能興味あふれる〈謎〉とその論理的〈解明〉を骨子とする本格ミステリの復興《ルネッサンス》・革新運動――いわゆる新本格ムーブメントの勃興期において中核を成した七人の作家が奮って参加している。彼ら七人が単独著書を刊行したデビュー順に並べて、それぞれ当時の年齢を書き添えてみよう。

綾辻行人（講談社ノベルス『十角館の殺人』一九八七年九月）当時二十六歳
歌野晶午（講談社ノベルス『長い家の殺人』八八年九月）当時二十七歳
法月綸太郎（講談社ノベルス『密閉教室』八八年十月）当時二十三歳
有栖川有栖（東京創元社『月光ゲーム』八九年一月）当時二十九歳
我孫子武丸（講談社ノベルス『8の殺人』八九年三月）当時二十六歳
山口雅也（東京創元社『生ける屍の死』八九年十月）当時三十四歳
麻耶雄嵩（講談社『翼ある闇』一九九一年五月）当時二十一歳

ああ、本格ミステリファンの目に眩《まぶ》しい夢の参加メンバーだが、注目すべきは本書が決して過去を懐かしむだけの記念事業とはちがうことである。その第一の証拠は、何より本書の収録作品が過去の傑作選ではなく、すべて新作書き下ろしであること。新本格ムーブメントの勃興期に斯界に登場した彼らは、今も全員が現役ばりばりのミステリ作家として活躍し続けているのだ。
そして第二の証拠は、本書の親本である講談社ノベルス版の発行日が「二〇一七年九月六日」だったこと。新本格ムーブメントの三十年を記念するなら、九月五日の誕生日に発行するのが収まりがいい。けれど、敢えて九月六日を発行日にしたのは、三十周年に突入した新本格の未来を占わんとする〝挑戦の書〟であることを示唆しているからだろう。ともあれ、アンソロジー本篇より先にこの巻末解説に目をとおす方もいると思うので、収録作の紹介はざっと見所を述べるにとどめる。

　巻頭を飾る**麻耶雄嵩「水曜日と金曜日が嫌い」**は、自称「長篇には向かない探偵」であるメルカトル鮎が、いかにも大長篇風な〝館と住人〟のあいだで起こる惨劇にあっと言う間にケリをつける。内田に小野、鈴木に山田……京都大学推理小説研究会出身の麻耶が直系の諸先輩作家の本姓を登場人物に当てて、不穏当な恩返しを果たす。

　続く**山口雅也「毒饅頭怖い」**は、『落語魅捨理《ミステリ》全集　坊主の愉しみ』（二〇一七年）に登場した偽坊主、無門《むもん》道絡が名推理を閃かす。有名な古典落語「饅頭怖い」を推理問題として〝進化〟させた内容で、こんな物騒な真相を咄嗟《とっさ》に見抜く名探偵がいちばん怖い。

　我孫子武丸「プロジェクト：シャーロック」は、ノンシリーズ物の近未来犯罪小説。優秀な〈名探偵ＡＩ〉に対抗すべく〈名犯罪者ＡＩ〉が編み出した計略を知るに及び、心理サスペンス派の女王パトリシア・ハイスミスが生んだ完全犯罪アイデアの悪魔性を再認識する。

有栖川有栖「船長が死んだ夜」は、火村英生物のフーダニット・パズラー。物語の最後に語られるのは、「私たち人間の航海」は無数のたら、れ、ば、で結果が変わるということ。この一篇を記念のアンソロジーに寄せたのは、有栖川が自分の作家人生の航海に出るまでのたられば――それは多分に人との出会いのたられば――に思いを馳《は》せたからか。

法月綸太郎「あべこべの遺書」では、作者と同姓同名の名探偵法月綸太郎が、すこぶる奇妙な心中事件の謎に挑む。〝敵が二人いるのは、一人よりもましだ〟とは、G・K・チェスタトンが「サラディン公の罪」（『ブラウン神父の童心』所収）で繰り出した逆説だが、これは現実の法月綸太郎が好んで下敷きにするもののひとつ。

歌野晶午「天才少年の見た夢は」の舞台は、近未来の戦時下のシェルター。シャーロック・ホームズよろしく鹿撃ち帽をかぶった〝名探偵少年〟鷺宮藍《さぎのみやあい》がいながら、閉ざされたシェルター内で無惨な人死にが相次ぐ……。名探偵の正体をめぐり、新本格を特徴づけるトリックが仕込まれている。

最後に控えしは**綾辻行人「仮題・ぬえの密室」**。作者の綾辻が一人称で物語る実名小説であり、「ぬえの密室」なるタイトルの幻の犯人当て小説をめぐって新本格秘史を語る（騙《かた》る？）特権的な試み。どうやら綾辻も、有栖川と同様、自分の作家人生の航海に出るまでの人との出会いのたらればに思いを馳せてこの一篇を物したよう。

長年のミステリファンにとって殊に嬉しい三十周年の贈り物《ギフト》は、参加作家それぞれが持ち味を存分に発揮しつつ、不思議とベテランらしからぬ〈若さ〉がきらめく。それは、彼ら七人の好んで書きたいものが、ずっと変わっていないからだろう。ちなみに、参加作家を象《かたど》った絵像《アイコン》は、ギャグ漫画家にしてミステリの古書収集が趣味である喜国雅彦《きくにまさひこ》の手になる。喜国もまた、新本格ムーブメントを彩る重要人物の一人である。

2

さて、この機会に新本格ムーブメントとは何だったのか振り返ってみよう。

そもそも「本格」とは何だろう？　海外ミステリの翻訳・翻案ではない、日本人によるミステリ創作の時代の扉を押し開いた江戸川乱歩は、「主として犯罪に関する難解な秘密が、論理的に、徐々に解かれて行く径路の面白さを主眼とする文学」と定義し、また権威ある『日本ミステリー事典』（権田萬治《ごんだまんじ》・新保博久《しんぽひろひさ》監修）は、「推理小説のうち、謎解き、トリック、頭脳派名探偵の活躍などを主眼とするもの」と弁別した。そうした「本格」の頭に「新」の字を加えた「新本格」なる呼び名は現在、綾辻行人のデビューを起点として一九九〇年代に隆盛をきわめた本格ミステリのルネッサンス（及びそこから生み出された作品）を指すものとしてすっかり定着している。

では、綾辻登場以後の新本格とは、謎解きの面白さを主眼とするのはもちろん、どういう性格のミステリであるのか？　私見だが、その特徴として次の三つを挙げておきたい。

一、多くは現代の若者の精神風俗を捉えた青春ミステリである。
一、本格ミステリの〈古典的形式〉の前衛化・尖鋭化が目立つ。
一、警察の組織的捜査に与しない天才型探偵の復権が図られた。

本書に参加した七人のうち、一九八〇年代後半に二十代の若さでデビューした綾辻、歌野、法月、有栖川、我孫子の五人を、特に「第一世代」と呼ぶことがある。彼ら第一世代のとりわけ初期作には、「社会派」ミステリ式の稚気なきリアリズムを抑圧の象徴と見なす批評的側面があったことは確か。新本格第一世代は、小説の主要な登場人物を遠くない過去である等身大の若者に設定し、自らの青春を懸けて〝我らの時代の本格〟を世に問おうとしたのだった。

新本格ムーブメントにおいては、先行する有名作品が築いてきた〈古典的形式〉——例えばクローズド・サークルの設定、また〈チェスタトンの逆説〉や〈交換殺人〉のような秀逸なアイデア——を意図的に踏襲し、様々なバリエーションが生み落とされた。かく伝統に棹《さお》さす名犯罪者と対峙《たいじ》するのは、やはりホームズやブラウン神父のような天才型探偵こそ相応《ふさわ》しい。他方、いわゆる叙述トリックの可能性が徹底して追求されたことも特筆すべきで、小説の中で展開される〈犯人対探偵〉の知恵比べの枠組みを超え、〈作者対読者〉の自己言及的《メタレベル》な対決構図がしばしば浮上した……。

そんな新本格ムーブメントは一九九〇年代前半、京極夏彦《きょうごくなつひこ》の登場（一九九四年『姑獲鳥《うぶめ》の夏』）によってひとつのピークを迎えると、九〇年代後半から世紀を跨《また》いで爛熟《らんじゅく》の時期に入った。それはメフィスト賞受賞作に特に顕著で、清涼院流水《せいりょういんりゅうすい》『コズミック』（九六年）や浦賀和宏《うらがかずひろ》『記憶の果て』（九八年）、舞城王太郎《まいじょうおうたろう》『煙か土か食い物』（二〇〇一年）など、当時も今も必読とされる問題作が目白押しだ。新本格ムーブメントに求心力よりも遠心力が働き、じつにスリリングな時代だったと評価していいだろう。

とにかく、ひとつの文学ムーブメントは、有力な新人が参入しなくなったとき終わるほかない。二〇〇〇年十一月に結成された「本格ミステリ作家クラブ」（初代会長は有栖川有栖）は、新本格ムーブメントの求心力をまた強める狙いがあった。二〇〇〇年代は、振り返れば波瀾含みの安定期であり、それはムーブメントに漂い出した〝ふたたび冬の時代の気配〟との長い闘いを予感させもしたのだった……。

ところが、そんな終焉の予感は、嬉しいことに裏切られる。二〇一二年十月、新世代の本格派を代表する逸材《いつざい》、青崎有吾《あおさきゆうご》が『体育館の殺人』を引っ提げ登場したことは、清新なインパクトを斯界に与えた。一九九一年に青崎がこの世に生まれたとき、すでに新本格ムーブメントは始まっていた。十代の多感な時期に、新本格作品に触れてミステリ創作を志した新世代がついにムーブメントに参入してきたのだ！

すると、およそ四半世紀前、綾辻行人の登場に呼応して同世代の二十代の書き手が次々とあらわれた歴史が繰り返される。『〇〇〇〇〇〇〇〇殺人事件』の早坂吝《はやさかやぶさか》（一九八八年生まれ）、『人間の顔は食べづらい』の白井智之《しらいともゆき》に『暗黒残酷監獄』の城戸喜《きどき》由《よし》（九〇年生まれ）、さらに『刀と傘』の伊吹亜門《いぶきあもん》に『幽霊たちの不在証明』の朝永《ともなが》理人《りと》（九一年生まれ）、『名探偵は嘘をつかない』の阿津川辰海《あつかわたつみ》（九四年生まれ）などが後に続き、二〇一〇年代に新本格ムーブメントは電源を落とすことなく再起動した格好だ。なかでも青崎と白井の二人がムーブメントの最前線で両輪となって活躍し、彼らの同世代はもとより本書に参加した綾辻ら七人を含むベテラン勢にも大いに刺激を与えてくれるかぎり、新本格は二〇二〇年代から先の未来も大丈夫だ。

付記

本書『7人の名探偵』の解説を書きながら、個人的な愉しみとして〝過去の傑作選〟のラインナップを組んでみた。枚数（四百字詰め原稿用紙換算）は手もとの計算なので厳密ではないけれど……綾辻行人「どんどん橋、落ちた」の約百枚を上限と決め、中篇の傑作（例えば有栖川有栖「助教授の身代金」約百六十枚や山口雅也「黄昏時に鬼たちは」約百十五枚）は外すことに。新本格ムーブメントを象徴する素敵なラインナップになったと信じるので、もしご興味のある方はどうぞこの〝収録順〟で一読のほどを。

『7人の名犯人　新本格30周年記念傑作選』
綾辻行人「どんどん橋、落ちた」（『どんどん橋、落ちた』所収）
有栖川有栖「黒鳥亭殺人事件」（『絶叫城殺人事件』所収）
我孫子武丸「EVERYBODY KILLS SOMEBODY」（『小説たけまる増刊号』所収）
法月綸太郎「都市伝説パズル」（『法月綸太郎の功績』所収）
歌野晶午「散る花、咲く花」（『ずっとあなたが好きでした』所収）
山口雅也「密室症候群」（『ミステリーズ』所収）
麻耶雄嵩「少年探偵団と神様」（『さよなら神様』所収）

本書は二〇一七年九月に講談社ノベルスとして刊行されたものです。

7人《にん》の名探偵《めいたんてい》

綾辻行人《あやつじゆきと》　歌野晶午《うたのしようご》　法月綸太郎《のりづきりんたろう》
有栖川有栖《ありすがわありす》　我孫子武丸《あびこたけまる》　山口雅也《やまぐちまさや》　麻耶雄嵩《まやゆたか》

講談社文庫
定価はカバーに
表示してあります

2020年８月12日第１刷発行

発行者――渡瀬昌彦
発行所――株式会社　講談社
東京都文京区音羽2-12-21　〒112-8001
電話　出版（03）5395-3510
　　　販売（03）5395-5817
　　　業務（03）5395-3615

Printed in Japan

デザイン―菊地信義
本文データ制作―講談社デジタル製作
印刷―――大日本印刷株式会社
製本―――大日本印刷株式会社

ISBN978-4-06-520043-8

講談社文庫刊行の辞

二十一世紀の到来を目睫に望みながら、われわれはいま、人類史上かつて例を見ない巨大な転換期をむかえようとしている。

世界も、日本も、激動の予兆に対する期待とおののきを内に蔵して、未知の時代に歩み入ろうとしている。このときにあたり、創業の人野間清治の「ナショナル・エデュケイター」への志を現代に甦らせようと意図して、われわれはここに古今の文芸作品はいうまでもなく、ひろく人文・社会・自然の諸科学から東西の名著を網羅する、新しい綜合文庫の発刊を決意した。

激動の転換期はまた断絶の時代である。われわれは戦後二十五年間の出版文化のありかたへの深い反省をこめて、この断絶の時代にあえて人間的な持続を求めようとする。いたずらに浮薄な商業主義のあだ花を追い求めることなく、長期にわたって良書に生命をあたえようとつとめるところにしか、今後の出版文化の真の繁栄はあり得ないと信じるからである。

同時にわれわれはこの綜合文庫の刊行を通じて、人文・社会・自然の諸科学が、結局人間の学にほかならないことを立証しようと願っている。かつて知識とは、「汝自身を知る」ことにつきていた。現代社会の瑣末な情報の氾濫のなかから、力強い知識の源泉を掘り起し、技術文明のただなかに、生きた人間の姿を復活させること。それこそわれわれの切なる希求である。

われわれは権威に盲従せず、俗流に媚びることなく、渾然一体となって日本の「草の根」をかたちづくる若く新しい世代の人々に、心をこめてこの新しい綜合文庫をおくり届けたい。それは知識の泉であるとともに感受性のふるさとであり、もっとも有機的に組織され、社会に開かれた万人のための大学をめざしている。大方の支援と協力を衷心より切望してやまない。

一九七一年七月

野間省一

講談社文芸文庫

多和田葉子
ヒナギクのお茶の場合／海に落とした名前
解説＝木村朗子　年譜＝谷口幸代

パンクな舞台美術家と作家の交流を描く「ヒナギクのお茶の場合」（泉鏡花文学賞）、レシートの束から記憶を探す「海に落とした名前」ほか全米図書賞作家の傑作九篇。

たAC6
978-4-06-519513-0

多和田葉子
雲をつかむ話／ボルドーの義兄
解説＝岩川ありさ　年譜＝谷口幸代

読売文学賞・芸術選奨文科大臣賞受賞の「雲をつかむ話」。ドイツ語で発表した後、日本語に転じた「ボルドーの義兄」。世界的な読者を持つ日本人作家の魅惑の二篇。

たAC5
978-4-06-515395-6

講談社文庫　目録

芥川龍之介 藪の中
有吉佐和子 新装版 和宮様御留
阿刀田 高 ナポレオン狂
阿刀田 高 新装版 ブラック・ジョーク大全
相沢忠洋 「岩宿」の発見〈幻の旧石器を求めて〉
鮎川哲也 りら荘事件
赤川次郎 偶像崇拝殺人事件
赤川次郎 人間消失殺人事件
赤川次郎 三姉妹探偵団
赤川次郎 三姉妹探偵団2〈キャンパス篇〉
赤川次郎 三姉妹探偵団3〈珠美・初恋篇〉
赤川次郎 三姉妹探偵団4〈怪奇篇〉
赤川次郎 三姉妹探偵団5〈復讐篇〉
赤川次郎 三姉妹探偵団6〈危機一髪篇〉
赤川次郎 三姉妹探偵団7〈駈け落ち篇〉
赤川次郎 三姉妹探偵団8〈人質篇〉
赤川次郎 三姉妹探偵団9〈青ひげ篇〉
赤川次郎 三姉妹探偵団10〈父恋し篇〉
赤川次郎 死が小径をやってくる〈三姉妹探偵団11〉
赤川次郎 死神のお気に入り〈三姉妹探偵団12〉
赤川次郎 次女と野獣〈三姉妹探偵団13〉
赤川次郎 心地よい悪夢〈三姉妹探偵団14〉
赤川次郎 ふるえて眠れ、三姉妹〈三姉妹探偵団15〉
赤川次郎 三姉妹、呪いの道行〈三姉妹探偵団16〉
赤川次郎 三姉妹、初めてのおつかい〈三姉妹探偵団17〉
赤川次郎 恋の花咲く三姉妹〈三姉妹探偵団18〉
赤川次郎 月もおぼろに三姉妹〈三姉妹探偵団19〉
赤川次郎 三姉妹、ふしぎな旅日記〈三姉妹探偵団20〉
赤川次郎 三姉妹、清く貧しく美しく〈三姉妹探偵団21〉
赤川次郎 三姉妹と忘れじの面影〈三姉妹探偵団22〉
赤川次郎 三姉妹、舞踏会への招待〈三姉妹探偵団23〉
赤川次郎 三人姉妹殺人事件〈三姉妹探偵団24〉
赤川次郎 三姉妹、さびしい入江の歌〈三姉妹探偵団25〉
赤川次郎 静かな町の夕暮に
泡坂妻夫 花火と銃声
新井素子 グリーン・レクイエム
安能務 訳 封神演義 全三冊
安西水丸 東京美女散歩
トルーマン・カポーティ 安西水丸 訳 真夏の航海
綾辻行人 緋色の囁き
綾辻行人 暗闇の囁き
綾辻行人 黄昏の囁き
綾辻行人 殺人方程式〈切断された死体の問題〉
綾辻行人 鳴風荘事件 殺人方程式II
綾辻行人 十角館の殺人〈新装改訂版〉
綾辻行人 水車館の殺人〈新装改訂版〉
綾辻行人 迷路館の殺人〈新装改訂版〉
綾辻行人 人形館の殺人〈新装改訂版〉
綾辻行人 時計館の殺人〈新装改訂版〉
綾辻行人 黒猫館の殺人〈新装改訂版〉
綾辻行人 暗黒館の殺人 全四冊
綾辻行人 びっくり館の殺人
綾辻行人 奇面館の殺人(上)(下)
綾辻行人 どんどん橋、落ちた〈新装改訂版〉
我孫子武丸 探偵映画
我孫子武丸 新装版 8の殺人
我孫子武丸 眠り姫とバンパイア

2020年6月15日現在